袁志平 杨森耀 吴海勇 黄坚 著

繁枝有待

江南文化产业发展

释江南丛书

上海人民出版社

释·江·南·丛·书

编委会

总策划兼顾问：王仲伟

顾　　　　问：夏晓梅

主　　　　编：俞惠煜

副　主　　编：刘士林

编委会成员：

特 别 鸣 谢

上 海 东 方 青 年 学 社
重 庆 长 庆 集 团 有 限 责 任 公 司
上 海 秋 钰 贸 易 有 限 公 司
上 海 神 源 企 业 有 限 公 司

对本丛书的慷慨资助

上海市现代管理研究中心现代文化艺术研究所
夏征农民族文化教育发展基金会

总　序

　　上海市现代管理研究中心现代文化艺术研究所与夏征农民族文化教育发展基金会请我为他们合作进行的《江南文化的当代传承与开发》课题成果之一、即将出版的"释江南丛书"作序，我写了下面一些文字。

　　一个词语——"江南"，从来没有像今天这样牵动历史、感发人心、富于美好的召唤意味。从20世纪80年代起，江南研究就逐渐成为一门显学。中外史学界关于区域史研究的新趋向中，最有突出成就之一的即是江南研究；近代社会转型与传统变迁研究的重要课题中，江南研究已成为最有深度与力度的领域；新文化史关于下层民众与下层社会生活史的重要开拓中，江南社会无疑也是其中富有成果、最具潜力的研究方向，而一系列新理论、新方法与新思想，也在江南研究中得到了不断深入的展现。人们越来越深地认识到：中国文化不仅历史悠久、博大精深，而且丰富多样、彼此差异；讲述中国文化，不但不能满足于用西方的方法与理论来套，更不能局限于用现代人现代的眼光来套，也绝不能停留在用中国古代几个现成的思想与观念来套，应该深入到地域的历史细节、社会场景、文化脉络甚至人物心灵中去感知体认。人们也越来越多地理解到：江南不仅只是一个地理上的概念，不仅只是一个经济上的概念，不仅代表一个先进的经济区，一个城市化程度很高的区域，而且更是一个文化上的概念，一个深深涵盖了中国文化的丰富信息，在民俗、教育、艺术、美学、心理、政治、宗教等多方面具有浓度、深度与广度的文化概念。唯其如此，"江南"不止于"研究"、不止于学术的象牙塔、不止于传统，她面目清新，极富活力，延伸现代，广及民间，介入生活，化身为当代社会的话语与潮流、地域文明的遐思与梦语，艺术家的想象与创意，企业者的生产与广告，普通民众的享受与体验，城市文明的理想与召唤，当地居民的认同与情感，甚至文化中国的企想与建构等，这时，"江南"已经不再是一个普通的名词，而成了一大人文风景，成了文化资源的符号，成了新的"想象的共同体"，成为连结着思想与物质、精英与民众、虚拟与真实、传统与现代，以及美与真、善的重要论域与整体视界。"江南"区别于其他地域，我们至少可以提到以下几点：首先，因为长江天堑的特殊地理环境，江南长期与北方中原文化相对峙，既有政治军事的，也有经济与文化的，其他地域，没有这么直接、强烈与长期。其次，除了中原之外，江南是历代建都最多的地域，成为历史上第二个政治中心的所在，具有天然的政治地缘优势，因此长期以来集中了大量的人才与资源，是无可争议的华夏文明积累最为丰厚的地区。再次，在长期的对立与交流中，江南内化、同化、深含了中原文化，同时也发育生长了自身的特性，既与千年传统为一体，又有新的格局。譬如说，以大河流域为界，中国的地域文化，黄河流域的深稳厚重，珠江流域的清新开放，长江流域的江南，则兼有二者的长处。

　　然而，关于江南更多、更丰富的思想意味与文化内涵，仍有待于现代人的深入发掘。清代诗人吴梅村曾经有一句诗："世间何物是江南？"如果说古人已经体会到这个概念的重要与复杂，那么我们今天来理解更具有意味深长的现代意义。正是在这样的"江南"意味上，上海现代文化艺术研究所敏锐地感知了江南与中国文化、与中国当代有着更深细也更广阔的内在联系，他们组织了来自上海市委宣传部、市委党史研究室、上海历史博物馆、交通大学、上海师范大学、华东师范大学、华东理工大学、上海大学等各方面对江南文化研究颇有造诣的专家学者，通过认真执著地检索历史资料，深入细致地实地、实物的调研，拿出了有理论、有实践、有传承、有前瞻、有创意、有见地的课题成果，在此基础上撰写了一套江南文化研究丛书，并经过长三角地区造诣很深、卓有成就的江南文化研究知名专家的评审，成就为现在这套由上海人民出版社付梓出版的"释江南"丛书。经过检索，这套丛书，是迄今为止，在研究江南文化领域比较系统、比较全面、比较深入、比较前瞻的研究成果，为研究领域补充了相对比较真实详细的参考资料，也为对江南文化有兴趣的普通读者提供了比较有质量的读本。其中，《风泉清听——江南文化理论》提出一种特色鲜明的江南文化理论。正如作者所说，江南文化的诗性特质并没有受到应有的重视。以当下的江南研究主流话语为例，它们主要表现为以下形态：一是江南传统文献的整理与研究，二是以经济史和社会史为重点的历史学研究，三是更加实用的区域经济社会发展研究。尽管这些研究各有所长，也很重要，但却不同程度地存在着"偏实证而轻人文"、"偏实用而轻审美"等倾向，作者明确提出，"江南文化本质上是一种以'审美—艺术'为精神本质的诗性文化形态"。《振衣千仞——江南文化名人》从"遗民"、"山人"、"学人"、"红颜与帝子"等方面研究江南历史上的重要人物，把遗民归结为偏于"政治"的诗人政治家，把山人与学人概括为重在"审美"的诗人哲学家。这种划分类型突破了江南所谓"才子俊秀"、"白衣卿相"的主流人物模式，也贯穿了从诗性的视角理解江南的旨趣。而雨量充沛、气候潮湿、土地肥沃、河网纵横的地理环境，孕育了"饭稻羹鱼"、"桑麻遍野"、"粉墙黛瓦"、"舟楫代步"的江南民俗生活特色，形成了文化上表现的精细典雅，风俗上的清新宜人，江南工艺美术的秀美精致，长期的历史创造中，成就了委婉清丽的昆曲，甜美柔转的越剧、沪剧，珠圆玉润的评弹，唱出了细致、繁荣、感性的江南人的小康心境。云霓披霞的南京云锦、柔滑精美的苏杭丝绸、丝丝溢彩的苏州刺绣，渗透了江南女子柔美的气质。建筑、园林、雕刻反映江南人的智慧与灵巧……《水清土润——江南民俗》与《杏花春雨——江南文学与艺术》两部书，从下层与上层分别书写了江南文化创意的独特魅力和个性，更挖掘了江南文化背后的江南精神：好学善思、机智灵活的思维方式；与时俱进，融会贯通的文化态度；从容理性、开放兼容，敢为天下先的创造精神。这一切不仅是昨天的，而且是当下的，都可以在今天的江南城市与乡村生活中得到印证。最后，我们看到《繁枝有待——江南文化产业发展》更将此一套大书的眼光，从历史的回溯转而落脚于当下：宽厚包容的精神衍生出开放的文化心态，从而能够积极地应对全球化的文化挑战；重文尚柔的秉性，一方面促其谦让贵和、讲究诚信，从而与现代经济伦理相接通；另一方面也为文化产业注入了勃勃生机。至于江南生活的审美传统，更是江南文化产业赖以开发汲取的源源不绝的源泉。江南之务实，使其不拘成法，锐意创新，与之一脉相承的进取与担当精神，加速了中国近现代化的进程，促成了中国传统文化的转型发展。所有这一切都表明，江南文化历史悠久而又指向未来，从而成为长三角文化产业发展的重要动力源。

从《中庸》"南方之强"算起，"江南文化"已经有两千多年的时间了。透过这套丛书，我们分明可以看出，江南文化的双重身份越来越明显：一方面，江南意识与认同是由中原意识而形成的，离不开中原文化；另一方面它又区别于中原意识而存在。一方面植根于故土传统，另一方面又变化于时代新意。她最中国，又最走出传统中国。江南文化在历史发展过程中一方面根据中国文化的基本原则推动了社会文化的发展，另一方面又跳出中原的局限，变革传统，打破成局，与时俱进地展开自身的文化创意。江南文化既有根源性的智慧、主体性的价值，又清新生动，有创造性、求新意的动力，这正是江南文化的特色所在。

我们看到一幅江南文化的大图景：从贫穷走向繁荣，从功利走向审美，从经济走向文化，从乡村走向城市，从累积走向开放，从对立、斗争、冲突走向和谐、人文、发展。这幅图景仍在活生生地继续着，未来中国，江南文化仍将是一个大的展示，是一个富有生机的创意。古人当初说："当今赋出天下，江南居十九"[1]、天下"扬一益二"[2]、"上有天堂，下有苏杭"[3]、"苏常熟，天下足"……今天我们看到，这些历代称赞江南的话语，正在以一种新的形式，在一种新背景中，获得新的生命。江南文化精神绝不仅仅只是一种地方认同，而且正在成为一种普遍的文化意义感，甚至连接着更大共同体的思想含义，是对于什么样的生活更好、更值得追求的现代主张。诗意与美学，生活与习俗，文化的个性与多样性，已经成为 21 世纪极其可贵的文明理想。过去的历史长河中，江南犹如一文化的深渊大薮，深深接纳了来自长江黄河两岸的荆楚文化、巴蜀文化、徽派文化、岭南文化、齐鲁文化、秦晋文化等，通过长时期的互相交流，冲突融合，在 21 世纪，最终在上海开埠后又与西方思想文化激荡冲突交融而成功对接。

　　因而，江南文化是开放的，她向着未来。

　　是为序。

释·江·南·丛·书

总　序

王仲偉

王仲偉

2010 年 1 月 1 日

1 韩　愈《送陆歙州诗序》。
2 洪　迈《容斋随笔》卷九，《唐扬州之盛》。
3 范成大《吴郡志》卷五〇，《杂志》。

目　录

目　录

目　录

前　言

　　每当我们打开中国地图，或者是从高旷的空中俯瞰祖国的山川大地，总会被眼前的一幕所深深地震撼：

　　从辽宁的鸭绿江口，到广西的北仑河口，中国大陆海岸线绵延18000多公里，弯弯的宛若一张张开的满弓；而由西向东，奔腾6000多公里，几乎横贯整个神州的母亲河——长江，则像一支架在满弓上蓄势待发的利箭。在中国大陆海岸线的中端，即这张"满弓"与"利箭"交汇的箭头处，为一片热土，称江南，她涵盖了有"西太平洋海岸明珠"之美称的上海，以"上有天堂、下有苏杭"而闻名遐迩的苏南和浙江等地；是吴、越文化和海派文化等江南文化的发源地。

　　既然是满弓，箭在弦上，等待的就是发射；既然是箭头，发射后必然会率先抵达目标！

　　江南，这是一片神奇而充满魅力的土地。

　　江南文化，是由这片神奇而充满魅力的土地所孕育的区域文化。

　　江南文化产业，是这片神奇而充满魅力的土地所催生的绚丽多姿的区域文化产业。

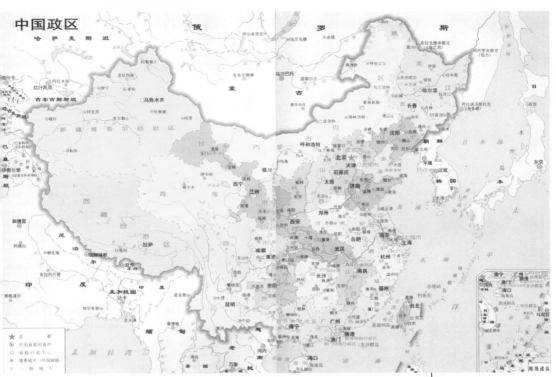

中国政区

神奇的地理特征产生了
"弓箭理论"

尚湖水杉，姜太公垂钓
何处？

一、江南人文积淀与文化产业资源

"文化产业"一词，译自英语Culture Industry。从语词溯源，"文化产业"一词初创于20世纪中期的法兰克福学派，该词最初具有贬义色彩，旨在批判资本主义社会对文化无个性的复制生产，后被西方学界广泛运用，褪去了原有的意识形态内容，而藉以指称以市场经济方式进行生产、传播、消费的文化活动。

文化产业赋予人们对于文化生产经营活动的强烈自觉意识。从这一新视角正视江南文化产业的历史与现实，便会发现一脉红线在江南文化历史进程中明灭伏现。然而，质而言之，江南文化产业是江南文化与现代产业的联姻。缘此，江南文化产业的滥觞虽可追述到很远，但只能将其视为预热阶段，江南文化的产业化进程应以清末民初中国步入近代社会为新刷的起跑线。

不过，这并不意味着江南的过去尘归落寞。事实上，江南文化产业之"江南"，不仅是一个区域文化产业所在的地理概念，它更是对苏浙沪三地文化产业兴起壮大所可倚赖的江南人文优势的揭橥。

从断发纹身、吴越春秋，到小桥流水、杏雨江南，江南文化历经数千万年，有着丰厚的人文积淀。它依托江南的天时地利，勇于吸纳中原文化乃至其他文明的精神养料，形成了风韵独特的江南文化，理所当然地成为江南文化产业首选的、取之不尽用之不竭的文化资源。

唐寅系舟处，牵挽联几多江南思绪

江南文化资源，以自然资源为基础，以历史人文资源为依托，以人力资源为传承。需要着重指出的是，江南的温山软水、沃土肥田、满城风絮、一川烟草，都是江南民众千百万年

改造的结果，已不是单纯的原始的自然，其中包含着丰富的江南文化因子，可说是"江南化"的江南。人文资源囊括文化的器物层、制度层与精神层。而自然资源、人文资源的开发与利用，又离不开人力资源。传承江南文化的人力资源，主要是指生于斯长于斯、勤奋劳作的江南民众，同时也不排除来自其他区域、融入江南文化，并对其有所返哺奉献的人们。江南人力资源，是江南文化的主要传承者、共享者与创造者。流动于他们身上的氤氲之气，也就是他们的共性特质，是江南文化精神。

七宝老街，历史、怀旧、经济

　　江南文化精神，是江南地区共有的生活方式与历史传承所赋予人们的共通的价值观念和精神特质，其核心内涵主要有以下几点：

　　一是兼容并蓄的宽厚情怀。从吴王金戈越王剑到哀婉柔靡的子夜歌，从沧海洪泽到风花雪月，江南文化至巨至微、大雅大俗、相辅相成。截层丰富的江南文化，多元共存、兼容并蓄，既呈现了江南悠久的历史，同时更是彰显了江南文化的宽厚与包容。以东晋衣冠南渡为起始，北方正统文化大有席卷江南、囊括中华之势，而江南始终以宽容淡定的态度，对强势文化进行接纳、改造与融合，其结果不仅是丰富了江南的区域文化，且经久历练而成兼容并蓄的宽厚情怀。

二是重文尚柔的秉性气质。从某种角度来讲，江南文化犹如越剑，刚柔相济、以柔克刚。从历史上看，江南虽有六朝古都南京，南宋、吴越国也曾在杭州建都，然而，金陵王气黯然收、山外青山楼外楼——总体而言，江南是偏安大陆东南，在中国政治格局上长时期地处于非主导地位。如此洪炉终将江南这块百炼钢化作了绕指柔，在宋型文化占据上风的封建社会后期，江南转而重文尚柔，苏浙一流人才热衷科举，英雄尽入其彀中。于是，报仇雪耻之乡郁郁乎文哉，只有个别士人在国难当头之时爆发出最后的吼声，而江南终少发生大战，这与江南群体秉性与文化气质不无关联。

三是生活审美的超越倾向。江南，是居家过日子的适宜之地。似乎是自甘沉沦为庸众，然而，江南人自有其超越之处，那就是对诗性生活的追求。通过"日常生活的审美化"与"审美活动的日常化"的持续运作，诗化意境在江南生活触处皆是。且不说江南园林将自然山水成功地移植到后园，就是君子远庖厨的饮食，也在江南士人的积极关注参与下得到了"食不厌精，脍不厌细"的发展。江南人重吃，能吃会吃，吃出了文化与品位。对此不应低估，日趋美学化的生活环境，这是江南灵魂的安放所在。

四是务实进取的担当精神。切莫以为江南得天独厚，江南人是天宠的享乐种子。事实上，江南的富庶建筑在江南民众辛勤劳作的基础之上。江南人不尚空谈，务求实干。君不见，在潮湿阴冷的冬日，大半个中国进入了休耕季度，江南农民还在田地里劳作。而较高阶层士工商，实干精神与之异质同构。永嘉学派务实思想的兴起，在此也能找到现实的源头活水。为此，江南推崇实业，讲求稳健实干，一步一个脚印地发展壮大自己。质而言之，江南是务实而又精进的，它体现的是一份超强的责任感，对于家与国敢于担当的可贵精神。

如此文化精神，对于江南发展文化产业起到了至为关键的助推作用。从宽厚包容的文化精神衍生出开放的文化心态，从而能够积极应对全球化的文化挑战；重文尚柔的特质造就其谦让贵和、讲究诚信的秉性，从而与现代经济伦理相接通，也为文化产业注入了勃勃的生机。至于江南生活的审美传统，更是江南文化产业赖以开发汲取的源源不绝的源泉。江南之务实，使其不拘成法，锐意创新，与之一脉相承的进取与担当精神，着实加速了中国近现代化进程，促成了中国传统文化的转型发展。所有这一切都表明，江南文化历史悠久而又指向未来，从而成为长三角文化产业发展的重要的动力源。

二、文化产业在民国江南的初试啼声

江南文化的产业化运作，在民国时期达到相当的水准。这一方面受益于历代的文化累积，另一方面晚清以降近代产业在文化领域的萌芽也为其在初生的共和体制下快速成长奠定了基础。尽管民国人士并未超前地提出"文化产业"的概念，但对文化活动进行产业化运作却是真实不虚的事实，这是江南文化产业的初试啼声。以下择要介绍江南出版业、电影业与旅游业的概略，以窥江南文化产业在民国时期的发展历程。

江南新书业

高度"外向化"的江南书业，源远而流长。

江苏的图书编撰活动可远绍至西汉中叶的淮南王刘安编辑《淮南子》。浙江在唐中叶就已有雕版印刷书籍。江南书业一路平流进取，东晋衣冠南渡与南宋定都临安的两次政治经济文化中心南迁，为其快速发展注入了强大的动力。明清之

民国时期的江苏出版物

江南传统景致

时，江南书业大体形成官府、书坊与私刻"三足鼎立"的格局。其中，坊刻经济目的与市场意识较强，集编撰、印刷、发行为一体的"前店后坊"式的书坊、书肆、书铺，似有产业化的萌芽。然而，近代书刊专业发行机构的出现仍要将搜索的目光移至晚清。

清末民初，江南原有的格局三分天下急剧变化，新兴的近代民间出版业蓬勃兴起。这是因为：石印、活字印刷等现代印刷技术取代雕版印刷，大大降低了原本耗资大、周期长的印刷业的经营门槛，印书不再是官家、文人雅士的小众之事。现代科教文艺等图书内容迅速侵夺传统经史典籍的势力范围，并大力拓展开去。江苏的民营书局、书店如雨后春笋般地层现迭出，以实绩努力打造全国出版重心的地位。相对而言，浙江从民初到抗战前建立的出版机构不多，远没有重现其在宋朝为全国雕版印书中心的盛况。这或许是因为有出版头脑的浙籍人士多到上海创建商务印书馆、中华书局等出版机构。不过，浙江出版物虽然数量相对较少，但还是出版了不少有影响力的书籍。

在宋元就有出版印刷流传的上海书业，清末民初更是有如喜马拉雅山之崛起。出版业在上海的兴起，得益于上海在晚清开埠的环境。教会办的书馆、外商办的书室印局，直接输入西方先进的印刷设备，为上海书业的近现代化起到了引领示范的作用。在辛亥革命前的20年间，上海的民营出版业就有90家之多，其间新建的铅印书局就有20家。其中尤以商务印书馆的兴起最为夺人眼球。创办于1897年的一家小印刷所之所以能够扶摇直上，在20世纪20年代成为中国最大的文化出版企业，1901年张元济的投资入股，及其翌年进馆担任编译所所长，推动该馆实行转型发展，起到了至关重要的作用。招揽人才，编辑出版中小学教科书，出版译著、词典、杂志，建立全国发行网，是其成功秘钥之一。更为重要的是，1903年该馆改为有限股份公司，加大合资融资的力度，在强大的资金的支持下，年年引进新设备、新技术，实现了张元济等人提出的"宜用新式机器代替旧机器"的主张。

新兴的印刷业驱动了新书业在上海的繁荣。福州路、棋盘街（今河南中路一段）一带，大小书店、书局云集。辛亥革命那年，上海书店就有116家。此后尤其是20年代，新开业的书局犹如雨后春笋，一些北京出版书局也南下迁沪，中国出版中心转移到了上海。中华书局后来居上，以"教科书革命"、"完全华商自办"为卖点，迅速做大做强，成为商务印书馆强劲的竞争对手。此外，世界大书店、开明书店等群起竞雄，各自抢占部分出版市场的份额。

作为中国共产党的诞生地与中共中央的早期驻地，上海新书业的繁荣还有共产党人的贡献。新青年社、人民出版社、上海书店、长江书店、华兴书店，中共中央建立了一系列的出版发行机构，推出了一大批宣扬马克思主义与党的纲领主张的书籍。1927年四一二政变后，国民党当局加强了对出版物的查禁，实行文化"围剿"。在艰难情境下，上海出版界坚持翻译出版马克思主义著作。

抗战"孤岛"时期，上海各书局无论是内迁的还是留沪的都继续出版工作。这期间新创立的出版机构复社，最早出版了斯诺的《西行漫记》，推出了《鲁迅全集》。蛰居上海的郑振铎以一己之力编辑大型《中国版画史图录》付梓出版。

抗战胜利后，江南出版业得以短暂复兴。被日伪查封的书局纷纷复业，内迁的及部分在内地创办的书店先后来到上海，上海再度成为全国的出版中心。然而，好景不长，1947年3月，蒋介石发动的内战全面爆发，国民党当局查禁加强，战争导致出版市场需求量萎缩，江南出版业每况愈下，生机奄息不复。

中国梦工厂在这里兴起

19世纪末，诞生于西方的电影很快传入中国。无论是放映还是制片，上海都走在了中国的前列。中国故事片、纪录片、科教片、美术片的摄制，均肇始于上海。上海，名副其实地是中国梦工厂的发祥地。

《孤儿救祖记》剧照

清光绪二十二年七月初三（1896年8月11日），上海徐园又一村放映"西洋影戏"，这在中国还是首次，时距电影发明不过一年。12年后，意大利侨民阿·劳罗在上海拍摄了中国第一部纪录片《上海第一辆电车行驶》。1908年，中国第一座正规的电影院在上海出现。起初，上海电影业是外商外资的地盘，1917年商务印书馆试办电影业务，此为中资经营梦工厂之始。1913年，张石川在沪创办新民公司，承包美商亚细亚影戏公司的制片业务，他特请郑正秋编剧《难夫难妻》，郑、张二人导演摄制完成这部短故事片，正式拉开了中国电影故事片的摄制序幕。

步入20世纪20年代，上海已有相当数量的电影院（到30年代猛增至40余家），一些民资进入电影业，开始尝试长故事片的摄制。仅用20多年，上海就实现了从引进西方电影到自主制片的长足进展。稍后，1923年明星影业公司摄制完成的《孤儿救祖记》，制片各方面水准更是成为当时的标杆，同时取得了较好的票房收入。在此助推下，民资蜂拥进入电影业。据统计，1925年前后全国开设的175家电影公司，上海就有141家，占到总数的80.6％。1921—1931年的十年间，上海拍摄的故事片多达650余部，1929年就超过了年产电影百部的大关，

电影故事片《女性的呐喊》剧照

但就质量而言，兼具思想性与艺术性的上乘之作仅占少数。

　　1930年"左联"成立，左翼文化运动随之兴起。九一八事变、一二八淞沪抗战接踵而至，观众不再满足于以往影片的怪力乱神。左翼剧作家乘势进军上海电影界，在中国影坛刮起现实主义的飓风。1933年，以《狂流》为发轫，左翼电影风起云涌，《女性的呐喊》、《脂粉市场》、《前程》、《春蚕》、《盐潮》、《上海二十四小时》、《时代的儿女》、《三个摩登女性》、《都会的早晨》、《母性之光》、《小玩意》、《民族生存》、《中国海的怒潮》、《肉搏》、《烈焰》，等等，汇成了滚滚左翼洪流。此后，虽经国民党当局的查禁与打压，左翼影人仍不放弃战斗，《桃李劫》、《风云儿女》、《自由神》、《都市风光》、《到西北去》、《渔光曲》、《大路》、《新女性》、《神女》、《压岁钱》、《十字街头》、《马路天使》、《壮志凌云》、《夜半歌声》、《青年进行曲》等相继而起。其中《渔光曲》参加莫斯科国际电影展，获得荣誉奖，成为中国第一部获得国际荣誉的影片。

　　上海先行发达的电影文化，既得力于江浙文化的支撑，又强力辐射到周边地区。据载，1904年，英美日三国无业游人在扬州新胜街开设影戏馆，放映外国风光片。其后，一些外国人又在南通、

镇江、苏州等地的茶园、戏院、神祠、庙宇、会堂等地，放映外国风光片等无声电影。不久，电影放映活动又扩展到无锡、淮阴、盐城等地。1908年，上海各大商号的电影放映活动深入到江苏的如皋城。1911年，常州市建成江苏省的第一座电影院。电影放映业逐渐红火起来。

江苏电影制片业可追溯到20世纪20年代初，南通人卢春联等创办了南通影片公司，不久就有张睿等发起筹建的中国影片制造股份有限公司跟进。此后，又先后有三山影片公司在镇江成立，苏州电影制片厂在苏州成立。这些制片厂均为私营，主要拍摄纪录片和舞台戏曲片。南京国民政府成立后，建立官办的中央电影摄影场。从此，江苏电影制片私营与官办共存，除拍摄以上的两类片子外，还摄制风光片、滑稽短片、故事片，但是数量不多、质量不高。

《渔光曲》剧组成员在象山石浦的合影。孟君谋、韩兰根、蔡楚生、王人美、聂耳、谭友六、罗朋、周光（自左向右），星光灿烂

江苏对中国早期电影的贡献，主要在于向上海电影业输送了大量杰出的编导演艺等人才。洪深、包天笑、范烟桥、周瘦鹃、陈白尘、吴祖光、李天济等苏籍文化人士，是民国时期上海电影界的著名编剧。执导《小城之春》的费穆、执导《三毛流浪记》的严恭都来自江苏。殷明珠、夏佩珍、赵丹、周璇、上官云珠、陶金、吴茵等，都是活跃在旧银幕上的苏籍名演员。《风云儿女》的摄影师吴印咸，江苏沭阳县人。南京的万籁鸣、万古蟾、万超尘，更是成为中国动画电影的拓荒者，1926年在上海成功创制了中国第一部动画片《大闹画室》。翌年，又制作成功由卡通人物与真人合演的《一封书信寄回来》。1941年，中国第一部动画长片《铁扇公主》在万氏兄弟手中诞生。

浙江电影业的发展情形与江苏相近。清末，上海公开放映西洋影戏后，杭州、宁波、温州等城市的茶楼、酒肆、广场陆续也有外国人借场放映影片。由此而起的电影放映业起初是外国人的领地，随后本地资本开始进入，1909年沪杭铁路通车后，又有上海商人在杭州建成模范戏院，兼映电影。经过十年的发展，浙江交通较为发达的城镇皆有电影放映活动。从20世纪20年代起，开始出现专业电影院，电影放映业初显繁荣景象，上海出品的最新影片很快就能与浙江观众见面。

从1925年到1935年，第一影片股份公司、心明影片公司、友谊影片公司、西泠影片公司、月宫影片公司等，在杭州陆续成立；另有宁波商人集资筹建孔雀电影公司、光明电影制片公司等，浙江开始尝试自主电影制片。然而，风烟过尽，仅有杭州心明影片公司拍摄成功一部无声故事片《小孝子》，其余制片公司由于未能形成完善的经营组织，经不起变故与干扰，制片终无成果。

但，不能借此否定浙江对中国早期电影的贡献。浙籍人士进军上海影坛多有建树。创建明星影片公司的张石川，15年间拍摄成功200余部影片；邵醉翁等邵氏兄弟1925年创办的天一影片公司，12年间拍摄60余部故事片，他们都是宁波人。商务印书馆参与拍摄电影，当时经营商务印书馆的张元济来自浙江海盐。还有，发起左翼电影运动的夏衍、沈西苓、郑伯奇等浙籍作家；著名导演、演员史东山、应云卫、徐来等，也均是浙籍人士。浙籍人士在上海电影界的积极作为，为浙江风物进入上海影片铺平了道路。《船家女》反映西湖船娘的悲惨遭遇。《盐潮》在浙江取景，反映盐民反抗封建压迫的斗争。《渔光曲》剧组在浙江石浦体验生活拍摄而成。《母性之光》、《凯歌》、《大路》等影片也在浙江拍摄部分外景。

七七卢沟桥事变后，随着国土的沦陷，中央电影摄影场等电影制片厂迁往重庆，一些电影院等设施被毁，江南电影业出现了历史的大倒退。江苏私营制片厂相继停办。但是，上海电影业仍产生了诸如《木兰从军》、《武则天》、《花溅泪》、《乱世风光》等爱国历史题材和反映现实的影片。太平洋战争爆发后，上海电影业受控于日本侵略者，甚至沦为侵华统治的工具，只有少数几部影片保持了健康有益的倾向。

抗战胜利后，上海和苏浙各地的电影商，纷纷兴建电影院。当时，江苏大的影院与上海有关电影公司签订供片合同，由上海方面派人送片。终因内战爆发、通货膨胀、苛捐杂税，苏浙电影业再度萎缩。值得一提的是，在官方电影检查日渐严密的当时，昆仑公司等上海电影厂仍摄制推出了一批具有现实意义的进步影片，《八千里路云和月》、

《一江春水向东流》剧照

《一江春水向东流》、《万家灯火》、《希望在人间》和《乌鸦与麻雀》、《丽人行》、《夜店》、《艳阳天》、《忆江南》、《还乡日记》、《乘龙快婿》、《假凤虚凰》、《幸福狂想曲》、《小城之春》等，尤其是《一江春水向东流》引起巨大的社会反响。根据张乐平漫画改编摄制的《三毛流浪记》，摄制过程跨越上海解放的前后两个时段，成为旧上海摄制的最后一部影片与新上海出品的第一部电影。

事实上，民国时期的上海电影市场总体上被欧美影片所垄断，这在江南乃至整个中国电影业莫不如此。但，以上海为核心的江南电影业仍为国产的民族电影之崛起作出了最大的努力，近乎是当时抵抗西方电影文化倾销的唯一的中流砥柱。

寄情山水蹀躞名城

大好江南，似乎是天生的游乐胜地。

《三毛流浪记》剧照

苏州拙政园，世界文化遗产

据《吴越春秋》所载吴王夫差为西施在苏州灵岩山建馆娃宫、二人游湖玩花的文字来看，江南旅游的历史至晚可追溯到春秋时期。到东晋王朝定都南京，北方士人纷纷南迁，江南景致一时刷新了他们的视域。谢灵运山水诗的兴起，正是当时名士寄情山水的精神写照，同时又对江南风物进行了美学提纯。再经后来朝代的开发与建设，江南物阜民康、风景宜人，唐宋以来，一些城镇已成为文人雅士旅居的兴盛之地。不限于此，旅游还逐渐普及化，明清以来一些民间传统旅游活动在江南展开。

所有这一切，都为近代旅游业在江南的兴起奠定了良好的基础。清末民初，随着江南社会经济的发展、城市的近代化建设，以及铁路、公路等交通条件的改善，加之西俗东渐，以中产阶级为主的江南民众利用现代交通工具远足休假的兴趣大增，一些公立学校、机构、团体也纷纷组织团体开展旅游活动。上海、南京、苏州、杭州、宁波、莫干山、雁荡山、太湖等地，成为游客的首选。于是，在这些地方近代旅游饭店兴建起来，旅游资源得以保护与开

SHANGHAI，色彩斑斓

上海，"商＋旅"胜地

发，一些为旅游活动提供的配套服务逐渐产生。随着旅游产业链的形成，近代旅游业应运而生。

上海，是中国近代旅游业开创最早的城市。早在1911年，英商旅行社通济隆旅公司就在上海设立办公室，开展旅游业务，提供铁路售票、代理各国邮轮公司在华业务等服务。同年，美国运通银行也在沪出售旅行支票，涉及旅游业务。四年后，一个娱乐性的、非赢利性的组织"上海友声旅行团"在上海汇丰银行同仁的发起下成立。至于中国人最早创办的旅行社，则要数1923年8月15日，陈光甫在上海商业储蓄银行设立的旅行部。该部宗旨为"发扬国光，服务行旅，改进食宿，致力货运，推进文化"，经营国际、国内旅游业务。不仅在上海设有办事部门，还在苏州分行等11家外埠分行加设了旅行部分部。1924年春，旅行部首次举办杭州游览团，大受欢迎。在此前后，旅行部组织办理了赴美、赴日专轮或观光业务。1927年6月1日，上海商业储蓄银行旅行部改建为中国旅行社。1928年1月，中国旅行社取得了国民政府交通部颁发的第一号旅行业执照。

经过20多年的发展，20世纪40年代初上海已拥有友声旅游团、青年旅行团、绿洲旅游团、太平洋旅行团等30余家旅行社。其他江南名城的旅行社也先后开办起来。比如，1927年6月成立的中国旅行社苏州分社，这是江苏第一家专门的旅游接待机构。这其中除少数旅游团仅对内服务，其余大多数都是对外招客营业的。这些旅行社的经营业务包括：代售客票，组织团体游览，开展旅游宣传，有的甚至设立专门的招待所，并且连接国际旅游业务。

随着旅游业的兴旺发达，江南名城越来越呈现出旅游城市的特征，这在上海有鲜明的体现。自开埠以来，上海备受欧风美雨的洗礼，大批西式建筑在沪上拔地而起，平坦宽阔的马路四处延展，路灯、博物馆、西方公共花园的植入，不仅深切改变着这座城市的肌理表层，而且驱动城市中心向外滩转移变迁。为满足西方来沪旅游者的消费需求，从饭店、舞厅、剧院、夜总会，到跑马场、溜冰场、体育场，等等，一系列新型的西方娱乐业开办起来。在19世纪末，上海已成为世界公认的到远东公出或旅游必到之地。同时，租界内的这些"洋玩意儿"也吸引周边省市的人们纷纷前来开"洋荤"。

　　在民国时期，食、住、行、游、购、娱等各种机制在上海得到集约化的发展。提供游、玩、吃、喝、憩一条龙服务的楼外楼屋顶花园、新世界、大世界等游乐场所，成为近代旅游业的新宠。在20

南京中山陵

世纪二三十年代，上海已成为全国最大的商业中心，南京路上商家林立，游客如织，熙熙攘攘。先施公司、永安公司、新新公司、大新公司"四大公司"，采取的都是以购物为主、娱乐为辅的特色经营模式，且不断踵事增华，扩大酒家、茶室、旅社、舞厅、游乐场的经营场所，集购物与旅游于一体。此外，上海发达的戏剧、电影业，也成为游人时尚消费的去处。凡此种种，上海理

杭州运河新貌

发现周庄，江南旅游业
的复兴

所当然地成为国内外游客进行都市观光，休闲、娱乐与购物的首选之地。

南京、杭州等苏浙名城，民国时期旅游服务设施和专门化的旅游组织也得到了较快发展。1927年新成立的杭州市政府在规划城市建设时注重以西湖景区开发为重点，建设旅游型城市。此后，清除西湖淤积，修缮名胜古迹，加宽苏堤白堤，开辟公园，建筑道路，疏浚河道，绿化造林，禁止在景区营葬，等等，对西湖景区采取了一系列务实有效的保护措施。同时，还围绕发展旅游业加强了旅游配套设施建设和城市管理工作，对杭州街道进行近代化改造，完善了路灯等配套设施，发展市内公共交通事业，严格广告业的管理。杭州为之面貌一新，城市档次得到提升，旅游业作为杭州的支柱产业的巨大经济效益和社会效益日益凸显，城市日益繁荣。

抗日战争的爆发，蓬勃发展的苏浙沪旅游业被迫停滞下来。在日伪统治时期，江南名胜古迹多遭破坏，一些幸存下来的娱乐场所又为日伪侵占享用。上海舞厅一枝独秀，畸形繁荣，满足了战时偷安者醉生梦死的享乐需求，制造了日伪统治下歌舞升平的社会假象。

1945年抗战胜利后，江南民营旅行社的旅游业务有所恢复，终因内战再度回落。经此挫跌，江南旅游业的"龙抬头"要在30年之后。

三、江南文化在新历史时期的轻舞飞扬

随着1949年春夏之际，解放军百万雄师下江南，长三角地区获得解放，江南文化由此进入了一个崭新的时代。

1949年11月16日，上影成立，首任厂长于伶

解放初，新生的人民政权出色地完成了对相关文化机构的接管，迅速实施了对旧有的文化市场的整顿与改造。江南文化市场的面貌为之一新，颇有欣欣向荣之意。

新中国整顿电影市场，有计划地推进电影放映网的建设，重建电影制片、教育等系统，逐步健全电影管理机构，统一电影的发行和管理。重建的上海电影制片厂在中央电影主管部门调配全国力量充实下，与东影、北影共同构成新中国的三大电影生产基地。1958年，在文化部提出的"省有制片厂，县有电影院"的号召下，各省纷纷筹建电影制片厂，上海对口支援了江苏、浙江电影制片厂的建造。

新中国逐步完善出版、印刷、发行的专业分工，继而推进社会主义改造。随着出版格局的重新调整，上海出版业由全国位势降为地方性经营。但总体而言，江南出版业呈现出有计划有秩序发展的态势。

江南舟楫，划过如水的时光

新中国的旅游工作

桨声水影江之南

由政府有关机构统管。比如，江苏旅游业即由省政府交际处管理。这一期间，一大批名胜古迹得以保护和修缮，同时涌现出一批革命史迹与纪念场所，极大地丰富了旅游资源。不过，当时的旅游业主要服务服从于外事活动，国内旅游大体以零星、自发为主，在春秋时节一些机关、学校、企事业单位及人民团体也会组织若干团体旅游活动。

回顾江南文化行业在解放后17年的发展历程，不难发现：新中国空前地实现了对文化行业的统制，随着私人资本的彻底退出，计划经济的全面覆盖，特别是文化经营单位的事业化转制，江南文化活动与市场经济规律渐行渐远。文化事业单位具有事业主体的国有化、事业机构的行政化、事业经费的供给化、事业资源配置的非社会化、事业运行机构的非效率化等诸多特点，至为关键的是文化活动的非产业化。于是，江南文化活动越来越脱离经济主体，终与文化产业绝缘。

"文革"十年，对新中国文化事业造成严重的冲击，江南亦不能幸免。各地许多名胜古迹受到不同程度的破坏，旅游业务几乎处于停顿状态。出版社的出版自主权遭到剥夺，除大量印制毛泽东著作、图像之外，出版业一片萧条。上影厂制片差不多处于停顿状态，在"文革"后期始有所恢复。江南文化行业在蛰伏中等待着惊雷奋起的春天。

改革开放的新时期，政通人和，百废俱兴，江南文化续写她华美富丽的篇章。

中国要发展，就必须进行体制改革。中国文化要闯关，同样也必须在体制改革方面打开缺口。1980年召开的全国文化局长会议，明确提出要"坚决地有步骤地改革文化事业体制，改革经营管理制度"。经过此后十多年的探索，文艺团体最终实行"双轨制"改革，除少数由国家扶持的全民所有制艺术团体外，其余实行多种所有制形式，由社会各种力量主办。文化市场得到初步发展，其地位得到应有的承认。在邓小平南方谈话发表后，"坚持走改革开放之路，积极推进文化事业改革"，更是成为文化发展的基本方针。2000年党的第十五届五中全会通过《中共中央关于制定国民经济和社会发展第十个五年计划的建议》，第一次在中央正式文件里提出了"文化产业"的概念。在新世纪的元年，中国终于叩开世贸组织大门，加入WTO进一步刺激中国加大文化体制改革的步伐。

上海世博会，文化产业的新机遇

　　阵阵春风，拂过江南这一片热土。

　　在这片神奇的土地上，江南名城迅速向周边、向高空、向地底整个立体地膨胀开来，长三角城市群通江达海、初见规模。在经济快速发展的同时，江南文化发展也重新驶上了产业化进程的高速公路。这是江南文化发展的自强之路，是对江南民众精神文化需求的积极因应，是蓄积已久的文化能量的释放，同时这也是国家文化发展战略在江南的落地生根。

　　江南文化产业，凭借优良的自然禀赋、优裕的人文积淀与优越的区位优势，正积极冲浪经济大潮，适应经济市场规律，按照产业运作方式对江南文化进行研发、创新、包装与弘扬。

　　江之南，文运兴。

01

文化产业在当代的兴起

第一章　文化产业在当代的兴起

当代江南文化产业兴起于改革开放的新时期。它是改革开放路线实施、市场经济大潮推动、政策法规配套、投融资环境改善和社会文化需求等一系列内外因素综合作用的产物。从20世纪70年代末起，她经历了探索、起步和发展等阶段。在这个过程中，上海得产业发展之先；20世纪90年代末，尤其是进入新世纪后，江苏、浙江文化产业发展势头

生活，因为有了文化而丰满、而充满激情

强劲。江南各地传承江南文化的精髓，在新的历史条件下发扬光大，促使江南文化产业成为中国文化产业的重要生长极。

一、文化的服务性转化与产业性转化

文化产业，作为人们通过创造性的劳动，把知识、信息和意象等文化资源转为具有交换价值的文化产品和文化服务的产业，首先是在改革开放路线实施后，思想解放的成果。对当代江南来说，1979年到1989年，是其文化产业的探索阶段。正是在这个阶段，江南尤其是江南的上海，开始了艰难而重要的文化服务性转化与产业性转化。

"文化热"折射出的问题

当改革的春风吹绿江南岸的时候，这片热土顿时躁动了起来，江南民众摆脱了极"左"思潮的禁锢，睁大双眸，纷纷把目光投向那个对他们来说已经变得陌生的世界。于是，新华书店门前排起了长队，中外名著、科技与教育类图书的出版热和购买热迅速出现了；随着电台广播和便携式双卡录音机传出的悠扬乐曲声，世界名曲、台湾校园歌曲的播放热和收听热悄然形成了；影剧场门前人头攒动、热闹非常，中外名剧的演出热和看戏热，中外优秀电影放映热和观看热不期而至。热潮一个接着一个，以至于出现了今天的人们会感到匪夷所思的现象：

1986年，莎士比亚戏剧节在上海举办期间，为了看莎剧，一群年轻人为了一张戏票在剧院售票窗前各不相让，争吵了起来。见此情景，一位长者站到板凳上高声喝道："是党员的，从人群中退出来！是团员的，也马上退出来！"就这么几句话，把原先争吵不休的人群给镇住，并很快悄然散去了。莎剧的演出，竟然到了"一票难求"的地步，就连著名演员李默然也没有买到票。

上海电视台引进了日本电视连续剧《姿三四郎》。播放期间，拥有电视机的家庭，纷纷把电视机放到弄堂里、放在石库门房子的天井里，几乎每台在当时流行的、作为家庭财富和社会地位、社会身份象征的9英寸、12英寸黑白电视机的跟前，都挤满了观众。偌大个上海，为了观看电视连续剧，一时间，街头行人稀少，并且是行色匆匆。播放期间，上海的治安出奇地好。一位老公安由此寻思着：要是电视台每天24小时滚动播放《姿三四郎》，那该有多好。

这一切，源自于社会文化产品的供给还远远不能满足江南民众的需求。刚刚从"文革"的"文化沙漠"中走出来的江南民众，急需文化甘霖的滋润，几乎到了饥不择食的地步。而社会文化产品的供给不能满足江南民众的需求，其中的一个重要原因，就是文化基础设施的稀缺。

1984年，一位世界著名音乐家到上海举行音乐会，由于当时的上海没有一座现代化的音乐厅，找不到合适的演出场所，最后只能到上海体育馆，在圆形比赛场地的中间，简单地用幕布一拉，当作舞台，就演出了。上海体育馆作为在"文革"期间建造的唯一的大型体育文化设施，拥有1.8万观众席位，被称为万体馆，举行音乐会时居然座无虚席。事后，这位世界著名音乐家调侃说：我是在世界上最大的音乐厅里演奏音乐。

文化产品和文化服务供给的有限，文化基础设施的稀缺，还影响到了对外开放政策的落实。当大量的客商，从欧美大陆，从日本列岛，从我国的港、澳、台地区涌向这片热土，开工厂、办企业，在具有独特区位优势的江南找到投资天堂的时候，却发现这里的文化发展还远远不能同这片美丽富饶的土地相适应，他们所面对的、所需要的文化生活几乎还是一片空白。当白天经历了商场的激烈打拼之后，客商们到了晚上想唱唱歌、跳跳舞、听听音乐、看看戏，放松一下的时候，面对的却是一座漆黑而入睡的城市。

我们要把文化搞起来，以不断地满足人民群众日益增长的对文化生活的需求。我们引进了外资，外国人进来了，也要满足他们对文化生活的需要；要创造良好的投资环境，不能再让城市到了晚上就一片黑了。

上海的决策者如是思考。

江南各地区的决策者如是思考。

当时，还没有"文化产业"、"江南文化产业"这样的产业名称。

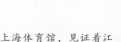

上海体育馆，见证着江南文化产业的发展

文化，犹如漫漫苦旅中突然显现的板凳，给人以欣喜、依靠与寄托

不过，文化产业在富有历史文化底蕴的江南，恰恰就是在这样的历史背景下、在这样的氛围中开始了探索。

文化发展战略研讨

人民的需求，时代的呼唤，江南文化产业要发展，这是毫无疑问的。但是，如何发展、发展什么呢，这又是江南文化产业在探索阶段亟待解决的一个大问题。为此，20世纪80年代中期，在推进改革开放、加快经济建设的同时，上海在江南、在全国，罕见地进行了一场历时一年多的文化发展战略的研讨活动。

上海的这次文化发展战略研讨活动是应运而生的。1985年，国务院批准了《上海经济发展战略的汇报提纲》。这个《提纲》提出了上海经济发展的战略目标，同时明确将加强社会主义物质文明和精神文明建设相结合的方针，作为实行经济发展战略的方针之一。于是，制定与之相适应的上海文化发展战略，促进经济、文化、社会的协调发展，就成为刻不容缓的事情了。

不仅如此，还有更深层次的原因。上海，中国文化的集散地，中国文化的半壁江山，在新的历史条件下，理应重现辉煌，为江南、为中国的文化发展多作贡献。这更使上海感到时不我待。

上海的这次文化发展战略研讨活动是全面系统的。它围绕"改革时代的上海应该发展一种什么样的文化"这一中心问题，具体结合《上海文化现状调查和对策研究》、《上海文化发展预测和远景规划》、《上海文化发展的历史回顾》、《文化交流和文化比较》、《文化基础理论研究》等5个方面的119个课题，组成了由高等院校、理论研究单位、政府实际工作部门以及宣传文化系统的专家、学者400余人参加的研究队伍，在广泛调研的基础上，提出了《关于制定上海文化发展战略的建议》，召开了上海文化发展战略研讨会，形成了《关于上海文化发展战略的汇报提纲》，上报党中央。1987年2月，中共中央书记处批准了《汇报提纲》，上海市委、市政府立即下达了《印发〈关于上海文化发展战略的汇报提纲〉的通知》。《通知》明确了上海文化发展的根本任务、战略目标、近期目标和主要任务。

上海文化发展的根本任务，是以马克思主义为指导，建设社会主义的、富有民族特点和时代特征的地区文化，为现代化建设服务。

上海文化发展的远期战略目标，是在建设社会主义现代化的中心城市过程中，使上海成为一个具有国际影响的文化中心。近期目标，是积极创造一个适应上海振兴改造和改革开放的文化环境。

上海文化发展的主要任务包括：加快文化设施建设，繁荣文学艺术事业；重点发展出版、电视事业，充分发挥大众传播工具的作用；创造有利于文化交流的气氛，广泛开展国内外的文化交流等。

文化观念的转变

上海的这次文化发展战略研讨活动，虽然还没有能够有意识地从产业的角度来研讨文化的发展，具有一定的历史局限性，但它所产生的影响还是巨大的。作为江南和全国最大的城市，上海的文化发展从此有了战略规划。在研讨中提出的"以文补文"、"以副补文""多业助文"和"市场文化"等观念，直接对娱乐、音像等产业的发展起到了积极的推动作用。1984年，全国第一家营业性卡拉OK厅在上海开业，之后便"全面开花"了。同时，通过研讨，还引发了人们对文化属性的深入探究，从而推动文化产业的最终形成。

《上海大学学报》（社科版）1989年第3期发表了题为《上海文化发展的若干问题散论》的文章，樊人龙、黄辛猗在江南、也是在国内比较早地明确提出了"文化产业"的名称，提出要冲破"国家独家办文化的观念"。文章指出：当下"国家独家办文化的观念正在冲破，但文化产业和文化市场的观念还远未形成"。文章呼吁：文化事业要"向产业化、社会化、多样化发展"。文章还就文化事业如何向产业化、社会化、多样化发展，归纳了存在的问题，提出了解决问题的诸

新观念凸显的《上海文化发展的若干问题散论》

多意见和建议。

《上海文化发展的若干问题散论》提出要冲破"国家独家办文化"的观念，无疑是非常重要的。在传统的计划经济年代，很难想象文化行业会有政府以外的其他方面参与，各类文化投入都由国家包下来。由此产生的尖锐矛盾是，尽管政府已经从十分紧张的财政经费中增加了对文化行业的拨款，但是由于资金有限，还是难以满足文化行业的扩大再生产，也难以满足人民群众日益增长的文化需求。因此，发展文化产业，在投资渠道方面要形成财政性投入、政策性投入、社会性投入和自身性投入等投资方式，要培育文化基金、文化投资和资本市场运作等多元投资主体。

这些理论新探索，启发人们突破思想禁区，从多角度来思考文化和文化的发展。文化属于意识形态，但文化不仅仅是意识形态。文化能够满足人们的消费需求，也具有一般商品的属性。因此，商品经济规律在文化产品的生产、流通中同样发挥着作用，这也就是文化产业发展的基础与条件。

在江南文化产业探索过程中，伴随着文化发展战略研讨以及文化观念的逐步转变，上海积极探索文化发展新机制，从1980年开始，文艺文化单位先后推行了内部承包责任制、专业作家聘任制等，实施了艺术总监制、导演中心制、有偿合同制和名角经理制等不同方案的改革。同时，重视文化市场的整顿，维护文化市场的良好秩序。1989年，上海率先在江南、在全国推出了一系列文化经济政策，包括实施了文化零承包、文化退税等，推进了文化的产业性转化，取得了良好的成效。

二、产业发展空间的构建

文化产业是一种生产文化具体内容的产业，所以国内外对其有"内容产业"之称。它告诉我们，内容，需要通过一定的形式才能表现出来；文化产业要发展，离不开与之相适应的产业空间。因此，从1990年到2000年，作为江南文化产业的起步阶段，江南各地以文化基础设施建设，培育符合产业发展需要的多元投资环境和市场主体，以及创造良好的法制环境等为抓手，逐步建立起了江南文化产业发展的广阔空间。

文化基础设施的建设

　　回溯20世纪90年代的江南文化产业基础设施建设，人们至今仍有许多往事难以忘怀。

　　1995年12月3日至5日，古巴共和国国务委员会主席兼部长会议主席菲德尔·卡斯特罗一行访问上海，参观了浦东新区、南浦大桥、东方明珠电视塔、宝钢、上海证券交易所，游览了外滩和豫园。其中，卡斯特罗参观东方明珠电视塔的时间原来只安排了20分钟。但是登塔后，卡斯特罗竟然一个小时都没有下来，同他的夫人一起，坐在观光台上长久地、兴致勃勃地眺望着远方，还不允许别人打扰。这样一来，把整个访问计划都打乱了，弄得警卫和接待方手忙脚乱。

　　1998年6月30日，美国总统克林顿访华到达上海，一天之内先后使用了三个文化设施。上午，到上海图书馆新馆召开了座谈会，宣布了美国政府对中国台湾的"三不"原则。中午，到虹桥路新落成的广播大厦，在上海人民广播电台的《市民与社会》热线直播节目担任嘉宾，与上海市民进行交流，成为与中国市民通过热线对话的第一位美国最高领导人。晚上，在新落成的上海博物馆，参加了东道主举行的欢迎仪式。第二天上午，被东方文明所深深吸引的、意犹未尽的克林顿总统，带着夫人再

东方明珠，早已
不再孤独

金碧辉煌的上海大剧院
大剧场

次参观了上海博物馆。

这是江南，尤其是江南的上海，重视与文化产业相匹配的文化基础设施建设所取得的丰硕成果。

在这个时期，上海围绕着建设国际大都市的战略目标，逐步建造起了一批具有国际一流水准，与上海城市相适应的标志性文化基础设施，包括上海大剧院、上海东方明珠电视塔、上海博物馆、上海图书馆新馆、革命烈士纪念馆、上海书城、上海影城、上海马戏城、上海美术馆以及文新报业集团大厦、广电大厦、广播大厦、东视大厦、上视大厦等。改建了上海体育馆、美琪大戏院、兰心大戏院等一批老场馆。这样，形成了上海大剧院、上海商城、上海马戏城、上海大舞台、上海话剧艺术中心艺术剧场、上海逸夫舞台、美琪大戏院、兰心大戏院和上海音乐厅等层次分明、设施一流的演出剧场体系。形成了上海国际会展中心、上海美术馆等一批一流展台。建起了有线

彰显现代气息的上海大剧院大堂

电视网络。1999年上海评选新中国成立50周年经典建筑，10个金奖中文化设施占了6个，20个银奖中文化设施占了11个。仅用了10年时间，就彻底改变了上海城市文化设施陈旧落后的历史面貌，并且率先闯出了一条利用市场机制筹措基金建设文化设施的新路。

文化基础设施建设，不仅强化了江南文化的聚集和辐射功能，也为江南文化产业的发展营造了一个良好的社会环境和市场载体。

多元投资环境的构筑

20世纪90年代，江南各地推进符合产业发展需要的多元投资环境的建设。其中，随着民营经济的迅猛发展，浙江区域民营文体用品以及文化设备制造业、文化休闲娱乐服务等，有了相当程度的发展。而上海在这个方面，落实的各项举措领先于江南其他地区。

上海着力调整文化经济政策，原来单一依靠政府拨款的传统投资方式被多元投资思路所取代，并在投资渠道方面，逐步形成了财政性投入、政策性投入、社会性投入、自身投入等多种投资方式。其中，在江南和全国率先设立的上海文化发展基金会、文化发展专项资金，为文化产业的形成发挥了重要作用。

上海文化发展基金会创建于1986年，是国内首家地区性（省市级）文化类基金组织，也是上海地区成立最早、规模及影响最大的几家基金组织之一。建立基金会的目的，是筹措文化发展资金，资助公益文化，推动文化创新，扶植文化人才，促进文化交流，致力于上海文化事业的繁荣发展。基金会的资金主要用以资助上海的文化项目。20世纪90年代上海一批有影响的艺术创作，如电视剧《围城》、京剧《曹操与杨修》、电影《大潮汐》等，都得到了基金

东方惠金，2006年由上海市委宣传部和浦东新区政府各出资5000万元设立，构建文化产业投融资服务平台

会的资助。

上海文化发展专项资金是从电影局、新闻出版局和《解放日报》等三个单位的财政退税金中划出部分资金成立的，用以对上海全市文化投资进行宏观调控。1990年资金总额为1406万元。上海每年从中拨出100万资金资助优秀文艺节（剧）目的创作和演出；拨出60万资助重要社会科学研究活动等。1991年起，又划出300万元，会同市财政再提供1000万元贴息贷款，资助优秀电影和电视片摄制。

在发挥文化基金作用的同时，依据多元投资和市场化理念，上海开始探索项目制运作投资渠道。越剧《梅龙镇》和《蝴蝶梦》率先引进企业资金，形成剧目资金多元投入格局。上海大剧院、上海越剧院和文汇新民报业集团三方打破行业界限，共同投资组建了上海大剧院红楼艺术有限公司，采取跨行业组合和股份制运作的方式，投资新版越剧《红楼梦》。项目法人的形式使其在票务销售中，导入目标市场等营销学概念，提出现代商务交际理念，获得市场的广泛认同。首轮票房就收回了该剧的全部投资。由京、沪两地著名艺术家联袂参与的大型京剧《大唐贵妃》，则首次采用剧目股份制方式运作，文广集团、文新集团和中国上海国际艺术节中心，筹集了320万的巨额投资，打造了名家汇聚、大手笔、大制作，既体现精湛艺术性，又具有极佳观赏性的艺术精品。

上海东方青春舞蹈团2000年推出的原创舞剧《野斑马》，投资也超过了300万元。如果让政府财政一家投资的话，根本无法完成该项目，因为东方青春舞蹈团每年的财政拨款仅160万元。现在，《野斑马》采用全新的民间投资方法，筹集了巨资，成功创作出了具有国际一流水平的超大型剧，受到了市场的热烈欢迎，并在很短的时间里就回收了投资。

在举办大型文化活动方面，上海的投资体制也发生了根本性的变革。上海探索通过设立基金会、经营广告、出售专营权、提供服务等手段，改变计划经济时代大型文化活动由政府包揽的局面，运用市场化的操作方式，成功举办了包括中国上海国际艺术节、上海国际电影节、上海电视节等重大文化节庆活动，形成了上海艺术博览会、上海美术双年展等文化活动品牌。

此外，上海通过土地批租、房屋置换、银行贷款、股票上市、合作合资、市区联动资金配套、社会捐助等社会多元化投资方式，积极探索适应上海特大型城市特点的文化投融资机制。这些，为江南文化产业的发展提供了不可或缺的财力支撑。

市场主体的培育

文化产业作为"内容产业"，其发展离不开文化市场，更离不开市场的主体——文化产品的生产经营者。20世纪90年代，江南各地积极培育市场主体，促进江南文化产业的形成。浙江在1993年组建了浙江印刷集团，初步形成了科、工、贸一体，内外贸相结合，跨地区、跨行业、多功能、多层次的印刷企业集团化经营机制。

上海顺应社会主义市场经济体制的要求，组建股份制公司。1992年4月，由上海广播电视发展总公司、上海电视台、上海人民广播电台、《每周广播电视》报社等4个单位共同发起，经中共上海市委宣传部批准，成立了新中国第一家文化类上市公司——上海东方明珠（集团）股份有限公司。这家公司先后在文化休闲娱乐、新媒体、对外投资等领域进行多元化拓展，在规模、效益和品牌等方面取得了显著提升，实现了产业结构优化和业绩的稳健、快速发展。被上海市人民政府列入50家重点大型企业，名列中国最具发展潜力上市公司50强、中国科技上市公司50强。"东方明珠"还被国家工商管理总局认定为中国驰名商标。

上海把计划经济体制下的事业型文化艺术单位，按照现代企业模式，通过文化产业结构的调整，组建新的文化产业集团，实行企业化管理，不断推进文化产业向集约化、规模化发展。这些文化产业集团主要包括：上海永乐（集团）股份有限公司、上海电影电视（集团）公司、文汇新民联合报业集团、上海世纪出版集团、上海新华发行集团、解放日报报业集团等。

良好法制环境的营造

20世纪90年代，江南各地重视法制保障体系建设，为江南文化产业的健康发展提供制度保障。

上海的文化立法工作起步于20世纪80年代末，进入20世纪90年代，伴随着社会主义市场经济体制的确立、完善、发展，上海文化立法工作不断加强，内容涉及文化、新闻、出版、电影、电视、音像制品、城市艺术、文化市场管理、互联网等文化产业各个领域。

在加强文化立法的同时，上海着力加强执法监督检查，于1999年成立了全国第一支文化领域的综合执法队伍——上海市文化稽查总队。

早在1991年，上海的文化、工商、公安、海关等部门就依法分别成立了文化稽查队，各区、县也相继成立了文化稽查分队，负责执法检查。市和各区县文化稽查分队在维护文化秩序，加强文化管理方面，发挥了积极作用。但是，源于计划经济体制下的文化管理体制表现出管理体制不顺，多头管理，职能重叠交叉，执法分散等弊端。以至于出现了对一个单位的文化有四五个部门在管理的现象。譬如，造宾馆，旅游局可以去管，有线电视台可以去管，有出售书籍业务的出版局可以去管，开办卡拉OK的文化局可以去管。为此，上海积极探索文化市场管理和综合执法新体制。1998年12月上海市委决定，建立全市统一的文化市场稽查队，加强文化市场管理，加大执法力度。

这个时期，浙江省的省、市、县各级文化行政部门均健全了文化市场管理办公室，建立了编委正式批准的文化稽查队，文化市场管理和稽查力量得到明显加强。

文化产业名称的正式提出

20世纪90年代中期，江南各地正式提出要发展文化产业。

这个时期，伴随着社会主义市场经济体制的逐步确立，经济社会经过10多年的持续、快速、健康发展，文化产业的起步在江南是瓜熟蒂落、水到渠成了。

江南各地的决策者们是这样考虑的：光靠经济是无法实现一个地区、一座城市和一个民族复兴的。就以一个人来说，人自身需求的发展形象地说有3个阶段："吃饭"、"吃药"和"吃文化"。"吃饭"是温饱阶段。人只有解决了吃饭问题，才能开展其他的活动；等到有了钱了，吃饭问题解决了，人们要活得更健康、更健美，就到了"吃药"阶段，由此带动了与健康相关的产业发展，于是人们会发现自己花在"吃药"上的钱竟然比花在吃饭上的钱还要多；然后，当"吃饭"、"吃药"都满足了，人们希望自己能够受到社会的尊重，能够体面地工作、体面地生活、体面地做人，这样就进入了"吃文化"的阶段，即追求生活的文化品位。一座城市、一个地方没有文化就没有品位，商品没有文化就没有品牌，人没有文化就没有素质。这就需要文化，尤其是文化产业的发展了。

1996年，上海把"积极发展文化产业，增强文化事业自我积累、自我发展的能力"写进了《上海文化发展"九五"计划》。1998年，上海市委宣传部课题组推出了《发展上海文化产业研究》一书，明确了上海要发展文化产业的具体产业类别，明确了文化经济政策要符合文化产业发展的需要。

在江苏，1996年召开的省文化工作会议提出了建设一个与经济大省相适应的文化大省的目标。不过，当时"建设文化大省"只是作为一个理念被提了出来，还没有纳入经济社会发展的总体规划，也未能建立一套可操作、可检查的体制。

2000年5月，又一届江苏省文化工作会议召开了。会议将发展文化大省的理念全面完善，并和富民强省的计划相配套提了出来。富民的概念，不仅是物质的概念，还应该全面提升人民物质的、文化的、政治的、生活的质量和水平，根本的富民之道是提高国民素质。

浙江宋城，传递千古情

在浙江，1999年浙江省委十届三次全体（扩大）会议正式提出了"发展文化产业，建设文化大省"的目标。随后，在2000年颁布了《浙江省建设文化大省纲要（2001—2020年）》。

文化大省的文化产业将是什么样的呢？

《江苏省2001—2010年文化大省建设规划纲要》勾画的景像是：

——拥有先进的文化设施、发达的文化产业、一流的文化精品、拔尖的文化人才、充满活力的文化体制、繁荣有序的文化市场、各具特色的城市文化环境、丰富多彩的群众文化生活，文化综合实力居全国前列。

——文化产业结构逐步优化。初步形成以文化重点产业为主导、相关产业联动发展的文化产业体系，初步建立起与社会主义市场经济体制相适应、与江苏产业结构调整相衔接的文化产业优化发展新格局，文化产业逐步成为国民经济新的增长点和支柱产业。

《浙江省建设文化大省纲要（2001—2020年）》勾画的景像是：

——完善与经济社会发展要求相适应的文化发展格局，形成符合社会主义文化发展规律的文化运行机制，构筑与人民群众日益增长的文化需求相适应的文化生产服务体系，营造有利于出人才、出精品、出效益的文化发展环境，努力把浙江建设成为全民素质优良、社会文明进步、科技教育发达、文化发展主要指标全国领先、文化事业整体水平和文化

杭州国家动漫基地，彰显文化强省雄心

释江南丛书

产业发展实力走在全国前列的文化大省。

　　——努力达到文化产业形成规模，文化竞争实力显著增强。文化产业要成为文化事业发展的强大支撑，成为文化大省的重要标志。文化产业规模进一步扩大，文化生产和服务能力显著提高，文化产业增加值在全省ＧＤＰ中的比重有较大增长，成为新的经济增长点和支柱产业。文化消费在城乡居民生活支出中的比重有较大提高，人均文化消费支出位居全国前列。

　　这一切预示着，21世纪对江南文化产业的发展来说，必将是一个精彩纷呈的世纪！

三、产业体系功能的拓展

　　文化产业的内涵分为三个层面：核心层，包括新闻、出版、广电和文化艺术等；外围层，包括网络、娱乐、旅游、广告、会展等新兴文化产业；相关服务层，包括提供文化用品、文化设备生产和销售业务的行业，主要指可以负载文化内容的硬件产品制造作业和服务业等。进入新

上海影城，人们休闲娱乐的追求

世纪之后，江南文化产业以其文化休闲娱乐业、广播电影电视业、新闻出版业、文化创意产业、文化贸易服务业等普遍实现的大发展而标志着它已经进入了新的历史阶段。

入选全国首批文化改革试点的强推动

文化作为一种生产力，其产业发展必然要求突破长期以来形成的僵化文化体制的束缚。新世纪伊始，江南文化产业的发展有了强大的推动力：2003年6月在北京召开的全国文化体制改革试点工作会议上，上海和浙江同时入选全国首批文化体制改革综合试点9个地区的行列之中。

抓住机遇，乘势而上，上海启动了新一轮文化发展规划纲要的制定工作。2004年9月召开的上海市文化工作会议和年底出台的《上海文化发展规划纲要（2004—2010年）》，描绘了到2010年上海城市文化发展

《猫》在申城欢舞

的宏伟蓝图。

上海城市文化发展的总体目标明确提出了：建设文明城市，建设学习型社会，建设国际文化交流中心，努力走在发展社会主义先进文化的前列。

上海文化发展的主要任务包括：推动文化产业跨越式发展、加强公共文化设施建设、积极培育文化市场等。

2005年浙江省制定了以文化产业发展为主的《浙江省文化建设"四个一批"规划》。它首次以规划的形式为浙江文化建设提出发展思路和布局规划。提出从现在开始到2010年内，建设一批重点文化设施、发展一批重点文化产业、培育一批重点文化产业区块、壮大一批重点文化企业，提升浙江文化发展的活力，壮大浙江文化实力，提高浙江文化竞争力，加快推进浙江文化大省建设。

2005年7月召开的中共浙江省委十一届八次全会上，通过了《关于加快建设文化大省的决定》。《决定》对浙江省文化产业的发展作了更周密的布局。

以上述重要事件和落实的重要举措为标志，江南文化产业发展开始步入了制度化的大发展轨道。

初步实现集约化和规模化

集约化和规模化，对文化产业的发展具有极其重要的作用。著名文化产业专家、研究员花建曾经撰文指出，文化的产业化运作，离不开对资源的开发和利用。资源的垄断与竞争、开发与重组，已经成为国际文化产业竞争的一个重要方面。因此，进入新世纪，江南各地纷纷组建文化产业集团，其目的无疑是要推动文化资源的优化重组，提高文化资源的利用率，以做大做强的姿态参与国内外的文化竞争。

根据文化产业跨国界、跨行业发展趋势，按照产业发展要求与自身的产业积淀，上海以"集约化经营，规模化发展，集中力量办大事"的思路，在20世纪90年代的基础上，通过组建大型文化集团，调整资源配置，发展文化产业，初步形成广播影视、报刊出版、文化娱乐三大产业发展的主体框架，并极大地推动了包括网络游戏在内的网络文化和现代娱乐业的发展。

江苏通过整合文化资源，先后组建了广电、出版、报业、演艺、文化产业、广电网络6大省级文化产业集团，在重塑市场主体方面迈出了重要一步，文化产业的组织集约化程度得到大幅度提升。文化产业集团发展迅速，目前已形成跨所有制、跨经营领域的综合性企业集团，涉及数码文化、影视、电视广告、大型演出、数字电视等多个领域。

浙江逐步形成了出版发行、广播电视、文化旅游、健身服务、演艺娱乐等优势服务产业以及印刷包装、工艺美术制造、文体用品制造等优势文化产品制造业，形成了文体用品批发、出版物批发、新华书店、邮政报刊发行等多渠道、多形式、多种所有制的文化产品流通格局。

现代科技催生新兴文化产业

利用高新技术发展高新文化产业、改造提升传统文化产业，不断提高文化产业的高新技术含量，促进文化产业从劳动密集型向技术密集型转变，从低附加值向高附加值转变，从粗放型向质量型转变，实现文化产业的不断升级，这是江南文化产业发展的一个重要特色。

上海戏剧频道：2009年9月，网络购物顾客数突破200万

进入新世纪的上海，与现代科技结合的新的文化业态接连出现，如网络游戏、动漫产业、创意产业、网络出版、流媒体、数字电影、数字广播等，仅电视业就有数字电视、移动电视、手机电视、宽频电视等，全都走在了江南和全国的前列。电视购物频道，2007年的年销售额达26亿，已接近目前最大的商业零售企业八佰伴的年销售额32亿。网络游戏，全国的市场规模大约在30亿元至40亿元之间，而上海却占了50％以上。上海是继新加坡后全球第二个推出移动电视的城市，目前在技术上已处于领先地位。依托高新技术，创建新的文化业态，成了上海文化产业发展的优势。进入2009年，在全球金融危机的大背景下，上海文化产业市场突围——国内首条蓝光ＢＤ50Ｇ光盘复制生产线，在松江工业开发区上海新索音乐公司建成投产，宣告影音产业高清时代的到来。

在浙江，以动漫和游戏为主的数字娱乐业初具规模。全省共有专业从事漫画、网络游戏、手机游戏等制作和研发的动漫企业40余家，动漫产业从业人员1万多人，已初步形成动漫产品研发、制作、运营和周边产品开发的产业链。同时，采用高新技术提高广电采编、制作、传输、发射、播出等网络化、数字化水平。广播电视综合人口覆盖率、有线光缆联网率、有线电视入户率、用户数等多项指标位居全国前列。

移动电视，吸引着移动的视线

其中，互联网时代的"浙江创造"引人注目，近3000家行业网站，占全国一半以上。2007年，浙江电子商务网上交易额超过5000亿元，形成以"阿里巴巴"为代表的综合性电子商务网站和以中国化工网为代表的行业性电子商务网站两种发展模式。阿里巴巴集团已成为中国最大的电子商务公司。杭州天畅网络科技公司自主研发成功3D网络游戏引擎，填补了国内空白。2009年浙江经文化部审批的网络游戏、网络音乐企业等有30家。

江苏积极培育新兴文化产业业态，动漫游戏、网络文化、手机报等新兴产业业态快速发展，2008年原创动漫作品49部、22192分钟，产量位居全国第二；新华日报的手机报开办不到一年，用户已突破140万。

软硬件设施建设大步推进

文化基础设施建设是文化产业发展的永恒主题。不过，江南的文化基础设施建设，如果说20世纪90年代是带有还历史欠账性质的话，进入新世纪后则已经转化到功能性开发的新阶段。

在上海，到2010年将投资建设的功能性文化设施主要有：世博会场馆、上海历史博物馆、现代艺术博物馆，环球影城主题公园、文化广场改造、大世界改造、佘山影视制作基地、多媒体电视综艺中心、上海图书馆二期工程、少儿图书馆、北外滩摩天轮、浦东视觉艺术公园、张

世博演艺中心演绎着申城文化产业的明天

江文化创意产业园区等。公益性文化设施项目主要有：百个博物馆、百个社区文化活动中心、百个剧场、百座城市景观雕塑等。

这些新的文化设施的兴建，将进一步拓展上海文化产业的发展空间，构筑起具有上海城市特点的文化线、文化圈、文化街。包括黄浦江、苏州河的沿岸文化风景线；形成汇集众多文化景观的人民广场核心文化圈；徐家汇、五角场等以及11个新城的区域文化圈；福州路、绍兴路、多伦路、泰康路、衡山路等文化特色街区等等。

在江苏，南京图书馆新馆、江苏广电城、凤凰国际书城、省美术馆新馆等一批重点文化设施建成并投入使用。在文化部组织的第二次全国县级以上文化馆评估定级中，江苏省三级以上文化馆共有88个，其中国家一级馆55个，等级馆和一级馆数均列全国第一。2008年全省新增有线数字电视用户270万，总用户数达510万，全国省级第一。苏州在全国率先实现有线数字电视城乡一体化；新建农家书屋4633个，共建成8474个，总数全国第一。

在浙江，一批现代化的文化基础设施在2009年建成。它们包括浙江省科技馆新馆、浙江省自然博物馆和西湖文化广场等。

漫漫宇宙的壮观，海洋巡礼的神秘，庞大逼真的恐龙，巨型的鲨鱼群，这些只有在电视和电影中才能见到的场景，现在浙江人在家门口就能够体验到了。在科技馆新馆内，游客们不仅能游览"宇宙遨游"、"海底巡礼"、"生命奇观"等十个常设展区，还能在沉浸式影院、4D特效影院中体验身临其境之感；在自然博物馆中，游客们可通过"生命大爆发"、"恐龙世界"等多个大型复原场景，了解地球生命的故事，感受丰富奇异的生物世界。

六朝古都南京的图书馆新馆

在运河之畔、杭城中心，人们既能"遨游"神秘宇宙，又可了解古生物奥秘，还能享受国内唯一的"沉浸式影院"带来的身临其境之感。这就是新落成的西湖文化广场给市民们带来的好消息。西湖文化广场占地12.9公顷，总建筑面积35万平方米，总投资约22亿元，集科技、文化、娱乐、演出、展览、健身、休闲等功能于一体，是浙江省目前最大的综合文化设施。

在推进功能性文化基础设施建设的同时，江南各地积极推进文化贸易服务平台建设，形成了交易博览会、国际文化服务贸易平台等在内的多方位、多层次的文化贸易机制，推进了文化产业的发展。

民营文化企业快速发展

个体、私营等非公有制经济不断发展壮大，已经成为社会主义市场经济的重要组成部分和促进社会生产力发展的重要力量。在文化产业领域，虽然从20世纪80年代末开始尝试在部分领域允许非公资本进入，1989年上海就出现了自筹资金、自负盈亏、自主经营、独立核算的民营剧团"上海五四小剧院"和"华夏文化艺术团"，但由于文化的意识形态特点，以及民营资本进入文化产业的体制性障碍尚未扫除，所以民营资本进入文化产业总体上还处于初始阶段。

进入新世纪，根据党的改革政策，上海调整了文化经济政策，推出《上海文化产业投资项目指导手册》，为有志投资文化产业的非公有制企业提供有效信息。同时，逐步推出优惠政策，不断放宽民营资本进入文化产业的门槛，吸引非公有制企业、外地企业投资法律法规未禁入的文化产业，使民营资本呈现旺盛的投资热情。在具有明显知识经济特征的新兴文化产业中，民营资本发展向好，已成为文化创意产业，网络游戏产业的投资主体；同时，在移动电视等新兴媒体产业和传统的影视产业、演艺业、文化输出，以及国有文化单位股份制改造方面等，民营投资也快速增长。此外，快速发展的民营影视业和民营演艺业，也成为新时期上海文化产业发展的又一亮点。据统计，上海2007年共制作电视连续剧1500多集，大部分由民营影视公司完成；申城现有的280多家演出机构八成以上是民营企业。

西湖时代广场浓烈的现代文化气息

在浙江，调动非公有制经济等社会力量发展文化产业，已成为浙江文化体制改革的亮点。2004年4月经国家广电总局批准设立的横店影视产业实验区就是以大型民营企业横店集团为具体操作主体的，至2009年实验区已入驻影视企业100多家，其中相当数量为民营企业。杭州滨江区国家动画产业基地、西湖区数字娱乐产业园和拱墅区LOFT49创意产业基地在较短时间内已吸纳了众多家民营文化企业共同发展。在培育民营文化集团方面，浙江已经形成了诸如宋城集团等一批在全省乃至全国同行业具有较大影响的民营文化龙头企业。在兴办民办文化机构方面，浙江省新批影视制作机构200多家，其中80%以上为民营企业。目前浙江全省共有民营文化企业4万余家，从业人员50余万人，民营文化企业已成为浙江文化产业的新生力军。

在江苏，非公有制经济也已成为发展文化产业的重要力量。2008年南京演出市场2亿元左右的投资总额中，70%是民营资本；南京的演出

横店的优美风景

场所，70％是民资投建的，以民资为主组建的文艺团体占总数的60％。南京图书业每年市场营业额数十亿，其中民营书业占了半壁江山。大众书局是江苏民营书业的"明星"，它独创了文化消费大卖场的模式，其旗舰店南京书城是全国最大的民营书城。2005年，大众书局获国家新闻出版总署授予的全国性连锁经营许可权，目前已在全省建立了十多家连锁书城，并成功进驻上海。

江南，当今中国最具活力的地区之一，其文化产业正日益展现着她无穷的气势和魅力！

成功进驻上海的大众书局

02

第二章

新闻出版业从传统走向现代

第二章 新闻出版业从传统走向现代

新闻出版业，这个占据文化产业核心层首位位置的行业，是江南的传统强项。其中，上海新闻出版业，历史上曾经被誉为中国的"半壁江山"。进入新时期，江南新闻出版业经过拨乱反正、更新观念，改革体制、做大做强，一步一个脚印地把产业从传统推向现代。如今，产业化、集团化已成为其主流。随着与高新技术的联姻，与数字化、网络化的结缘，跨行业、跨区域的经营，产业品牌的打造，江南新闻出版业正在完成一个华丽的转身——实现现代化、国际化、数字化。

一、报刊业的凤凰涅槃

江南的报刊业，尤其上海的报刊曾经闻名全国、名扬世界。从上海首张报纸的诞生，就是在大风大浪中前进、成长的。它有过辉煌，也有过曲折，但觉醒之后的江南报刊业更具活力，更有魅力，奋力向现代化迈进。

辉煌·曲折·觉醒

160年前的江南，上海的报刊业已开始萌芽；新中国建立，江南报刊业开始开花；进入新时期，江南报刊业得到全面发展。

从1850年英文《北华捷报》——上海开埠后诞生的第一份报纸的创刊，1861年申城第一张中文报纸《上海新报》的发行，上海的新闻事业开始如同春笋破土，春潮出峡，蓬蓬勃勃，日新月异。160年来，它始终与民众的脉搏同跳动，忠实地记录着上海这座城市的发展和进

上海历史陈列馆·栩栩如生的20世纪初上海报童蜡像

步，成功和挫折，欢乐和痛苦。它为上海民众传播知识，开启民智，宣传革命，唤醒大众，引导舆论，传承文明，引导着上海这座太平洋西岸的新兴都市前进。

新中国建立后，江南报刊业发生质的飞跃。但它始终处在一个不可抗拒的规律之中。与民众同脉动，新闻事业就发展，脱离民众的脉动，新闻事业就挫折。苏浙沪解放后，由于认真贯彻党的"百花齐放，百家争鸣"方针，新闻事业有很大发展，在宣传党的路线、方针、政策，为社会主义建设、为人民大众服务方面，都取得巨大成就。但是，由于不同时期"左"的干扰，报刊业时而远离民众呼声，当然会出现一些失误。中共十一届三中全会后，在解放思想的旗帜引领下，江南新闻业勇敢加入拨乱反正大军，冲破"禁区"，重新与民众同呼吸、共命运，与民众脉搏同跳动，为确保江南报刊业全面复苏，为以后新闻事业的改革以及新闻产业化的大转型作了重要铺垫。

谈到新闻界冲破"禁区"、正本清源，不能不说到两个故事，即江南名报——

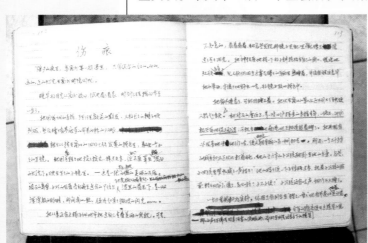

《伤痕》手稿，记载的何止是文学的历程

《文汇报》冒险刊载短篇小说《伤痕》和话剧剧本《于无声处》。

1978年8月11日，复旦大学校园出现中文系学生卢新华的短篇小说《伤痕》。小说《伤痕》写一个同学讲述自己在"文革"中的不幸遭遇。该小说勇敢地突破了当时文学创作不能有中间人物、不能写社会主义时代的悲剧等"禁区"，以一个悲剧故事，揭露极"左"路线和血统论给中国社会、特别是青年一代心灵上造成的伤害，成为当时思想解放运动中"发自文艺界的一声粗重的呐喊"。敢不敢刊登这篇文章，对上海新闻界是一个考验。当时的《文汇报》领导经过深思熟虑，认为报纸应该与民众心连心，《伤痕》主题就是反映广大民众痛恨"文革"的心声，报纸应该义不容辞地发表这篇文章。后经请示当时中共上海市委宣传部领导同意，《文汇报》以一个整版的篇幅刊登了小说《伤痕》。小说像一个重磅炸弹在沉闷已久的空间发生清脆的爆炸，炸碎了人们思想上的枷锁，人心大爽。《伤痕》的发表，苏浙沪乃至全国引起轩然大波。江南和全国的广大读者包括干部、作家纷纷写信，他们"感谢《文汇报》发表这篇激动人心的小说"。在短短的时间内，全国多家广播电台一再播放这篇小说，许多报纸杂志转载了这篇小说，一些地方的评剧团、豫剧团和其他地方剧团先后把小说改编成戏剧上演。江南和各地许多作家相继写出了真实反映"文化大革命"的文艺作品，成为揭批"四人帮"罪行的斗争中的一个丰富内容，反映了广大人民的心声。全国不约而同地把小说《伤痕》的发表，看作是一个特定历史时期的文学现象，"伤痕文学"由此得名，并载入了中国文学史册。小说《伤痕》在国外也引起强烈反响，被翻译成英、德、日、法等国文字，在许多报纸杂志上发表。

《于无声处》闻惊雷

同年，《文汇报》又以敢做敢当的大无畏精神，宣传报道了青年剧作家宗福先创作的歌颂1976年四五运动的四幕话剧《于无声处》。该剧是一部典型的反映民心的杰作，它控诉了江青反革命集团的罪行。它在全国率先发出了为天安门事件平反的呼声，引发了观众的强烈反响和共鸣，被誉为"戏剧舞台上的一声春雷"。《文汇报》这一举动，再次把上海人民、江南人民乃至全国人民揭批"四人帮"斗争推向高潮。

1978年10月12日，《文汇报》发表了记者采写的题为《于无声处听惊雷——访话剧〈于无声处〉的编剧、导演和演员》的通讯，引起全国关注。同年10月21日，《文汇报》继续刊登题为《寒凝大地发春华——评话剧〈于无声处〉》的剧评文章。10月28日，《文汇报》在一版以《热情歌颂天安门广场事件中向'四人帮'公开宣战的英雄，〈于无声处〉响起时代最强音》为题，报道广大观众和本报读者来信，高度评价创作人员敢于冲破"禁区"的艺术实践。10月28日、29日、30日文汇报连续3天以整版篇幅刊登了《于无声处》剧本。新华社和中新社把这件事作为一则重要新闻，立即向全国和海外播发，11月16日《人民日报》发表题为《人民的愿望，人民的力量——评话剧〈于无声处〉》的特约评论员文章，在全国激起更强烈反响。当文汇报刊载《于无声处》剧本的报纸送到中南海后，引起了中共中央宣传部、中共中央办公厅的重视，他们电告中共上海市委，要调话剧《于无声处》剧组到中南海演出。中央领导观看了他们的演出。陈云同志在中央工作会议上，肯定了话剧《于无声处》。

《文汇报》义无反顾地刊登了《伤痕》和《于无声处》，拉开了江南新闻界乃至整个社会冲破"禁区"，拨乱反正的序幕，这一正义行动不仅代表上海报业界，也代表了江南全体报业界人士的意愿。粉碎"四人帮"后，江南整个报刊业已完全掌握在党和人民手中，时刻与民众同脉动，并向极"左"思潮设置的禁区发起总攻。从此，上海的《解放日报》、《新民晚报》、《劳动报》、《青年报》和江苏的《新华日报》、浙江的《浙江日报》等纷纷行动起来，都勇敢地站在拨乱反正的前列，为民众的利益振臂高呼，反对"两个凡是"，批判极"左"思潮，正本清源，为江南新闻业全面复兴奠定了基础。

冲破"禁区"后的苏浙沪报刊业从此一发而不可收，积极投入真理标准问题大讨论，坚持真理，抨击谬论，突破"两个凡是"的束缚，为尔后江南新闻业的复兴、改革以及集团化、现代化的实现作了重要的思想理论准备和舆论引导。

闯过"禁区"后的发展

江南报刊业闯过"禁区"后得到巨大发展，主要得益于中共十一届三中全会确立的"解放思想，实事求是"的思想路线，敢于实践，不断探索。在积极宣传改革的同时，不断壮大自己。这方面，上海的报刊业可称为领头羊。

在这期间，上海的主流媒体《解放日报》、《文汇报》等运用各种形式积极宣传党的十一届三中全会精神。1979年至1984年，各报刊共发表改革评论400余篇，大力宣传邓小平关于社会主义市场经济的理论，促进观念更新，为改革开放大造舆论。1986年5月，《解放日报》连续发表《"口不离"瓜子引起的风波》和《"星条衬衫"引起的风波》两篇文章，并就这"两个风波"在版面上开展了"更新观念，推进改革"的讨论；《文汇报》以高度的新闻敏感性和改革意识，大胆报道了上海第一家个体户、第一个股份制企业、第一只证券业务柜台、第一个合资企业、第一块向外商批租的土地等，扩大了人们的改革视野。

掀起巨澜的《解放日报》头条

特别在1991年春，《解放日报》以显著地位连续发表署名"皇甫平"的4篇评论文章，即《做改革开放的领头军》、《改革开放要有新思路》、《扩大开放的意识要更强些》、《改革开放需要大批德才兼备的干部》，旗帜鲜明地首次宣传了邓小平关于社会主义市场经济的思想，震动江南，举国关注，引发全国一场大讨论，有效地推进了人们的观念创新，为大规模改革开放作了重要的理论和舆论准备。上海报刊业从中也获取巨大收益，因为改革中，也壮大了自己。

"皇甫平"作者之一周瑞金近影

新时期的上海报刊业精彩纷呈。

新时期，上海报刊业在数量和规模上，出现了迅速和空前的发展。"文革"结束时，上海公开发行的报纸只有三四种。10年后，即1986年，达到58种，平均期发数1600多万份左右，人均1.3份。再过10年，到1995年底，则增至86种，年发行19亿份以上，在全国名列前茅。

与此同时，各种非正式报纸也逐年增加，至20世纪90年代中期已达一百四五十种。报纸印刷技术有了进步，电脑排版已为各报普遍使用，采用胶印技术的报纸越来越多，为报刊业改革提供了物质保证。报纸刊次日增，版面扩大，种类繁多，有综合类、经济类、文化艺术类、政法理论类、科技卫生类、教育类、文摘类、少儿类、企业类、英文类等。形成以综合性日报为主体，多层次、多品种，适应不同对象需要的、门类比较齐全、分工比较合理的报业结构。

　　主流媒体《解放日报》、《文汇报》和《新民晚报》是上海最有影响的三家综合性报纸。改革力度大，成效最显著。

　　作为中共上海市委机关报，《解放日报》日发行量多年来保持在55万至90万份之间，顶峰在20世纪80年代中期。该报为使报纸贴近实际、贴近生活、贴进群众，在国内新闻界首开社会新闻登头版之先河。该报为适应经济建设的需要，不断扩大版面。自1988年元旦起，由对开4版扩为对开8版，1992年元旦又扩为12版，以后又增至20版。1992年10月，开始增出彩色周末版，此举在国内综合性报纸中属于首家。1994年6月1日开始，为满足广大体育爱好者的需要，每逢周三增出《每周球讯》对开一大张。次年又推出《双休特刊》，以此丰富读者双休日的精神生活。同年，还创办了《解放日报·中国经济版》，向东南亚和欧美各国发行，扩大了上海报纸在海外的影响。本着"一报为主，多种报刊并列"的发展方向，该报社还兼办有《上海学生英文报》、《报刊文摘》、《支部生活》、《连载小说》、《党课教材》、《申江服务导报》等，其中以《报刊文摘》最负盛名，它是全国文摘类报刊发行量最大的一种，最高时曾超过330万份。

　　《文汇报》以知识分子为主要阅读对象，以宣传党的文教方针、政策为主要任务，立足上海，面向全国。该报在20世纪80年代中期发行量

《文汇报》

曾达140万份，后因广播、电视及其他报纸的崛起，导致市民信息接受分流，销量有所下降，20世纪90年代中期保持在50万份以上。自1992年元旦起，《文汇报》加大改革力度，先后由日出对开4版扩为对开8版，进而每逢周三出彩色版，1995年元旦起又扩大为三大张12版。从1996年起，每天都出版彩色报纸，成为上海第一家天天出彩报的综合性日报。随着改革的深入，还成为申城第一家创办系列"大周刊"（即同时推出6个"大周刊"，即"市场与消费"、"财经广场"、"现代家庭"、"文化天地"、"科技文摘"、"海外瞭望"）、第一家派出驻外记者（驻东京、巴黎、墨西哥城、纽约联合国总部、华盛顿等）、第一家实行"工效挂钩"，打破分配"大锅饭"的新闻单位。该报亦致力于出版多种报刊，另办有《文汇读书周报》、《文汇电影时报》、《文汇生活导报》等。

在上海"三报"中，《新民晚报》销量最大，1988年曾达190万份，20世纪90年代中期在160万份左右。该报强调晚报特点，注意适应不同行业、不同层次、不同年龄、不同文化程度的读者兴趣和需要，受到了广泛欢迎。1994年11月起利用卫星传版，正式在美国印刷发行，订户遍及全美50个州。该报在1982年元旦复刊后，日出4开6版，1986年元旦扩为对开8版，1992年7月又扩为16版，1997年已达32版。另从1995年起增出《七彩周末》彩色版。此外，还兼办《漫画世界》、《新民体育报》、《新民围棋》等刊物。

与上海经济中心的地位相适应，经济类的报纸从无到有，从有到多，发展迅猛，1997年已达二三十种，约占上海报纸总数的三分之一。创刊于1985年的《经济新闻报》，1987年改名为《新闻报》，该报以对外经济和金融改革为报道重点，迅速传递中外经济信息，为发展外向型经济服务。其读者多为工商界企业界、经济工作者和广大消费者。《上海英文星报》由上海对外宣传小组和《中国日报》社合办于1992年11月，已发行到几十个国家和地区，全面、准确地介绍了上海、长江流域以及华东地区改革开放的最新动态。为了报道金

《新民晚报》

融、证券业的活动情况，及时反映股市行情，上海证券交易所和新华社上海分社在1993年共同创办了《上海证券报》，该报除主要报道经济、金融、证券信息外，还从不同角度反映经济生活各个领域，包括市政公用事业、大型企业状况等。

为了满足人民群众日益增长的精神需求，上海文化、娱乐、科技、教育类的报纸也为数不少。《上海文化艺术报》由上海文化局创办于1985年3月，重点报道上海演艺界、娱乐圈的消息、动态。《有线电视报》、《每周广播电视报》则汇聚了上海电视文化的最新评论和节目预告。《上海法制报》是为了推动普法教育，于1984年1月问世的。其他诸如《上海科技报》、《社会科学报》、《文学报》、《上海译报》、《生活周刊》等，也都在独特的领域丰富了读者的文化生活。

各种对象性报纸紧扣主题，满足了不同身份、特点的市民的阅读兴趣。《劳动报》把读者定位为全社会的劳动者。《上海侨报》面向广大归国华侨和海外侨胞。《联合时报》、《上海盟讯》针对民主人士。《上海老年报》以适应上海200万老人和老龄化城市的需要。《青年报》毋庸置疑是以青年市民为阅读对象的。呵护、充实"祖国花朵"精神世界的报纸尤多，如《少年报》、《小学生学习周报》、《小伙伴》、《小青蛙报》、《童话报》、《中学生知识报》、《上海学生英文报》等。其中数《我们一百万》和《小主人报》最为闻名，这是两份在成人指导下，由15周岁的孩子自己采写、编辑、出版，发行全国达十几万份以上的报纸，在国内实属少见。

报纸的最基本功能是传播新闻信息，这一点在报刊业改革之前长期没有得到重视。它们被单纯地视作是党的宣传工具，专门向各级机关、干部灌输现阶段的工作指示和要求，很少考虑读者的需求和特点，由此便造成了信息本身的封闭性，"少、老、慢、窄、长"，千人一面，难以迅速、及时地反映社会生活的全貌。20世纪70年代末，《解放日报》带头提倡"短新闻"，力主"报纸应以发表新闻为主"，此后10多年间，上海各报、新闻报道在坚持正确舆论导向的基础上，勇于探索，不断改革，努力体现"多、新、特、深"四大特征。

一是多。新闻报道在篇幅和容量上有了大幅度的增长。无论是综合性日报，还是专业性周报，都很重视报道的信息密集化，提高整张报纸的可读性。各报的每一次扩版，新闻版面和栏目也随之"水涨船高"，并且大都突破原来的版面比重。1988年《解放日报》由4版扩为8版，其中至少有5个版面专门报道信息。1992年《文汇报》也扩为8版，新闻版占了一半以上。在1992年《新民晚报》的16个版面上，竟有9个是新闻版。

二是新。为了获取最新的消息来源，各单位均大力加强记者队伍建设，恢复发展散布各地的通讯员队伍，重视一线采访工作，力争以最快速度刊发最新的独家新闻。《文汇报》在这方面做得最为出色，该报在北京、天津、广州、南京、杭州、徐州和上海浦东新区设有办事处或记者站，在美国、法国、日本、墨西哥、印度、菲律宾、尼泊尔、乌克兰、伊朗等国家和澳门地区及联合国都派有常驻记者，形成强大的信息网络，以取得最新信息。

新闻的报道面、开放性也显著扩大。随着对外开放和国际交往的逐步加大，国际最新的信息日益受到重视。各报及时在国际版或要闻版显著位置，刊登重要的国际政治、经济科技、文艺等新闻，有的还附加细致的分析评论。对于特别重要的国际新闻，有时甚至打破常规，以头版头条位置刊出。

三是特。反映市民日常生活的社会新闻也开始跃居显要位置，这是近年来上海新闻报道的一个重要特色。新闻媒介进一步贴近社会、贴近群众，促进上情下达，不回避人们普遍关心的热点、难点问题。许多与市民群众切身利益密切相关的事情，如物价、交通、治安、市场供应、严重灾害和突发事故等，及时公之于众，广泛征求意见，为人民群众参政议政，表达疾苦和心声提供广阔的讲坛。《解放日报》的《社会

与上海地铁同行的书报亭

新闻》涉及政治、经济、文化、科教、社会生活的方方面面，针对生活实际发表言论。《解放讲坛》就实论虚，针砭时弊，在读者中传颂一时。《新世说》具有政论性、新闻性、批评性的特点，文章短小精悍，文字生动，有许多佳作曾被《人民日报》转载。《文汇报》的《虚实谈》言论鲜明，既弘扬正气，也抨击丑恶，所论皆为市民街谈巷议社会热点。《外地来客说上海》专门刊登外地群众的来信，向上海各个方面的工作提出建议、意见。《都市一角》利用新闻照片形式开展社会评论，选题源于广阔的现实生活。《新民晚报》的《上海佳话》以通讯和新闻故事形式，赞颂社会主义的新人、新事、新道德、新风尚，曾被列为精神文明的重点栏目。《上海滩扫描》把采访触角伸向社会热点，不断地为读者提供城市生活中一幅幅新奇而令人深思的画卷。《社区写真》综合报道发生在社区里的新鲜事、感人事、动情事，全方位地展示以社区为载体的精神文明建设。

四是深。大特写的深度报道是近年来活跃在上海报纸上的一种新颖的新闻体裁。民情风俗、社会心态、伦理道德、婚姻家庭等一些陌生的、鲜为人知的题材经常成为大特写挖崛的题材。它首先出现在《生活周刊》，以后各报纷纷仿效，如《劳动报》的《长镜头》、《青年报》的《广角镜》、《解放日报》的《人民广场》、《文汇报》的《社会大学》等。新闻媒介由此成为社会各阶层、各利益集团之间相互沟通、增进了解的有益渠道。

浙江报刊业闯过"禁区"后，结合自身特点努力探索改革。由于多种原因，其改革一度滞后于其他行业，深层次、体制性的改革少有触及。中共十六大以来，中央作出一系列深化文化体制改革的决策，《浙江日报》带头开拓创新，深化改革，取得明显成果。

《浙江日报》是中共浙江省委机关报，于1949年5月9日在杭州创刊，是浙江历史上第一张在全省范围内公开出版发行的中国共产党党报。改革开放新时期，《浙江日报》在邓小平理论和党的基本路线指导下，坚持党性原则，坚持实事求是，坚持团结、稳定、鼓劲，正面宣传为主，牢牢把握正确舆论导向，大力宣传改革开放和社会主义现代化建设，讴歌全省人民开拓进取、奋发有为的精神面貌。

从2000年6月25日起，《浙江日报》开始版面改革，实行改版、扩版和彩印。改扩版后的《浙江日报》版面从原来的每周60版扩至72版，其中周一至周四每天12版，周五16版，周六、周日4版。每天的第一、第四版和周一至周五的第九、第十二版为彩印。这次改扩版还对版面配置进行了调整，增加了新闻版面，压缩了专刊专版。除第一版要闻版不变外，新增和扩大的新闻版面依次为：第二版《本省要闻·政治新闻》、第三版《国内新闻》、第五版《产经新闻》、第六版《今日农村》、第七版《都市社会》、第九版《国际新闻》、第十版《科教卫新闻》、第十一版《体育新闻》、第十二版《文化新闻》。

报社不断推进新闻改革，努力提高舆论引导水平，许多报道获得良好反响。有两件作品分获第八届中国新闻奖一、三等奖，两件作品分获第九届、第十届中国新闻奖三等奖；在第一届全国省报编校质量抽查评比中第一名，在第二、第三届评比中均获第二名。

报社坚持深化体制改革，加强管理，提高效益，事业发展迅速。《浙江日报》发行量逐年上升，自1996年以来发行量一直位居全国省级党报前列。1999年，发行量达到47万份。1997年5月，《浙江日报》智能化新闻大楼正式启用，2009年已开通新闻采编网络，网上写稿、评稿、改稿，并可随时查询。印刷技术更新换代，印务中心每小时可印对开16版彩色报纸15万份。《浙江日报》还与日本、美国、法国、加拿大等国家和我国香港特别行政区的新闻媒体建立了友好关系，与日本《静冈新闻》建立了定期稿件交流制度，在美国《侨报》、加拿大《今日中国》、法国《欧洲时报》、香港《文汇报》上开辟了有关浙江的新闻专版。

江苏报刊业冲破禁区，通过改革，同样取得丰硕成果，1978年报纸从4种增加到143种，期刊从21种增加到439种。1979年12月，中共江苏

《浙江日报》

省委批复，同意《新华日报》从1980年1月1日起对外公开发行，这是江苏报刊业的一个重要举措，在全省有示范效应。接着，积极推进公益性新闻出版单位深化体制改革，全省14家党报全部实行采编与经营分开。1986年1月1日，江苏省第一张晚报——《扬子晚报》创刊，填补江苏省长期无晚报的空白，深受全省广大读者的欢迎。2006年8月29日，《扬子晚报》全新改版，实现清晨出版，大大满足全省人民业余精神生活的需要。这一系列的改革与成果都为尔后新华日报报业集团、南京日报报业集团的诞生作了重要准备。

报刊业的集团化趋势

　　江南报刊业的改革发展到一定阶段，集团化是它的必然趋势。这是报刊业从传统走向现代的一个重要标志。主要有两方面因素：第一，经济全球化，使国际传媒的兼并不断加剧，国外传媒业成立超级传媒集团的新闻不断传出，使江南地区，特别是上海这个日益现代化的大都市，不得不考虑扩大媒体产业规模，应对严峻的国际文化市场，增强国际竞争力。第二，江南经济领域集团化改革掀起新浪潮，给媒体作了成功的示范效应。这两个因素给苏浙沪报刊业的改革以重要启示，即以集团化建设的思路，改变旧有报刊业体制一统天下的局面。

　　苏浙沪报刊业在集团化建设方面，上海可谓"领军人物"。

　　上海组建文化集团的思路，在1997年基本成熟，根据中宣部关于扩大报业集团试点的指示精神和上海市第七次党代会提出的深化文化体制改革、组建报业集团的要求，上海首先选择报业为突破点。1998年7月，文汇报社和新民晚报社"撤二建一"，组建文汇新民联合报业集团，正式揭开了江南和上海组建文化产业集团的改革之路。

　　江南第一家媒体集团——文汇新民联合报业集团，是创刊60多年的《文汇报》和有70年历史的《新民晚报》强强联合的外生型报业集团发展模式，即主要是依靠外部规划和命令来组建的报业集团。2家报纸期发总数近300万份，固定资产总值近20亿元。它的联合加快了上海媒体改革的步伐。组建后的文新报业集团，包括《文汇报》、《新民晚报》、《Shanghai Daily》3大主报，以及《新民周刊》、《文汇读书周报》、《新民体育报》、《新民晚报·美国版》、《文学报》、《上海星期三》、《新闻记者》、《新民围棋》、《萌芽》等13家报刊和1家出版社，同时，在10个国家、地区以及联合国派有常驻记者，在美国设立了记者站，并创办了海外版。在国内及海外设立了近20个卫星传版印刷点，集团共有经济实体20余个，是中国最大的报业集团之一。

文汇新民联合报业集团组建中，提出了"统一发展规划、统一资产监管、统一人事管理、统一财务制度、统一编辑出版、统一报刊印刷、统一广告业务、统一报刊发行、统一技术服务、统一经营管理"10个统一的目标，应该说，为集团的发展带来三个效应：一是资产规模效应，现在我国尚没有哪家报业集团像文汇新民联合报业集团一样，在成立时资产就扩大了；二是资源重组效应，"强强联合"组建报业集团，按照社会主义市场经济规律，将资产、技术、采编、经营、管理、党务等重新给合；三是优势互补效应，两报原来的办报传统、特色各不相同，各有千秋，在两者原有的基础上，互相补充。组建集团不久，在发行量与广告收入乃至队伍建设上都一跃而成为全国报业集团中的冠军。从主管部门评判报业集团的相关指标上来看，文汇新民报业集团基本实现了预期的目标。截至2002年底，集团净资产为25.51亿元，比1998年集团成立初期的13.1亿元，增长了84.86％；2002年度，资产保值增值率为12.9％，集团成立四年来平均保值增值率为16.33％，超额完成市国资办下达的10％的目标任务；2003年集团净资产增至28亿元，利润总额为4.05亿元，全部收入为13.02亿元，比集团成立时增加1.52亿元，增长13.22％。经过多年努力，2007年集团净资产与集团初期资产相比，保值增值率达229.93％，取得长足发展。

以党报为核心组建的媒体——解放日报报业集团，成立于2000年10月。它是以中共上海市委机关报《解放日报》为主组建的一个具有较强核心竞争力和综合实力的媒体集团。解放日报报业集团媒体种类丰富、结构合理、人才荟萃、实力强劲、影响广泛，目前拥有《解放日报》、《新闻晨报》、《新闻晚报》、《申江服务导报》、《报刊文摘》、《人才市场报》、《Ｉ时代》、《房地产时报》、《上海学生英文报》

9份报纸，《支部生活》、《上海小说》、《新上海人》3份刊物，还有解放日报电子网络版和上海沪剧院，共计九报三刊一网一院。集团报刊年总发行量48082万份，平均期发数为309万份，覆盖长江三角洲城市群，发行全国各地和世界诸多重要城市。集团初期总资产11.3亿元，净资产8.3亿元，截至2002年底，集团净资产为9.55亿元，税前利润1.66亿元，分别比集团成立前增长54.72％和63.87％。从2005年开始，集团保持每年14％的经济增长，净资产从2005年17亿元增加到2008年的33亿元，总资产从22亿元增加到66亿元，还拥有新华传媒现有股份，市值约30多亿元。解放日报报业集团的影响力和迅猛增长的综合经济实力跃居全国主要报业集团前列。

解放日报报业集团出版、在地铁车站向乘客赠阅的《时代报》

解放日报报业集团具有事业性质的单位12个，它们是《解放日报》、《新闻报》、《申江服务导报》、《报刊文摘》、《人才市场报》、《Ｉ时代》、《房地产时报》、《上海学生英文报》、《支部生活》、《上海小说》、《新上海人》、上海沪剧院等；具有法人地位的单位24个，包括解放广告有限公司、解放印务中心、解放物业公司、解放发行服务部、解放出租车公司、解放实业公司、劳动服务公司、新闻信息产业发展中心、新闻族广告公司、上海金白领广告有限公司、上海解放印务技术有限公司、解放公关策划有限公司、《申江服务导报》、《新闻报社》、《人才市场报》、《Ｉ时代》、《房地产时报》、《上海学生英文报》、《新上海人》、《党课教材》、上海沪剧院等。

解放日报报业集团成立以后，从原有的一报为主的单一垂直管理到主报、系列报刊并存的多元化集团管理，与之相适应的管理体制也必须作出相应的变化。集团成立后，在管理体制上进行了四方面的改革：一是设立了党委（社长）办公室、新闻总编办公室、总经理办公室、纪委（监察、审计）办公室、事业发展部、组织人事处（人力资源部）和计划财务部等5室2处，作为集团的核心管理部门；二是集团对新闻宣传和经营管理两大主体内容均实行条块管理，集团新闻办公室对新闻宣传实行条状管理，各系列报刊对新闻宣传实行总编、主编负责制的块状运作，集团总经理办公室对经营管理实行条状管理，广告、发行、印务、物业后勤4个中心对经营管理实行块状运作；三是集团对系列报刊确立了"六统一，四独立"的管理原则，系列报刊在宣传导向、发展规划、内容定位、资产管理、干部任免、财务监管六个方面由集团实行统一管理。同时，系列报刊实行独立建制、独立编制、独立采编、独立核算；四是先后修订、制定、颁发了40个文件、规定，涉及管理的诸多方面，以逐步实现管理的制度化、规范化。

浙江省为建设文化大省，高度重视打造有竞争力的文化集团，把文化产业放在优先发展的战略位置。2000年以来，全省先后组建以浙江日报、杭州日报、宁波日报、温州日报命名的四大报刊集团。浙江日报报业集团拥有16报2刊，其中《浙江日报》、《钱江日报》分别为全省发行量最大的日报和晚报。集团还建立了集团有限公司，下设子公司。杭州日报报业集团拥有4报2刊。宁波日报报业集团拥有3报。2008年，浙江最大的报业集团——浙江日报报业集团开始新一轮改革，并取得良好成果，到这年年底，实现营业总额26亿元，净资产达17亿元。全省初步形成以集团为龙头、向规模化发展的产业布局，报刊市场主体结构调整基本合理。2008年全省有各类报纸69种，年发行量达20.6亿份，有期刊216种，年发行量达7800万册。

浙江报刊集团初见成效得益于三方面举措：一是完善经营组织结构。省、杭州和宁波报业集团在保持原有事业性质不变的前提下，在集团层面组建经营性公司，形成企业法人实体，落实集团国有资产经营管理和保值增长责任，构建党委领导与法人治理相结合的组织结构。二是大力推进资源整合重组。省、杭州、宁波三家报业集团对经批准保留的15家县（市）报实行了兼并重组。杭州日报报业集团入股华数数字电视公司，并以

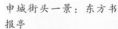

申城街头一景：东方书报亭

《钱江晚报》

《浙江日报》报业集团
出版的《每日商报》

释江南丛书

该公司为全省性平台和发展主体，推进全省有线数字网络联合发展。三是积极探索跨行业、跨地区发展。浙江日报报业集团与省广电集团签订战略合作协议，共同投资创办浙江在线新闻网站、浙商杂志等，温州日报报业集团的实业，现已涉及创意设计、视频点播、咨询培训、资本运作等多个领域。浙江报刊集团为确保报刊业持续发展，还努力实现六大转变：一是由依靠投资驱动的资源消耗型增长，向依靠技术驱动的内容创新型增长转变；二是由不切实际的外部制度模仿，向实事求是的内部制度创新转变；三是由传统的媒体中心观，向以高度整合的资源平台为核心价值的资源中心观转变；四是由百货商场式的大而全的传统内容定位策略，向更加精准的、适应不断细分的市场需求的现代定位策略转变；五是由危及报业增长基础的愈演愈烈的低价竞争，向高水平的内容竞争和服务竞争转变；六是由以新闻纸为本位的传统平台媒体，向以原创内容和信息增值服务为本位的"数字报业"转变。形成以四大报业集团为龙头，以市级党报为骨干，城市报、专业报协调发展的报业新格局。

江苏的报业集团于2001年起飞。该年9月，省级重点文化集团新华日报报业集团成立，并被列为全国文化体制改革试点单位。2002年12月，成立南京日报报业集团。新华日报报业集团的一个重要特点，是跨地区、跨行业、跨所有制联合经营。该集团与苏州吴中集团联合组建苏州新东印务有限公司，注册资本2200万元，其中南京日报报业集团60%股份、吴中集团40%股份。参股资金财产保险公司5000万元，投资1000万元参股石溇影视基地。近年来，该集团与江苏移动、电信、联通等三大网络运营商共同创建江苏手机报，用户达140余万户。

二、出版业的脱胎换骨

苏浙沪，尤其是上海出版业历史悠久，盛名天下。它有过鼎盛时期，也有过低谷徘徊。但一旦全面复兴后，江南出版业依然宝刀不老，重焕青春，解脱羁绊，不断突破，努力实现规模化和集团化，走上现代出版业的必由之路。

全面复苏的出版业

江南地区，特别是上海，是中国近代出版业的发源地和中心，书刊素以量多质优著称于世，名闻遐迩的商务印书馆、中华书局等汇聚于此，为传播知识、开启民智、提高全民族的文化素质作出过贡献。新中国建立，苏浙沪出版业经改造、新生，都纳入了为人民服务的轨道，继续发挥出版基地的重要作用。"文革"10年，江南地区的出版业遭受严重破坏，大批古今中外优秀著作，被打成"封、资、修毒草"加以批判、查禁、封存和销毁，出现了历史上罕见的"书荒"。广大读者长期被隔离于优秀文化作品之外，他们无法读到好书，也无法买到、借到好书，在政治动荡中空耗了岁月。为此，扫除拦路虎，解放出版业，是历史的必然，人民的选择。

进入新时期后，苏浙沪出版业得到全面复苏。上海通过拨乱反正，出版业飞速发展，呈现出不断跃升的趋势。出版机构成倍增加，实力雄厚，专业布局不断完善。书刊数量激增，并朝系列化、多层次的方向发展。图书发行体制改变了传统的高度计划模式，在继续发挥新华书店主渠道作用的同时，着力发展集体书店、个体书店等支渠道。书刊印刷技术亦有长足进步，从根本上改变设备陈旧落后的面貌，大大缩短了在制版、印刷、装帧等方面与世界最先进水平的差距。一个强大的上海出版体系在全国社会

上海书城

主义精神文明建设中起到了无可替代的重要作用。

上海出版业的拨乱反正始于"文化大革命"前十七年部分优秀文学艺术作品的开禁。当时，重印被长期禁锢的优秀文艺作品，是上海出版文化界开展揭批江青反革命集团的重要组成部分，也是在出版、创作队伍处于青黄不接等情况下，为缓解"文革"造成的严重书荒，满足和丰富人们的精神文化生活需求、恢复上海出版业的重要举措。

1977年下半年，上海出版业首先重印了外国中篇小说《斯巴达克思》。1978年，上海集中重印出版了35种中外文学名著，其中包括中国现代文学《子夜》、《家》、《新儿女英雄传》、《红旗谱》、《铁道游击队》，中国古典文学名著和古典诗词选注本《儒林外史》、《官场现形记》、《古文观止》、《唐诗选》、《宋词选》以及外国文学作品《悲惨世界》、《安娜·卡列尼娜》、《牛虻》等。中外名著的重印再版，使新华书店出现了门庭若市，通宵排队的盛况。人们争相阅读久违的中外名著。到1979年国庆前，《陈寅恪文集》、《林风眠画集》、《重放的鲜花》以及新中国第一部大型综合性辞典《辞海》等一批图书正式出版，"书荒"现象基本消除。

上海文艺出版社出版的《重放的鲜花》对于出版复兴具有重要意义，该书编选了王蒙的《组织部新来的年轻人》、耿简的《爬在旗杆上的人》、邓友梅的《在悬崖上》以及陆文夫等17位作者的20篇作品。这些作品正视生活，深刻揭露了现实生活中的各种人民内部矛盾，但"文革"期间，这些作品被打成"反党反社会主义的毒草"，长期被禁，作者也受到批判。现在该书出版，不仅使这批好作品重放异彩，而且解脱了20多年压在作者身上的桎梏，激发了他们的创作热情。

在出版业全面复苏期间，有一套改变一代人命运的自学丛书——《数理化自学丛书》不能不提。上海市新闻出版局一位老局长（时为参与出版此套丛书的编辑）谈起此事，至今感慨万千。他说，当时得知废除几年之久的高考制度要恢复，全国知识青年欢喜雀跃。由于"四人

中国古典文学读本丛书

儒林外史

吴敬梓 著

人民文学出版社

1984年版的《儒林外史》

释江南丛书

帮"对文化的破坏，考生们已找不到一本合适的复习课本。上海科技出版社编辑们集思广益、集体研究，认为重印《数理化自学丛书》是最佳方案。于是，立即行动，克服种种困难、在最短时间内突击重排出版全套《数理化自学丛书》，共印了435万套，合计6000多万册，满足了苏浙沪乃至全国考生的需求。许多考生在这套丛书的帮助下，圆了大学梦。不少考生后来都成长为中国现代化建设的骨干力量。方志敏烈士的孙女方丽华回忆说，1978年，爸爸给自己买了一套《数理化自学丛书》，终于让她考上了梦寐以求的清华大学。上海市一位领导深情地说："20世纪70年代末，我有一套《数理化自学丛书》，靠着它改变了自己的生活命运。后来，这套书借给了两位朋友，他们的命运也得以改变。现在这套书还放在书架上，没有舍弃。"

同样，源远流长、历史悠久的浙江出版业，由于"文革"期间"四人帮"的倒行逆施，到1978年，只剩下一家出版社，几近于停顿状态。中共十一届三中全会精神，激励浙江出版业拨乱反正，全面复兴。浙江出版业全面复兴，解决"书荒"的一个重要手段，即由浙江人民出版社大胆出版了翻译小说《飘》，由此引起一场地方出版社出书方针的大讨论。通过讨论，浙江出版业解放思想，统一行动，坚决贯彻在长沙召开的全国出版工作座谈会关于地方出版"立足本省，面向全国的出书方针"精神，及时解放和发展了出版生产力。《飘》的出版，犹如上海重版了30余种中外名著一样，为浙江出版业的复兴作出了历史性的贡献。

改变一代人命运的丛书——《数理化自学丛书》

江苏出版业有一批勇敢者，在当年不少人尚对"文革"心存余悸时，他们就重新返回出版业，开始图书出版的拯救工作。江苏出版业经过拨乱反正，很快进入复兴工作，紧紧抓住地方出版可以"立足本地，面向全国"的这个契机，顺应全国大气候，解放思想，冲破束缚，以创办《钟山》、《译林》等全国性的大型期刊为起点，犹如浙江出版业重版《飘》一样，力促多种社办刊物的繁荣，进而推动大批新版图书的出版发行。与此同时，突破一省只能设一家出版社的限制，先后在人民出版社中分出新建8家专业出版社，建立了江苏出版总社，建立了拥有编、印、发、供多环节的出版体系，为江苏出版业的复兴奠定了基础。

解脱羁绊后的突破

出版业长期归属意识形态范畴，与其他行业具有性质上区别。解脱羁绊后的江南出版业如何改革与发展，曾引起不同观点的争议，经过激烈的辩论，逐步取得一致意见，逐步形成较为成熟的改革思路，然后，不断实践，深化改革，终于取得了解脱羁绊后的突破。

20世纪80年代初，上海对出版体制改革有过不同学术思想的论辩，并逐步形成了改革的总体思路，即出版社新体制应当符合自身发展的规律，根据出版业的社会职能，以及行业本身必须组织生产、开发市场的职能，确认出版业具有事业性质，但应当转变机制，作为企业来经营管理，也就是"事业单位企业管理"的模式。这一总体思路得到中共上海市委、市政府的肯定和支持。1984年起，上海出版业全面推广"事业单位企业管理"制度，实行全行业体制的重大转变，其改革表现为三个特征：一是努力转变主管局职能。变传统的出版总社型为政府职能型；变传统的封闭型为开放型；简政放权，给企业以充分的经营管理自主权；实施目标管理，由上而下推动体制改革。二是全面推动企业经营机制的转换。逐步实行总编辑、社长负责制，经济目标责任制、利税承包制，"双效益"（社会效益与经济效益）责任制。三是重点突破关系到体改与发展的大项目。突破行业单一封闭性经济模式，实行开放性综合经营的新战略，探索新的出版业经营组织形式，推动行业向高科技、现代化发展。

上海出版业经过改革，在社会效益和经济效益两方面均取得丰硕成果，表现在六个方面：一是出版社犹如雨后春笋。在改革开放春风吹拂下，申城涌现出大量各种类型的出版社，最多达40家，而且门类齐全、专业兼顾，深受读者欢迎。二是重点工具书享誉海内外。1984年以举国最有影响的皇皇巨著《辞海》领衔的大型工具书纷纷出版。该巨作初版时1300多万字，再版时1560万字，累计发行510万册，创中国大型工具书发行量之最。我国第一部大型多卷、反映汉语词汇发展全貌的《汉语大词典》和《金文大字典》、《英汉大辞典》等都是享誉海内外的名作，受到广大读者好评。 三是优秀丛书层出不穷。系列化、成套化是新时期上海图书出版的一个亮点。《中国新文学大系》、《中国文化史》丛书、《当代学术思潮译丛》、《外国文学名著》等丛书的面世，大大提高了沪版图书的文化品位。四是大型画册精彩纷呈。精美画册是沪上出版业的传统特色。这期间，《敦煌壁画》、《故宫博物馆藏画》、《十竹斋书画谱》等多部具有国际水准的优美画册的不断问世，引起国内外名家和读者的关注。五是杰出著作纷纷获大奖。该期间，社会科学、文学艺术、古籍整理、科普、少儿读物等领域都出版了大量新书，其中不少优秀图书分获"茅盾文学奖"、"社科著作奖"、"戏剧著作奖"和莱比锡国际图书艺术奖。六是经济效益明显提高。1997年，上海全市出版社销售收入11亿元，约是1978年的25倍；有6家出版社的销售收入接近或突破2亿。上海文艺出版社《故事会》发行量高达400万册，列全国刊物榜首，全行业新增固定资产比1978年翻了两番。

冲破禁区后的浙江出版业，改革同样进入快车道。1985年以来，浙江出版业具有四个特点：一是出版格局呈特色化。按照"小而专"的要求，从一家综合性的地方出版社，发展成为各具特色的八家专业出版社，如，西泠印社、浙大、美院、宁波、杭州及音像、电子等出版社。二是出书量和门类大扩展。从只能出版字大、本薄、价廉的通俗小册子，发展到出版大批丛书、套书、工具书、大型画册、史志类图书和学术著作。三是出版社成为经济实体。实行以质量为中心的奖惩责任制，建立优秀图书编辑奖、奖励基金和"树人出版奖"等。四是首创社店联合寄销，推动发行体制改革。在新体制下，浙江省出版业出版了不少好书，如《我的父亲邓小平》、《走进中国100个院士的家》、《浙江省公民道德规范》、《新中国诞生实录》、《中国战略构想》、《科学改变人类生活的100瞬间》、《温州悬念》等，《中国少年儿童学科

书展中的高校出版社

2009上海书展中的上海故事会文化传媒有限公司展台

全书》、《世界文学名著连环画》，已成为全国知名品牌，22种图书获国家图书奖，39种图书获中国图书奖。

江苏出版业全面复兴时，伴随着建设文化大省的目标，尝试四方面改革：一是提出了"质量、特色、效益、稳定、创新、繁荣"的指导思想，二是提出"两个转变"：即传统的出版业向现代的开放的出版业转变，出版事业向出版产业的转变，开始积极探索集团化、多元化发展。三是推行承包经营、社长负责制，社店联营扩大销售，劳动人事工资制度实行改革。四是实施品牌战略，打造精品力作。出版一大批传承人类文化、具有历史价值的图书。如《长城志》、《朗读者》都成为全省的畅销书、长销书。《温度决定生老病死》发行量突破40万册。

出版业的规模化之路

江南出版业与江南报刊业一样，要实现现代化，应对严峻的国际市场，必须做大做强，有规模效应。欲达此目的，一个重要手段即组建大型出版集团。江南出版业顺应历史潮流，经过冲破"禁区"、全面复兴、深入改革，毅然进入到组建出版产业集团阶段。上海、江苏、浙江先后成立世纪出版集团，新华传媒发行集团、文艺出版集团、凤凰出版传媒集团、联合出版集团等，像一艘艘巨型文化航母，屹立在太平洋西岸，为中国的现代化冲锋陷阵，破浪前进。

令人欣喜的是，2009年8月在江苏南京召开的全国文化体制改革经验交流会议，表彰了全国各省58家文化体制改革先进企业。江南地区的上海世纪出版股份有限公司、上海新华传媒股份有限公司、江苏凤凰出版传媒集团有限公司、浙江出版联合集团有限公司等4家单位名列其中，这充分说明江浙沪出版业在规模化、集团化方面已取得骄人的业绩。

全国第一家出版集团——上海世纪出版集团横空出世。

成立于1999年2月的上海世纪出版集团，是经中宣部、新闻出版总署批准成立的全国第一家出版集团。2003年6月，集团被中宣部列为全

释江南丛书

国文化体制改革试点单位之一。集团的改革目标是建设成为跨地区、跨行业、跨国界，实现资本一体化、经营多元化、手段现代化，以出版业为主业的大型传媒集团。同年9月，中共上海市委决定，调整加强世纪出版集团，在原上海人民出版社、上海教育出版社、上海译文出版社、汉语大词典出版社、上海图书公司（含上海书店出版社）等5家组成单位的基础上，将原属市新闻出版局的7家出版社，即上海少儿出版社、上海科学技术出版社、上海科技教育出版社、上海远东出版社、上海古籍出版社、上海辞书出版社等，加入集团行列，集团划归市委宣传部直接领导。调整后的世纪出版集团，共由12家单位组成。2004年，根据中共中央和中共上海市委要求，集团制定并启动整体转企改制方案。上海世纪出版集团将集团内绝大部分经营性资产剥离出来，与上海大盛资

产有限公司、上海精文投资公司、上海联和投资有限公司、东方网股份有限公司、浙江出版联合集团等国有投资主体共同发起设立上海世纪出版股份有限公司，并于2005年11月正式挂牌，成为全国第一家从事业单位改为企业的出版单位，并第一个实现整体转企和股份制改造一步到位。作为一家国有多元投资性质的股份制公司，上海世纪出版股份有限公司从董事长到普通职工，个人均不持股，全部由单位持股。其中，上海世纪出版集团实行事业转企业的整体改制，占有70%的股份。

与世博同行的上海世纪出版集团

　　按照中共上海市委指示精神，确立党组织在企业的领导地位和政治核心作用，在体制设计中作出必要的制度安排。通过股权结构安排，保证市宣传文化主管部门对出版企业重大事项的主导权，通过控股比例保证党对企业最高权力机构决策的影响力。坚持党管干部原则，保证党对

转制企业各级领导干部的管理权。通过党委成员依法进入股份公司领导层和确立公司决策议事规则，保证对集团重大事务的决策权。设置编辑政策委员会，保证党对出版企业出版导向的管理权。通过公司党组织发挥政治核心作用，保证党的组织建设、思想建设、干部和人才培养选拔等工作，从而为加强党的领导提供组织保障。

同时，上海世纪出版股份有限公司完全按照现代企业制度的要求，以资产为纽带，建立和规范出版企业管理架构。上海世纪出版集团有关下属单位转入上海世纪出版股份有限公司后，全部由事业单位转制为企业单位。根据不同单位的业务性质和资产运作的需要改造所属单位：股份公司主体为统一法人，出版社改为分公司性质的企业，其余单位分别改制为有限责任公司、中外合资企业和股份有限公司等。上海世纪出版股份有限公司成立后，建立起一套符合企业生存需要、调动员工积极性、促进出版生产力提高的管理机制。根据不同业务发展的要求，探讨按照产品生产线组织生产的要求，实施事业部制的管理体制与方式，以提高经营管理效率。公司制定人力资源战略规划，建立员工职业发展体系，实行企业劳动人事管理办法，企业与员工通过平等协商签订劳动合同，确定劳动关系，建立职工能进能出的机制；改革人事制度，形成管理人员能上能下的机制；实行新的薪酬体系，形成收入能增能减的机制。

中国出版业第一家 A 股上市公司——上海新华发行集团成功"借壳生蛋"。成立于2000年6月的上海新华发行集团有限公司，原是以上海新华书店及各区县店、新华书店上海发行所、上海书城、中国科技图书公司、上海音乐图书公司等24家企业为基础，经资产重组而组建的国有现代企业。集团成立后，以组建资产一体化、资本多元化、发行主营化、经营多元化的跨行业、跨地区、跨所有制、辐射力强的大型图书发行集团为最终目标，在体制、机制上进行一系列改革与创新。2003

响亮登场的新华传媒

释江南丛书

年8月，上海新华发行集团开始筹备改制事宜。2004年6月，确定了改制工作分"三步走"的总体思路：第一步，完成集团国有多元改制；第二步，由国有多元发展为混合所有制；第三步，争取上市。围绕着"三步走"的总体思路，2004年8月，集团首先完成国有多元改制。精文投资有限公司、解放日报报业集团、文广新闻传媒集团、世纪出版集团、文艺出版总社等上海5家国有文化企业成为上海新华发行集团的出资人，即大股东。上海新华发行集团完成了改制第一步，即由原来的国有独资企业转变成国有多元企业。9月，上述5家国有文化企业公开在上海联合产权交易所挂牌，将持有的上海新华发行集团的股权转让49%。3个月后，上海绿地集团中标，一跃成为上海新华发行集团的最大股东。上海精文投资有限公司、解放日报报业集团、文广集团、世纪出版集团、文艺出版总社分别持有上海新华发行集团18.36%、17.34%、5.1%、5.1%、5.1%的股权。从此，上海新华发行集团成为全国第一家混合所有制文化公司，集团完成了改制第二步，即由国有多元所有制向混合所有制的转变。2006年10月，集团通过收购重组上市公司，借壳"华联超市"成功上市，成为我国出版发行行业中第一家A股上市公司。2006年10月17日"华联超市"更名为"新华传媒"，开始复牌交易。

"新华传媒"主营业务为文化传媒市场运作，其中，出版物销售的批发和零售是重要的主营业务。公司拥有和控制了上海大型书城、新华书店、超市卖场等大中小不同类型的售书网点近4000家，图书零售总量占上海零售总量的65%以上。公司还拥有文庙书刊交易市场、上海书刊交易市场和沪太路新华书店批销中心三家不同类型的出版物批发交易场所。在做大做强出版物发行的基础上，公司根据市场需求和产业发展要求，致力于开发电子商务、数据服务、动漫产品等新媒体业务，并通过渠道整合、产品整合和管理整合，实施跨媒体、跨区域的多元化经营，实现产业链的上下延伸和关联产品的业务联动。公司先后投资了上海炫动卡通卫视传媒有限公司、上海故事会文化传媒有限公司、上海东方书报刊有限公司、上海贝塔斯曼文化实业有限公司、上海东方出版交易中心有限公司、上海联合书业会展有限公司等。灵活的改制带来了企业体制机制的创新，促进了企业的发展。公司2007年实现主营业务收入16.78％亿元，净利润6940.47万元，实现每股盈利0.26元，净资产收益率达到7.97％。

以文学艺术为特色的出版集团——上海文艺出版集团鹤立鸡群。2003年12月，中共上海市委、市人民政府决定，以上海文艺出版社（上海文化出版社、上海音乐出版社、上海文艺音像出版社）、上海书画出版社、上海人民美术出版社、上海画报出版社、百家出版社为基础，组建上海文艺出版总社，进行专业出版集团和大社名社发展新路的探索，目标是建成以文学艺术出版物为主要特色的专业化、集团化、走内涵式发展道路的新型出版版机构。2004年2月，国家新闻出版总署批复同意在上述8家出版单位基础上组建上海文艺出版总社。这种以文学艺术为纽带组合的特色出版集团在江南文化集团群中是鲜有的。2004年6月，上海文艺出版总社完成筹备工作，全新亮相。上海文艺出版总社旗下8家出版社在文学艺术等出版领域具有雄厚的专业实力和广泛的社会影响。上海文艺出版总社的经济总量为：总资产46929.5万元，总销售收入45612.8万元，总利润6806.2万元。图书出版总量2225种。拥有期刊25种，报纸2种。培育并造就了一批久负盛名的图书、期刊品牌。2006年，上海文艺出版总社改名为上海文艺出版（集团）有限公司。上海文艺出版（集团）有限公司的建立，通过现有出版资源的整合，在内容产业的结构上，谋求书刊共同发展，全面提升所属出版机构的文化创造力、文化影响力。50年前，"人民作家"巴金曾与上海文艺出版社结缘，他主持的上海文化生活出版社、平明出版社作为上海文艺出版社的前身之一，在中国文学史和中国出版史上留下了光辉的一页，为中国文学事业的发展作出了重大贡献。今天，上海文艺出版社（集团）有限公司作为一个新崛起的专业出版集团，将秉承巴金精神，"把心交给读者"，为读者奉献更多、更好的精神产品。

以重塑市场为主体的浙江出版联合集团充满活力。浙江出版联合集团扎扎实实、彻彻底底地进行的改革，是以资产为纽带，以市场为主体，推动出版单位按照现代企业制度运作。2000年底挂牌的浙江出版联合集团原有直属企事业单位15家，是国内成立较早、也是改制较为彻底的集团。2003年，浙江出版联合集团抓住文化体制改革试点单位的契机，通过多年努力，平稳而彻底地结束了集团内两种体制、两种管理模式并存的历史，完成了经营性国有文化事业单位的转企改制。"从重塑市场主体的角度出发，从事业体制中脱钩。"这是浙江出版联合集团改制过程中一直坚守的信条。为此，集团实现"三个转变"，即单位性质从事业转变为企业，人员身份从国有事业单位干部转变为劳动合同制的企业员工，运行机制从国有事业单位管理模式转变为现代企业运行机制，出版单位成为市场竞争主体。浙江出版联合集团十分重视"一手抓改革管理、一手抓繁荣发展"，在全面推进改革的同时，没有停止发展的脚步，而是在改革中抓住机遇，加快繁荣出版业，从而，使集团综合实力得到明显提高。从2001年到2006年，浙江出版联合集团一边继续发展产业、提高效益、积累实力，一边稳步推进改革和改制。处理不良资产剥离、重新注资、离退休和在职人员的安置乃至下属出版社的改制，

鹤立鸡群的上海文艺出版集团

全部由集团自己出资金进行，没有动用政府的一分钱。如今，集团下属的10家出版社都已经明显感觉到改制的好处：短短6年，集团净资产已由2000年末改制初的15亿元迅速上升到2006年的45亿元。与此同时，集团在国内同行中的竞争能力也逐渐显现：根据新闻出版总署提供的调查数据，截至2006年底，在全国25家出版集团中，浙江出版联

合集团的总资产、净资产和销售收入位居第二。精品工程和大市场战略的实施，使得集团在出版、发行两方面均形成浙江的特色和优势。集团在坚持将社会效益放在首位的同时，着力精心打造一批精品力作，为传承文化、繁荣艺术，服务经济社会发展做出了贡献。在发行领域，集团运用大市场战略，构建覆盖全国的市场网络，迅速扩展的发行业务占据

了浙江出版联合集团的"半壁江山"。所属的浙江新华书店集团，以连锁经营作为突破口，积极发展跨地区的图书连锁经营、网上图书销售等模式，取得社会效益和经济效益双丰收。2009年，浙江新华书店集团有连锁书店312个，其中12个是省外连锁网点。

中国首家"双超百亿"的江苏凤凰集团令人瞩目。以敢为人先的改革魄力，率先打破省域限制，拉开我国出版发行企业跨区域发展序幕的江苏凤凰出版传媒集团，则是通过深化体制改革、持续推进机制创新，稳步发展而成的体制新、机制活、业态佳、业绩优的现代文化产业集团。2008年，集团已成为中国首家资产总额、销售收入双超百亿的文化巨舰，在进入中国企业500强的出版集团中排名第一，并位居首届全国

气度非凡的江苏凤凰出版集团大厦

文化企业30强出版发行类之首，所属江苏新华发行集团主要经济指标连续17年居全国同行业第一。集团改革成果来之不易，经过10年的摸索、改革才取得的。1999年，凤凰集团旗下的江苏新华发行集团开始启动改革，完成了对全省市县新华书店的资源整合，2004年，整体转企，实现连锁经营。2006年以来，通过中层干部竞聘上岗，选拔优秀人才；建立以绩效工资为主体的多元分配制度，拉开收入差距形成竞争机制，逐步取消原事业单位职工终身制，实行全员劳动聘用合同制等多种措施，大大激发了集团内部活力。从而，使分散的资源得以整合，形成合力，增强了整个产业链的市场竞争。

近年来，凤凰集团有两大重要举措：一是在行业内拓展产业链，完成了对海南新华发行有限公司、江苏太平洋印务公司的并购。2008年4月，江苏新华发行集团与海南省新华书店集团正式签约，合资成立中国出版发行业首家跨省区战略重组的合资企业——海南凤凰新华发行有限公司，同时与民营企业合资成立了印刷公司，与法国阿歇特合资成立以"走出去"为主要战略目标的图书公司；选定ＩＢＭ作为数字化建设规划商，明确了集团构建管理、信息和出版三个数字化平台的目标；建成了国际图书中心、图书物流中心，开建了社会物流基地，以上总投

资超过23亿元。二是推出"文化地产"概念，积极推动集团旗下凤凰置业公司借壳上市，从而实现出版发行和文化地产的双轮驱动，合力扩张。

书香江苏，人流如织

三、传统产业的大转型

苏浙沪新闻出版业作为一个老牌文化产业在新时期要腾飞，除了发扬传统优势，走创新之路——产业化、集团化，还要扩大视野，与高新技术联姻；与数字化、网络化结缘；开展跨行业跨地区跨所有制的联营；不断生产拳头产品，形成国内外品牌效应；真正完成江南地区新闻出版业从传统走向现代。

与高新技术联姻

数字化潮流正在迅速地、并以加速度的方式席卷人类社会的各个领域。它不仅改变着人们获取信息的方式，也改变着人们阅读内容的方式。它不仅支撑着跨国公司的管理经营，也影响着人们的购物方式、娱乐方式、学习方式、生活方式、甚至思维方式。手机、互联网等新兴媒体，冲击了报刊，也形成了对传统出版的巨大压力。畅销书《骑弹飞行》在网上独立出版，当天就被下载40万次，作者斯蒂芬·金随即与著名的西蒙舒斯特公司分手。这是黎明时的一个信号，是没有宣言书的一次挑战。这一标志性的事件，说明数字出版已经成为一个独立的存在，说明电子屏幕并不构成广泛的阅读障碍，说明传统出版已经面临着数字出版的巨大冲击。2008年，我国数字出版产业的整体规模已达530亿元，增长速度十分惊人，规模逼近传统出版。毋庸置疑，数字化流程管理已越来越成为传统出版的重要支撑，数字化内容已越来越成为未来发展的战略储备，数字化报刊和数字化出版也越来越成为新闻出版业未来竞争的制高点。

江南新闻出版业数字化的发展大体分为两个阶段，第一阶段可称之为准备阶段，即开始于20世纪80年代，以计算机技术的广泛应用为标

汉王电纸书：阅读世界、书写未来

志。第二阶段可称之为全面启动阶段，即开始于新世纪第5年，数字化网络化建设覆盖整个新闻出版业。

第一阶段　以计算机技术广泛应用为标志。20世纪80年代，苏浙沪新闻出版业先后开展高新技术改造，广泛应用计算机技术、实行办公自动化、电脑网络化，大大推动新闻出版业的发展，上海在这方面稍稍领先一步。

1988年1月，文汇报社引进激光照排出报系统，在上海报业中首次"告别铅与火"，完成了报业技术的第一次革命。之后，解放日报、新民晚报、劳动报、青年报等报社，也都建立了自己的电脑照排车间，上海报业连续一个多世纪的铅热工艺和手工拣字历史宣告结束。进入20世纪90年代，围绕信息化建设的主题，报业系统又完成了"告别纸与笔"的第二次技术革命。1992年，文汇报社新闻大楼计算机局域网建成，到1995年12月，报社记者、编辑的写稿、编稿、审稿、组版等全部采编工作，均实现电脑化操作。之后，上海其他各主要报社也都推进了信息化改造工程。新民晚报社电子出版系统于1992年7月联网成功，大大增强了新闻的时效性。记者无论在天南海北，都能用电脑向报社传稿。《上海证券报》全面完成信息化改造，记者写稿、编辑排版直接在电脑上完成。到1999年6月，报社大楼实现联网，编辑部所有采编业务和行政办公实现网络化；通过卫星传版系统，将版面传输到全国27个代印点，使各地读者都能及时看到报纸。解放日报社信息系统于1997年4月全面投入使用。整个系统包括采编子系统、资料检索子系统、广告管理子系统和远程能信子系统，全部实现相互连接。稿件的撰写、编辑、传输和组版全部采用电脑处理，工作流程实现网络化。同时，该系统还能对通过卫星传送的新华社图文和记者在本地或异地发送的稿件，进行自动按类别入网，供编辑部选用。记者在异地采写的稿件和拍摄的照片，经过数据处理，可通过网络拨号服务器，直接进入采编系统进行组版。青年报社和劳动报社也先后于1998年8月和1999年6月实现了"采编无纸化"。

上海出版业进行的大规模技术改造，据不完全统计，整个20世纪80年代投入约2000万美元，引进了一批制版、印刷、装订等关键性设备，照相排字技术和胶印技术的使用，大大提高了整个出版业的印刷能力和印刷质量。进入20世纪90年代，针对世界印刷技术及彩印业飞速发展态势，上海顺应发展，通过组建中华印刷有限公司等，集中力量引进彩印设备，成立现代彩印中心，大大提高了上海出版业的彩印能力；同时，商务印刷厂等老企业，通过更新设备，进一步进行技术改造，运用信息化技术，以高速机代替低速机，以联动机代替单体机，并大量采用四色机、五色机，形成了高效率的现代书刊印刷中心，并开拓了对ＩＣ卡等特殊印刷品的印刷能力。

第二阶段　全面推进数字化网络化建设。为顺应时代发展潮流，苏浙沪新闻出版业先后开展数字化网络化建设。上海在制定"九五"计划时，就提出了建设"信息港"的重大决策。2002年，上海市信息化工作会议又进一步明确提出要"像90年代抓城市建设'三年大变样'那样抓好未来10年上海的信息化工作"。世纪之交，江南的上海全面推进新闻出版业数字化、网络化建设。

新闻媒体网络化建设首先驶上快车道。报刊是重要的信息载体，而电子报刊则因为具有时效性强、出版周期短、成本低、加工处理方便、表现形式丰富、交互性强等特点成为重要的网络信息资源。上海新闻单位从1998年开始建设电子网络版。1998年7月28日，解放日报电子网络版首先正式对外发布，进行试刊。其内容主要包括：解放日报新闻及副刊；解放日报报社所属报刊《新闻报》早、午、晚三刊，《申江服务导报》，《报刊文摘》，《上海小说》；国内权威报纸文摘；新闻事件专题报道、服务性栏目、即时新闻等。随后，《文汇报》和《新民晚报》电子网络版也相继面世。进入新世纪，针对新闻网络化建设高新技术应用密集的情况，上海新闻单位不断加大网络应用平台建设和内容产品数字化管理步伐。《解放日报》和文汇新民两大报业集团不断完善集团内部高速宽带多媒体网络、报纸新闻业务采编发业务一体化管理和网络安全监管三大平台，同时两大报业集团对存量和新增新闻信息资源实现全面的数字化管理，为新闻从业人员快速获取新闻背景材料提供全方位综合性的新闻资料检索服务。

在此基础上，不断完善应用系统，提高信息资源开发利用和信息化应用水平。解放日报报业集团对新闻采编平台进行了新闻采编与图片管理平台的技术升级，响应速度大幅度提升；实现了集团局域网内的无纸化管理，实现网站与报纸的互动。文新集团实现了日常办公信息在集团内部的自动化网络化和公开化；正式启用了图片管理系统，提高了图片资源的共享和利用；实施了印刷生产全流程的数字化管理，通过建立集业务、调度、生产、物料、纸张、设备、人事等各个模块于一体的印刷ERP管理系统，使信息记录更准确、更详细，生产安排更合理，管理水平得到全面提升。

具有"即时、权威、原创"特色的东方网

2000年5月，上海通过整合全市各新闻单位的资源优势，推出了网上新闻宣传的新阵地——东方网。充分发挥资源优势，及时将上海6家日报及电台、电视台的最新信息，在报纸付印、电台和电视台开播之前，第一时间把新闻送上互联网。同时，东方网还和全市150多家专业报纸期刊、全国300多家新闻单位建立了信源互动合作关系，形成了"即时、权威、原创"三大特色。到2001年的夏天，东方网已经开通了15个子频道，包括东方首页、东方娱乐、东方体育、东方军事、东方新闻、东方之约、东方少年、东方之旅、东方生活、东方文苑、东方图片、东方商城、东方财经、东方网英语、多媒体实验室900个栏目，子栏目1300多个，注册用户达到35万多个，日点击数达到2500万—3000万左右，平均每天更新信息2000多条，其中新闻1300多条，每个访问者平均逗留20分钟左右，先后创造了许多个中国网站建设的"吉尼斯纪录"。根据2000年7月中国互联网信息中心公布的中国互联网网站影响力调查结果显示：东方网的影响力名列中国新闻媒体第2名。

上海世纪出版集团从成立开始就十分注重运用计算机管理和网络技术，改造传统出版业务形态，积极构建信息化的出版平台、发行平台、管理平台。首先，集团与新汇光盘集团等合资注册了上海数字世纪网络有限公司，建成了全国最大的专业出版商业网站——易文网，努力开拓网络出版领域。易文网先后建成4个大型数据库，完成了数千种图书的数字化工作，总字数量达到20多亿字，开通了图书出版、音乐欣赏和工具书在线7个频道和30多个栏目，初步形成了网络版权交易、网上销售、网上出版、会员俱乐部、网上拍卖、网上广告等商业盈利模式。2005年，集团以"提供出版信息，展示数字文化"为手段，不断丰富易文网内容，创造新模式，使易文网的日均点击率达到200万人次，进入全球网站8000名以内排名。

　　同时，世纪出版集团进一步加快数字出版工作步骤，进一步扩大电子书的制作、出版规模，2005年制作电子书452种，电子书品种达到1000种以上。其次，集团依托网站，建立了B2B网上销售系统，一方面通过升级发行中心计算机软件，提高发行的管理水平，另一方面将集团图书销售数据库与各地主要销售商进行联网，建立网上征订、发货、添货的电子商务处理系统，并与北京西单图书大厦、广州天河购书中心、深圳书城等40多家大型图书零售批发企业联网，定时进行数据交换。再次，集团通过建立局域网，大力推进会计电算化工作，通过依托易文网，逐步建设集团的ERP（企业资源计划系统），将集团内部分散孤立的信息资源连接起来，整合集团内部的财务会计、管理会计、生产计划与管理、物资管理、分销等主要经营管理活动，同时以信息技术再造管理流程。世纪出版集团通过将出版业的各个环节置于新的技术基础之上，以技术优势确保竞争有利地位。2010年4月，全球首款由出版机构出品的电子阅读器——辞海悦读器由上海世纪出版集团推出。"辞海悦读器"不仅格式化地完整内置了《辞海》（第六版），更集成了《中华文化通志》十典百志101卷以及后续加入的世纪出版集团多种权威工具书，读者通过辞海搜索引擎，可以轻松体验查找《辞海》的乐趣，畅游知识的海洋。

　　2008年7月16日，我国第一个国家级数字出版基地——张江国家数

面向未来的张江国家数字出版基地

字出版基地在沪应运而生，实现新闻出版总署与上海市数字出版和版权的全面战略合作。这个基地的建成，对于推进上海、江南地区乃至全国数字出版产业发展，具有重要意义和巨大作用。这也是上海市政府通过部市合作机制，发挥各自优势，在推进国家级数字出版基地建设的同时，推进全市数字出版业发展的重要举措。一年来，此项运作，进展顺利、成效显著。上海市政府已把数字出版等软件和信息服务业列为推进高新技术产业化的九大重点领域之一。2008年上海数字出版产业实现销售收入123亿元，占全国的23.2%。其中，网络游戏出版业逆势飞扬，全年实现销售收入86.2亿元，较上年增长35%，占据全国近半市场份额。上半年，一批包括数字出版在内的出版文化企业继续保持高速发展态势。上海数字出版产业对文化产业转型起到很好的引领和示范作用，对上海经济保增长、调结构、促发展发挥了很好的促进和推动作用。

2009年8月13日，上海市政府和新闻出版总署就"扎实推进张江数字出版基地"召开联席会议。会议回顾了一年来的工作，并重点研究了下一年度部市合作的工作重点。双方表示，将依托部市合作机制，在推进张江国家数字出版基地发展、推动国家数字出版重大工程项目落户上海、推进版权公共服务平台建设、开展数字出版人才培养、开展数字出版国际交流等方面展开更加紧密的合作，共同推进数字出版发展。同时，要充分发挥部市合作机制的辐射效应，带动长三角经济区的整体数字出版产业的发展。

苏浙两地同样认识到数字化是出版业态发展的大势所趋，都在争创数字化建设新优势。

2008年，江苏省凤凰出版传媒集团数字化工程全面启动，集团数字化中心成立，并与江苏电子音像出版社实现了初步整合。集团数字化建设的总体目标，是要打造数字化管理、数字化信息服务、数字化内容出版三大平台。也就是要在未来三至五年内，通过OA、ERP等系统的建设，引入先进管理理念，优化组织管理流程，打造数字化的生产管理平台。

2009上海书展中的凤凰出版集团

通过内部网站、企业门户、业务协作平台等系统的建设，畅通信息渠道，增强信息交互与共享，完善信息服务机制。通过数字化内容资源管理系统，以及互联网、电视、手机等多种网络经营平台的建设，打造数字化内容出版平台，推进传统出版的数字化转型。

2009年是凤凰出版传媒集团数字化建设的攻坚之年。基本任务：一是用数字技术提高管理效率和决策效率，建设好OA协同办公平台。二是打造数字化生产业务管理平台，重点建设财务和人力资源管理系统，全面启动出版环节的ERP建设并取得阶段性进展。三是完成凤凰版教材资源网的优化与整合，增强凤凰版教材的综合竞争优势。

凤凰出版传媒集团还开发各种教育类数字出版项目，加强"凤凰数字课堂"等数字化教材及助学读物的研发工作；积极推动网上书店的建设，创造虚拟书店、实体书店相结合的营销新优势；以数字化资源建设为基础，积极寻找互联网、有线电视、电信等跨行业合作机遇，尝试数字化出版及新媒体业务。

浙江省在充分认识数字化、网络化技术给传统新闻出版业以巨大挑战的前提下，正在积极调整产业结构，发展电子出版、网络出版和期刊出版，形成新的经济增长点，在新闻出版领域广泛运用高新技术。

跨行业跨区域经营的趋势

　　新闻出版业的发展是江南地区，特别是上海国际大都市建设的一个重要方面。中国加入WTO，必然会促进国内各类市场，包括新闻出版文化市场的整合，而且整合的范围会扩大，整合的速度会加快，这是全球经济发展的规律。苏浙沪新闻出版业处于我国改革开放的前沿，是我国思想文化领域改革试点的重要领域，在新一轮整合发展中，必然会加快速度，扩大范围，以建设和传播先进文化为本，走大媒体、大出版、大社会、大市场发展之路，依托既有的区域优势，逐步形成跨行业、跨区域的新格局。

　　2005年前后，上海新闻出版业开始跨行业、跨区域发展。媒体和出版物的流通，就是通过一定的服务方式将内容产品发送给消费者，大多数产品，如报刊、音像制品、图书等，在服务方式方面存在较大共性，都较适合采用电子商务、会员制、连锁店等方式。上海新闻出版业，在本土有限的市场空间中，没有必要各自为政，自搞一套，低层次消耗性竞争。上海新闻出版流通领域，有必要在现代集团化企业框架中整合为一个总渠道，如：建立统一的连锁店铺网络，组建统一的大型物流配送中心等。近年来，上海1000个东方书报亭的出现，就是文化产品流通领域连锁化经营的一次成功尝试。这一尝试告诉我们一个新的理念：在社会主义市场经济条件下，思想观念、行为意识，可以以文化产品为载体在文化市场和社会各个领域大流通，先进文化占领阵地的重要方法之一是运用市场手段占领文化产品的销售渠道。这一尝试又给我们一个启示：如果把这一成功探索与新华书店发行主渠道实行大规模连锁化整合起来，最大限度地发挥规模经济优势，必定能构建上海新闻出版产业流通领域的现代化新业态。

　　江苏省新闻出版业在跨行业、跨区域经营方面迈出了成功的一步。新华报业集团与苏州吴中集团组建苏州新东印务有限公司，注册资本2200万元，其中报业集团占60%股份，吴中集团占40%股份。参股紫金财产保险公司5000万元，投资1000万元参股石湫影视基地。凤凰出版传媒集团所属新华发行集团引入联想弘毅投资4.81亿元，出资2.31亿元控股海南新华书店集团，与海南发行重组，使海南发行企业化、集团化、股份化一并完成，新增书城面积1.1万平方米，当年销售和利润分别增长15%和30%。凤凰出版传媒集团还与美国、法国出版机构实现了资本层面的合作。其中，与法国阿歇特的合作，可带来每年输出20%的增长，并打开它覆盖欧美的销售网络。江苏这一体制改革释放了跨省拓展的能量，机制创新激发了内容创新的活力，提升了各大媒体出版集团的整体实力。

浙江省新闻出版业在经营体制上，虽然总体上还处于"小国寡民"、条块分割状态，地方、部门保护主义尚存在，但从2009年开始，在打破行政壁垒方面作了积极探索。浙江省鼓励各媒体出版集团在产业发展中实行共同投资或相互参股，培育新型主体。浙江日报报业集团与省广电集团签订了战略合作协议，共同投资创办了浙江在线新闻网站、浙商杂志等，温州日报报业集团兴办的实业，已涉及创意设计、视频点播、咨询培训、资本运作等多个领域。

上图 文化品牌第一财经电视频道
下图 文化品牌第一财经网站

产业品牌的成功打造

传统新闻出版业转型成现代新闻出版产业的一个重要发展阶段，即集团化战略提升阶段。苏浙沪先后组建的新闻出版集团目前都处于较初级阶段，刚刚从国家行政事业单位性质转换而来，与国外大型跨国媒体集团相比有许多天然的不足之处。国外大型跨国媒体集团，在成熟市场的母体中孕育成长，天然地适应市场经济体系的一切方面。为此，江南新闻出版业的集团化发展，需要对现有集团的粗胚进行精心的打磨。如何打磨？一个重要抓手就是品牌战略。品牌是对产业或产品整体内涵的集中标识，品牌意义携带了产业或产品的全部质量、形象和服务。苏浙沪新闻出版业在产业品牌打造方面都花费了很大心血。

上海新闻出版业发展的品牌战略有三个层面：

第一层面，在理念上将上海新闻出版作为一个整体品牌，精心打造成一个弘扬主旋律、提倡多样化的新型"媒体都市"、"出版都市"。

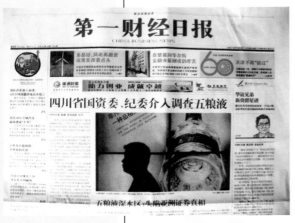

文化品牌《第一财经日报》

整体营造上海新闻出版品牌，是通过在时代特征、中国特色的基础上，结合上海特点，集中发挥上海的强项，以显著的特点在市场中树立旗帜，形成新的历史条件下的"新海派风格"。上海新闻出版"新海派风格"有三个特征：一是以全面开放的博大胸怀，融会、传播海内外优秀文化，显示出海纳百川的宏伟气度，使上海新闻出版业成为世界各大文明形态、各种文化精粹展示独特魅力的开放大舞台。二是结合上海新闻出版市场需求多元化发展趋势，以丰富而健康的新闻出版内容满足多层次消费者的需要。三是利用上海新闻出版领域开放度高、接触面广、市场主体层次丰富、新闻出版人才高度集聚以及在创新方面易得风气之先的有利条件，创作更多原创性作品，使上海成为我国内容产业的重要源头。

第二层面，铸造中国和世界顶级知名品牌。综观上海众多品牌，如"解放"、"文新"、"世纪"、"东方""第一财经"等都名扬四海、如雷贯耳，有很大发展潜能。

第三层面，品牌的战略延伸。品牌战略选择的过程，同时也是品牌战略延伸的过程。战略延伸分横向延伸和纵向延伸，横向延伸以品牌原有产业为基础，横向整合其他产业，扩大名牌的覆盖范围。纵向延伸是根据消费市场的需求，建立以品牌为导向的产品供应链，使产业链趋于完备，将企业成本降至最低。"九五"计划期间，上海新闻出版业很注意品牌的战略延伸，同类产业之间的兼并重组，在扩大规模方面开了好头。如以"解放日报"品牌为基础，横向整合10余个单位，建立"解放日报报业集团"，以"文汇报"、"新民晚报"为基础，整合10余个单位，建立"文汇新民联合报业集团"。这些品牌集团大大提高了在全国乃至世界的综合竞争能力。

江苏省新闻出版业为做大做强，在品牌打造方面下了大功夫，并取得显著成效。在"世界品牌实验室"公布的报告中，凤凰出版传媒集团排列第251位，品牌价值达30亿；在国家统计局发布的《中国最大1000家企业》中列504名，列国内同行首位；近三年，版权输出年均增长47％，其中对欧美输出占45％，荣获"中国图书对外推广计划特别奖"，被列入中国出版"走出去"第一方阵。凤凰集团为成功打造产品品牌有四大措施：一是提升内容生产的创新力。二是提升教育出版的竞争力。三是增强经营出版的内控力。四是培养集团整体的文化影响力。

浙江省在发展文化产业过程中，十分重视品牌意识，打造了一批具有核心竞争力的文化品牌。过去，浙江文化品牌主要集中在工艺美术品方面，如丝绸、石雕、刺绣、宝剑、湖笔等。近年来，浙版图书等一批新兴的文化品牌崭露头角，以产业的姿态发展文化品牌。特别是出版社打造品牌图书引人注目，如以《中国少年儿童百科全书》为代表的百科类图书和《世界文学名著连环画》等已成为全国知名品牌，《科学发展观在浙江的实践》丛书、《浙江通史》、《夏衍全集》、《黄宗羲全集》等一批优秀特色图书，也非常具有市场竞争力。

东海之滨，一艘江南新闻出版之文化巨轮已经扬帆起航，向着现代化破浪前进！

03

江南影视影视江南

第三章　江南影视影视江南

　　影视业是传统文化产业的支柱。改革开放30多年来，江南各地不断深化影视业的体制改革，整合各类影视资源，强化影视集团建设，打造影视骨干企业，发展影视新兴产业，培育品牌产品，拓展影视市场，增强政策和资金的扶持力度，融合国营、民营资金和力量，努力培育和形成完整的影视产业链，并先后推出了一批影视精品。

一、华语电影重铸辉煌

　　上海，中国电影的发祥地之一，曾经长期占据中国电影的半壁江山。当历史的车轮进入改革开放新时代后，上海电影业重新焕发了青春，不断探索适应社会主义市场经济体制的发展新模式，重塑上海电影的辉煌。

产业化的起步

　　20世纪70年代末到80年代末，上海电影经历了从辉煌到低谷的曲折发展过程，在这过程中，上海电影业在资金筹措、体制改革、发展战略等方面进行了艰难的探索。

　　改革开放之初，上海电影人以满怀的激情，为世人奉献出了不同风格样式的优秀影片。如诗如画、形式新颖、意境深邃的散文式影片《城南旧事》、《巴山夜雨》，思想水平和艺术功力均达到当时中国电影最高境界的《天云山传奇》、《牧马人》和《高山下的花环》，以及风景美丽、展现爱情的《庐山恋》，等等，这一切无不充分展现了

第一届"金鸡奖"最佳故事片——《天云山传奇》

上海电影雄厚的创作实力和中国电影"半壁江山"的风采，许多影片不仅屡获国内外重要电影奖项，而且在中国电影史上留下了光辉的篇章。1987年，全市放映电影40余万场，观众达3亿人次，创造了上海电影放映历史的最高纪录。

但辉煌中孕育着危机。20世纪80年代后期，在商品经济大潮和电视机、录像机、VCD、"家庭影院"深入千家万户的双重夹击下，上海一些电影主创人员不能适应形势，导致创作出现短缺，一度十分火爆的电影市场陷入萧条。

为了扭转电影市场的颓势，上海电影业必须收回成本并赚钱以维持生存和再生产。1985年3月，上海电影业开始实行体制改革，合并上海市电影局与上海电影制片厂，组建成立了上海电影总公司，并推出商业片战略，先后拍摄了《夜半歌声》、《午夜两点》、《庭院深深》等一批娱乐片。与此同时，为了解决电影资金不足的问题，1987年起，上海电影系统开始实行"零承包"政策。

然而，这一切，并未能阻止上海电影制作业和电影市场呈现总体滑坡的状况。

从分业竞争到影视合流

20世纪90年代，上海电影业在探索适应社会主义市场经济体制的电影发展新机制中，率先一步，在制作和发行放映方面，双管齐下，改革体制，从引入竞争机制到实现影视合流，推动上海电影业的整体发展。

为了学会在社会主义市场经济中游泳，1992年，上海电影制片厂率先进行内部机制改革，建立新的用工制度和分配制度。"基薪酬金制"、"岗位薪级制"等竞争机制的引入，改变了以往吃"大锅饭"的现象，调动了电影创作人员的积极性。而上海电影的创作机制和制片模式，也从原来的"导演中心制"逐渐向"制片人中心制"过渡。社会融资逐渐成为制片资金的重要来源之一。同时，谢晋等一批上海电影人，也开始发挥自身专业优势，结合企业资金优势，创办公司，探索上海民营影视业发展的新路。谢晋自1988年创办上海巨星公司后，1992年8月，又与珠海恒通置业股份有限公司共同创建了具有独立制片人性质

勇于探索的中国著
名导演谢晋

的上海谢晋——恒通影视有限公司，踏上了一条在民间集资拍摄和发行
电影的改革之路，为中国电影机制的改革与创新，积累下可贵的经验。
1998年，谢晋携手沪上著名民营公司——上海中路集团，成立了"上海
谢晋—中路影视公司"；2000年，谢晋又与上海科利华软件有限责任公
司、北京恒通勤至电子技术有限公司及民营企业家共同投资创办了"上
海谢晋影视科技有限公司"。1999年，上海求索影视制作有限公司成
立。公司打破原有体制，引进多种经济成分，是国家、集体和个人共同
投资参股，适应市场需要，实行新经营机制的影视制作企业，也是沪上
影视业深化改革推出的新举措。

　　在电影发行放映方面，1993年1月，中国广播电影电视部发布《关
于当前深化电影行业机制改革的若干意见》，决定中国电影发行放映公
司不再对国产影片统购包销，各制片厂可以直接同地方发行放映公司
进行出售地区发行权、单片承包、票房分成、代理发行等多种形式的交
易。电影发行的"统购统销"变成了"自产自销"。上海成了"第一个
吃螃蟹的"地区。1993年上半年，北京电影制片厂上海籍厂长成志谷携
炙手可热的合拍片《狮王争霸》与上海电影发行放映公司探索自主发
行的新模式，12天的商谈，最终达成采用票房分账的共识。此举引起了

地方与制片厂共同发行的第一部影片——《狮王争霸》

业内的强烈反响。它彻底打破了计划性垄断发行模式，逐步迈向市场化经营。票房分账这一电影发行模式不仅在当时为后续各厂家的影片纷纷效仿，并一直沿用至今，而且也为此后采用分账形式引进国外影片打下了扎实的基础。

同年，上海电影发行放映公司在全国同行业中率先实行股份制改造，建立中国电影第一家股份制企业——上海永乐股份有限公司。不久，公司开始探索院线制经营的电影发行新机制。为打破上海电影发行垄断经营机制，1994年10月，上海第二家影视发行公司——上海东方影视发行公司成立。翌年，上海又在全国率先组建了第二条发行渠道——东方院线。竞争机制的引入，有效地激活了上海电影市场。1998年，上海全年放映电影23.4万场，吸引了2924万的电影观众，收获了近2亿元、即全国1／7的电影票房收入。为了规范影视市场，早在1992年初，上海便制定了全国第一个有关电影发行放映管理的行政规章——《上海市电影发行放映管理办法》。1997年，又根据国务院《电影管理条例》，结合上海实际情况，重新制定了《上海市电影发行放映管理办法》。

20世纪90年代中期起，上海电影业在资源的整合中迈出了新步伐。

1995年，上海率先在全国实现影视合流。上海撤销了市广播电视局和市电影局的建制，成立上海市广播电影电视局，初步实现电影创作优势和电视传播优势的互补。上海影视业在探索集团化管理模式过程中，逐步实现了发展战略和规划、宣传管理、技术管理、财务管理、基本建设规划和

中国电影第一家股份制企业——上海永乐股份有限公司

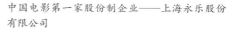

释江南丛书

管理的"五个统一"，并确定了以影视创作为重点的工作原则。上海市广播电影电视局旗下拥有上海电影电视（集团）公司和上海永乐电影电视（集团）公司，以拍摄制作影视作品和电影发行为主。

上海电影电视（集团）公司以上海电影制片厂为母体，整合了上海电影技术厂、上海电影发展总公司、上海东方影视发行公司、上海新光影艺苑和上海银星假日酒店等单位。上海影视（集团）在繁荣影视创作，多出好片、多出精品、快出人才的同时，拓展国内外市场，开拓非影视生产的经营，培植新的经济增长点，确保国有资产保值增值，逐渐形成了以影视创作生产为中心的影视录一体化、产供销一条龙的多元化经营格局。上海影视（集团）还建成了集影视拍摄、文化传播和旅游娱乐为一体的上海影视乐园和国内一流的上海电脑特技制作中心。上海永乐电影电视（集团）公司则以原永乐股份有限公司为母体，吸收了原上海电视台所属的5个电视剧制作公司和电视台文学编辑室，以及上海东海影视乐园。1999年，永乐影视集团由侧重于发行放映转到创作生产与发行放映并重的轨道上来，从而形成与上海影视（集团）公司比翼齐飞的局面。

20世纪90年代末，上海美术片的创作生产也向产业化方向发展。1999年9月，成立了上海动画影视（集团）公司。公司按照现代企业制度的要求，走产业化发展道路，大力开发一切与儿童、卡通相关的产业和产品，逐步从单一的制片单位发展为集制片、发行、版权经营、衍生产品的开发与销售为一体的综合性集团。在纪念新中国成立50周年之际，借助产业化的经营理念和运作模式，推出了轰动一时的大型影院动画片《宝莲灯》。

改革，使上海电影逐步走出低谷。借助影视合流力度，精品战略精神的贯彻，多种所有制活力的发挥，上海电影创作生产了一批优秀影

具有里程碑意义的国产动画巨片——《宝莲灯》

片，其中既有《阙里人家》、《三毛从军记》、《情满浦江》、《鸦片战争》、《老人与狗》、《孽债》、《红河谷》、《紧急救助》、《海之魂》、《冰与火》、《黄河绝恋》、《绿色柔情》、《生死抉择》等故事片，也有风靡一时的《宝莲灯》、《封神榜传奇》、《知识老人》等动画系列片，还有《诺丁山》、《美丽人生》等译制片。同时，上海还生产出数字电影《紧急迫降》、中国首部真人与动画合成的电影《可可的魔伞》、影院木偶片、影院短片及电视电影等电影新品种。

续写辉煌新篇章

21世纪后，上海电影业在深化体制改革的过程中，加快了集团化和产业化的发展步伐，加强了整合力度，积极打造完整的电影产业链，不断推出上海制造的华语影片。

轰动一时的影片《红河谷》

根据国家广电总局《关于进一步推进组建电影集团的原则意见》，2001年8月，上海电影业重新整合上海电影电视（集团）公司、上海永乐电影电视（集团）公司、上海动画影视（集团）公司、上海电影译制厂、上海科教电影厂、上海影城、求索制片公司等电影系统资源，成立了国有大型电影企业——上海电影集团（简称上影集团），其核心企业基本上是有50年以上历史的国有事业单位。作为上海文化广播影视集团的四大直属子集团之一，上影集团以影视创作生产、影视作品销售发行和其他相关产业经营为三大经济支柱，逐步形成制片、发行、放映一体化，影视录综合发展的运作体制和经营格局。

2002年，根据国家广电总局关于改革电影发行机制的精神，上海电影发行放映体制再次进行了改革，组建了上海联和电影院线有限责任公司，并成立了联和电影院线和大光明院线。新院线体制打破了区域垄断，改变了单渠道发行的格局，让利于片方与影院，对电影的发展有很大的促进。上海电影市场2002年票房同比增幅3成，达到1.7亿元，联和院线以1.6亿的票房，位列全国30多条院线之首。

　　自2003年上海被列为首批文化体制改革综合试点城市后，上海启动了新一轮文化体制改革。2005年，上海发布《关于振兴上海影视产业的若干意见》，进一步明确了发展繁荣上海电影产业的总体目标：即要把电影业打造成上海文化发展的支柱产业，把上海建设成为中国电影的重要生产基地，扩大上海电影在国内和国际的影响力。

　　2004年开始，上海进入重塑市场主体，打造、完善电影产业链的过程。按照中央和市委关于文化体制改革试点工作的总体部署，上影集团率先启动转企改制工作。

　　上影集团以"建立现代企业制度，建构现代产权制度，建设现代影业集团"为目标，按照"以开放促改革，以合作促发展"的基本理念，"转企改制，同步思考，分步实施；转企先行，改制跟进，持续发展"的"两步走"改革思路，于2004年12月，完成了整体转企任务。

　　2005年，上影集团乘势而上，进一步深化内部改革，创新体制机制，整合资源，构建产业链，建立电影市场营销、投融资、技术服务、传播及人才培养等相互支持的五大体系。目前，上影集团拥有上影英皇、上影电通、上影昆仑、上影寰亚等5家大型制片企业，14家影视制作公司和1家大型拍摄基地（松江车墩影视基地），中国最大的电影院线——上海联和电影院线以及东方电影频道也在旗下。它是全国电影企业中片种最齐全的电影集团之一，拥有年均生产故事片20部以上、美术片2000分钟以上、电视剧500集以上的生产能力。

　　上影集团还于2004年推出了华语电影、片库经营和跨国合作三大概念。在电影作品上，从创作意识到完成效果，体现出较强的市场化意识，创新精神和娱乐元素更加丰富多彩，与观众的现代审美趣味更加接近，也和世界电影潮流更加接轨。为打造华语电影重镇，在制作方式

历史悠久的上海电影（集团）公司

以惊险片形式展示主旋律的影片——《邓小平·1928》

上，上影集团自己投资840万元，创作拍摄了《邓小平·1928》，获得1350万元的票房，以主旋律加惊险片的探索赢得了一片掌声。同时，与香港泽东公司、著名导演关锦鹏、李安、王家卫等合作，共同打造《2046》、《长恨歌》、《色·戒》、《蓝莓之夜》。此外，上影集团还以投资制作的方式，与海内外影人合作制作《赤壁》、《大灌篮》、《集结号》、《画皮》等华语电影。其中既有《东京审判》、《东方大港》等主流大片，也有《大灌篮》等商业大片，以及艺术探索片。5年来，上影集团推出了一批深受群众和市场欢迎、院线抢购、影院热映的优秀影视作品：《东京审判》、《青花》、《勇士》、《亮剑》、《大耳朵图图》、《三峡好人》等。2009年，上影集团的《高考1977》、《铁人》、《廉吏于成龙》、《风声》、《马兰花》等5部作品被列入国庆60周年重点献礼影片。

上影集团与英国电影制作公司携手拍摄了《伯爵夫人》，实现了真正意义上的跨国合作。上影集团不仅在剧本策划过程中就与英方相互讨论，建议增加中国演员的戏份，推荐中国演员，而且还参与一定的比例投资，并明确了版权分割，跨出了海外版权分成的一步。这样，上海电影突破了大陆市场，走上世界银幕，实现中国电影利益的最大化。此后，上影集团依托华语影视的巨大市场，不断扩大与港台地区和东南亚大华语地区的影视生产与合作，并依托中华文化的全球影响，积极参与全球中华题材影视作品的生产与合作，展开跨国界、跨地区的合作拍片。

如同米高梅一样，上影集团的片库就是一部中国电影史，有着得天独厚的版权资源。2003年12月28日，东方电影频道正式开播。它以"传承百年电影文化，共享全球影视盛宴"的办台方针，利用上影集团片库

650多部电影，30000分钟动画片，1555部科教片与近10000部／集电视剧的内容资源，日播影片6部（周一4部），每天滚动播出24小时，成为全国第一家全天候播出的专业电影频道。2006年4月，东方电影频道进行全新改版，精心推出了"六大影院"和"四档栏目"，力图建立一个全天候的影视剧"家庭影院"。

"谁控制了市场，谁就控制了电影"。2004年，上影集团给联和院线定出了2亿票房的新指标。经过艰苦卓绝和步步为营的努力，到年底，联和院线不仅创下了2.5亿元的票房纪录，比2003年增长42％。之后，为了建立相对完整的市场营销体系，上影集团先后投资2亿多元，并吸纳外来可用资金9946万元，以每年3至5家的速度，在上海和全国其他城市新建改建了20家现代化多厅影院。上海联和院线在做好、做大上海电影市场的同时，不断向华东及全国拓展市场空间。2009年，联和院线所属影院已从院线建立之初的56家扩大到105家，分布在全国13个省、市、自治区的40个城市。票房从2003年的1.42亿起步，连续7年创新高。即使在金融风暴影响下，上海的电影市场依然繁荣，2009年上影联和电影院线一举取得了6.98亿元票房成绩（同比增长45％，占全国票房1／10强），成为衡量中外电影在华票房成绩的主要标杆。

全国第一家全天候播出的专业电影频道——东方电影频道

如今，上海正着力构建电影产业集聚区。上影集团拟投入、投资近12亿元在原上影集团旧址建设一座总面积为11万平方米的上海电影大厦，形成上海电影创意园区，将百年上海电影历史及生产、工艺的成就展示其中，上影集团下属各企业的现代产能也都将集中于此。同时，还计划将车墩拍摄基地（上海影视乐园）扩大到650亩地，以"老上海"为特色，既能拍摄又兼具休闲旅游的功能。另外，在整体规模为4700亩左右的佘山国家级电影电视制作园区，上影集团负责其中700亩左右的开发。在三到五年内，将形成以上海电影大厦、车墩影视基地和佘山影

上海联合院线旗下的永华电影城

视制作园区为主体的上影集团外在产业形态，大大增强上海电影产业发展的硬件基础与吸引力。

进入新世纪后，上海的民营影视制作业也日趋活跃。2000年，注册资本约500万元的上海金棕榈影视制作有限公司成立。两年后，注册资金约为50万元的上海祥盛影视制作发行有限公司创建。它们先后出品了《了不起的村庄》、《蒸发疑云》、《纸飞机》、《死亡之吻》、《网》等影片。2002年，注册资金为3000万元，由民营和国有资本共同组成的股份制影视文化企业——上海三九文化发展有限公司成立，其主营业务包括影视投资制作与发行，电影院线的投资开发与管理等。同年，该公司投资参股组建了"北京世纪环球电影院线发展有限公司"，一举打破了上海民营企业没有院线资源的尴尬处境，并参股组建了上海明日之星影院发展有限公司，从事多厅影院的新建等业务，民营资本呈现出旺盛的投资热情。

二、渐成优势的电影业

人文荟萃的江苏和浙江，在建设"文化大省"、"文化强省"战略思想的指导下，强化电影市场化运作、注重影视基地建设、建设影视企业，注重打造完整的电影产业链，电影产业逐渐成为优势文化产业。

产业链的完形

江苏电影业在经历了20世纪80年代的辉煌，到20世纪90年代后，尤其是新世纪以来，更加注重繁荣电影市场、提高电影制作能力，打造影视基地，形成了较为完整的电影产业链。

20世纪80年代中后期，全国传统电影市场逐渐萎缩，电影产业呈现整体低迷。与此相反，江苏电影市场却一枝独秀。1985年，江苏电影票房以年创放映总收入超过一亿元的傲人佳绩，一跃成为全国票房冠军。

此后，又连续8年勇夺全国票房冠军，创造了令人咋舌的"八连冠"。这惊人业绩，使江苏电影业迅速成为引领全国电影业的"前锋军团"，也成就了江苏电影业的一个最为辉煌的时期。

"八连冠"的业绩，主要得益于江苏省各级电影发行放映部门超前的市场创新意识与强大的系统组织协调能力。当时，他们对新片的发行、放映，通过精心策划和严密的市场化运作，使其放映信息、内容及时、准确地传达到江苏各地。尤其值得一提的是，江苏省在全国率先推出了层出不穷的电影首映活动，他们邀请众多有影响力的剧组来江苏，导演和电影明星在南京及江苏各大城市与普通观众见面，同欢共乐，培养了众多的电影"粉丝"，掀起了一次又一次电影作品的放映热潮。当时，《周恩来》、《焦裕禄》、《开天辟地》、《开国大典》、《大决战》、《芙蓉镇》、《野山》、《黑炮事件》、《红高粱》、《疯狂的代价》等影片，在江苏各地风靡一时，造成万人空巷的景观。

1993年5月，"苏州市电影发行服务中心"的成立，突破了江苏电影市场由江苏省电影发行放映公司独家行销的局面，紧接着以苏州、南京、无锡、南通四市为首的基层电影公司直接与当时的16家电影制片厂进行交易，签订"发行权许可使用合同"。此举得到国家相关部门的认可，史称"江苏突破"。从此，江苏电影市场两个并行的发行机构，形成了相互竞争的态势。

1996年，在江苏提出要建设"文化大省"之际，江苏电影发行放映体制开始了又一轮改革。原江苏省电影公司整合全省电影市场资源，与11个省辖市电影（剧场）公司等单位共同组建"江苏长江影业有限责任公司"，负责江苏电影市场的业务运作。运作之初的1997、1998两年，取得了明显的效益，年票房收入分别达到14722万元、13949万元，基本遏止了此前几年电影市场下滑的局面。

进入新世纪后，江苏影视业开始迈向集团化建设之路。2001年6月，江苏省广播电视总台（集团）成立，它整合了原江苏人民广播电台、江苏电视台、江苏有线电视台、南京电影制片厂等单位的影视资源。2004年起，江苏省围绕重塑合格市场主体，以转企改制、培育主

新建的江苏省广播电视总台（集团）大厦

南京万达国际影城

体、整合资源为重点，把各地因行政区划分割的资源统一整合，完成了江苏省广播电视总台（集团）等六大省级文化集团的组建。

江苏省广播电视总台（集团）建立以后，开始了振兴江苏电影业之路，经过不断打造，逐渐形成完整的江苏电影产业链：

一是加强院线建设，激活电影市场。早在2002年，江苏省便组建了东方、扬子等江苏电影院线。在激烈的市场竞争中，江苏省不断优化组合省内电影院线资源。2005年6月，江苏省电影发行放映公司、南京市电影剧场公司、南京宇鸿影视传媒有限公司、中国电影集团公司四方共同对原东方院线进行增资扩股，合并原隶属于江苏省电影发行放映公司的扬子院线。合并之举为公司带来新的活力，重组后的江苏东方院线当年的票房就达到3200万元，位居全国院线票房排名第12位，从原先的"第三阵营"晋级到"第二阵营"。

江苏的电影市场，在院线制的运作下不断发展。2005年建成开业的南京新街口国际影城，现在已经成为当地青年看电影的时尚选择。除了上海、北京、广东以及江苏自身院线之外，良好的人文环境和地域条件，潜能极大的电影市场，也吸引了浙江横店集团的院线、大连万达集团的院线纷纷来苏投资，建设新型影城。以省城南京为例，在南京市新街口这个不足3平方公里的闹市区，也因此一下子拥有了5座新老影城。全新的多功能星级影城不断在省城以及各大小城市出现，培养和带动了新一代观众群和新一轮观众的观片热潮。同时，随着江苏"新希望"农村数字电影院线的建立，江苏走出了一条具有本省特色的"企业经营、市场运作，政府买服务"的农村数字电影推广之路。

二是增强制片能力，突出地方特色。在电影创作方面，江苏电影业更加注重挖掘本省丰厚的人文资源和历史资源，拍摄具有本土特色的影片。2006年，江苏省广播电视总台（集团）完成了《考试》等6部电影。2007年，江苏省文化产业集团有限公司参与投资的《江北好人》，引起业界一定的注意。2008年，南京电影制片厂等单位联合拍摄了《南京的那个夏天》，它"讲南京话说南京事"，被称为南京电影史上第一部真正意义上的"南京特制"电影。2009年，江苏省广播电视总台参与投资影片《南京！南京！》。该片在全国1582家影院上映，截至5月9日，上映18天内票房突破1.57亿元，观众近500万人次。

三是重视电影摄制基地的建设。2007年8月，江苏省广播电视总台（集团）、新华报业集团、石湫机场科技工业园开发有限公司投资50亿元，共同成立了江苏广电石湫影视基地有限公司，在溧水县石湫镇打造"江苏未来影视文化创意产业园"，目标是成为长三角文化旅游休闲中心、优秀苏派文化输出中心和全国一流的"影视创意产业园"。2009年，江苏省文化产业集团与南通市崇川区政府开始合作建设具有清末民初江海特色的民俗文化特点的"近代一城"影视基地，规划占地950亩。

国有民营形成合力

在探索电影产业发展的过程中，浙江省充分运用国营企业和民营企业的合力，共同打造电影产业链，并在中国的电影发展史上留下了浓重的一笔。

20世纪90年代初，当上海、江苏电影业引入竞争机制之际，浙江省电影发行放映公司也于1994年1月，以国有独资形式，注册资金1080万元，组建了浙江省电影总公司。公司成立后，便开始向集电影制片、发行、放映为一体的产业化方向发展，谋求做大做强浙江电影产业。

震撼人心的反战影片——《南京！南京！》

为了摆脱当时电影市场低迷的状况，力争打开新局面，公司斥资1200万元，租赁场地建设超市型的多厅电影院——浙江庆春电影大世界。1999年8月，拥有12个电影厅、1450个座位的浙江庆春电影大世界正式建成营业。观众随到随看，不需候场；丰富的片源，使观众有自由挑选节目的余地。同时，电影院的空余场地被出租经营，引进的电子游戏机、卡拉OK、西点餐饮、网吧等，为影院积聚了大量的人气。电影超市也因此由一般的概念落地变为了现实。浙江庆春电影大世界在全国首创"电影超市"之举，在业内曾引起了巨大反响，并点燃了浙江观众观影的热情。开业当天，观众如云，仅半天时间，影院便收获了近3万元的票房。同年底，庆春电影大世界共放映电影7251场次，观众达

首创全国"电影超市"之举的浙江庆春电影大世界

352927人次，票房收入5378930元，平均上座率达到40%。翌年，其观众人次以及票房收入即荣膺全国电影院、票房的榜首。开业3年后，庆春电影大世界便全部收回了投资成本。2000年11月22日，中央电视台《焦点访谈》也对此作了专题报道。

借着浙江庆春电影大世界成功的东风，浙江省各地纷纷开始建设大型多厅电影院。一时间，翠苑电影大世界、西湖电影院、新华影都、奥斯卡电影大世界、UME影城、众安电影大世界、舟山影城、温岭影视城、临安影视城、绍兴影城、嘉兴华庭国际影城、金华奥斯卡影城及义乌影都等一座座崭新而现代化的影院，如星河般洒落在浙江省境内，它们聚集起越来越多的人气，创造了浙江电影市场的繁荣，并极大改善了浙江电影产业的硬件设施。

跨入新世纪，浙江电影业进一步结合国有和民营的优势资源，不断打造完整的产业链，做强做大浙江电影产业。

2002年，浙江省组建起以星光、时代、雁荡三条院线为龙头的电影院线。一年半后，江西上饶影城加盟，浙江时代电影院线由此成为全国第一条跨省院线。到2004年底止，浙江时代电影院线的电影票房收入位列全国36条电影院线的第4位，达到7400万元，其国产影片的票房收入占总票房收入的42%。而横店院线在全国各地投巨资，建造五星级影院。同时，开始跨地域，收购杭州星光、广州珠江、江苏亚细亚等多家电影放映院线。

同时，浙江电影制作骨干企业也纷纷兴起，越做越强。2001年底，浙江省电影总公司与中国电影集团公司、北京今古影视策划有限公司在杭州成立了中影·浙影·今古影视工作室。2004年，作为全国文化体制改革综合试点省，浙江电影业进行了新一轮的文化体制改革。浙江广播电视集团与广厦控股创业投资有限公司合资组建了浙江影视（集团）有限公司，公司整合了国有文化集团和民营文化企业的影视资源，形成浙

释江南丛书

江影视制作产业的"联合舰队"。2005年4月，浙江省电影总公司，与北京今古影视策划有限公司共同出资在杭州组建了杭州今古时代电影制作有限公司，并随即推出了"电影制作230工程"，即在2年内拍摄30部影视节目。

近年来，浙江影视新作不断。2007年，浙江省电影产量为15部，到2008年就上升到了22部。2007年岁末登场的《集结号》，成为近年来中国电影中一道引人注目的风景，是浙江影视集团与华谊兄弟公司首次合作的成功产品，令电影名人辈出、风景频频入镜但少有大片"浙江出品"的浙江人终于长出了一口气。2008年，浙江影视又和华谊兄弟合拍了贺岁片《非诚勿扰》，再度获得成功。浙江电影开始呈现艺术创作逐渐繁荣、社会力量投资电影生产逐渐升温的态势。

通过政策大力鼓励、支持和有效引导民营影视产业的发展，是浙江电影业的一个最鲜明的特色和主要亮点。浙江按照文化产业规模化、集约化、专业化发展的思路，努力搭建产业平台，以影视基地园区的形式吸引民营文化企业集聚发展，扶持一批重点民营文化影视产业基地做大做强，其中最著名的就是民营集团打造的横店影视基地的建设和发展。

横店影视基地的诞生有一定的偶然性。1995年全国两会期间，时为第八届全国人大代表的横店集团创始人徐文荣遇到了来京参加全国政协会议的浙江籍导演谢晋，两人就迎接香港回归、拍摄《鸦片战争》历史巨片一事商议。出于支持谢晋导演拍摄的考虑，也为了加强爱国主义教育和增加横店社区的游乐场所，让当地人开阔眼界，在浙江有关部门的支持下，横店集团投资兴建了将历史的真实与艺术完美结合的"十九世纪南粤广州街"拍摄基地。这一步迈出了中国特大型民营企业横店集团以企业雄厚的经济实力致力于发展文化产业，重点打造"东方好莱坞"的第一步。

反映战争与人性冲突的经典影片——《集结号》

此后的10多年中，横店逐步形成了企业自主投资建设、以市场为导向的影视产业运作体系。横店集团先后投入巨资开发影视产业基地，先后建起了秦王宫、明清宫苑、清明上河图等13个影视拍摄基地和两座超大型现代化摄影棚。这些场景时代横跨五千年，上可溯秦汉，下可至民国。各种建筑住宅，如宫殿、王府、达官府第、街道、肆坊、民宅、牢房、妓院等，一应俱全。经过近十多年的发展和积累，横店影视基地已成为国内最大的影片生产基地和亚洲规划最大的影视剧拍摄基地，被国内外媒体誉为"中国好莱坞"。

但有一件事却刺痛了横店人：电影《英雄》在横店拍摄完成后，横店只拿到400万元，而用于后期高科技制作的800万美元却被澳大利亚拿走了，相当于横店所得的17倍。巨大的利润差距促使横店人下决心提升横店影视城的科技含量。于是，一个全新的构想诞生了：组建由政府部门主管、以企业为发展主体的影视产业实验区，担负起体制创新和产业发展的双重任务，充分利用横店影视基地的基础和资源，加快产业集聚；充分利用实验区的专业化、集约化、规模化优势，扩大经营规模，激活生产要素，拉长产业链；充分利用试验区这一特定载体，吸收海内外资金和力量；通过体制创新，为实验区带来巨大的机制优势，放大其对发展影视产业的推动力。

引发横店影视城改制创新的影片《英雄》

2004年4月，在浙江有关主管部门的大力支持和争取下，全国唯一的国家级影视产业实验区——横店影视产业实验区诞生了。

实验区一成立，马上在国内外影视界产生巨大反响，国内有6家影视机构要求到横店"定居"；电视传媒也纷至沓来，上海东方卫视、湖南卫视娱乐现场、香港华侨娱乐电视台、澳门卫视华人台等9家电视媒体提出到横店设立分支机构的意向；中国电影集团、美国时代华纳与横店集团合资组建的影视制作公司也正式签约；香港唐人电影国际有限公司已在横店建立分支机构；香港声艺影视后期制作有限公司、香港壹动画影像有限公司也纷纷派人前来洽谈，签订合资意向。

到2008年，该实验区已入驻国内外影视文化企业271家，总注册资金近8.9亿元，形成从剧本创作到影视制作、发行、后产品开发一条龙的影视产业链。同年，入区企业影视制作投资达亿元，完成电影、电视剧 93部（2325集），约占全国总数的五分之一，入区企业实现营业收入15.5亿元，实验区税费收入1.1亿元。

横店影视基地，已然成为当代中国电影走向世界的代表性标志和最具发展潜力的影视产业品牌。

《横店影视产业实验区
总体规划图》

三、领风气之先的申城广电

广播电视业，作为上海文化产业中的主打产业，在改革开放之初，领风气之先，开辟了市场化经营之路。其后，经过全面探索，逐渐建立起适应社会主义市场经济体制的运作机制和体制，并不断拓展新空间，创造了上海广电的新业绩。

突围后的创新之举

20世纪80年代，上海广播电视业突破"左"的思想束缚，寻求发展之道，开创了数个领风气之先的改革举措：

一是播出了中国电视史上第一条广告，开创了中国广电系统向产业化方向发展的先河。由于当时全国百废待兴，上海地方财力难以满足具有高投入特点的广播电视的发展需要，因此上海广播电视业在市场化经营方面，敢为人先，迈出了产业化的第一步。1979年1月28日17时09

播出中国电视史上第一条广告的上海电视台

分，上海电视台的屏幕上出现了中国电视史上的第一条电视广告：上海市药材公司中药制药二厂的"参桂养荣酒"，片长1分30秒。同年3月5日，上海电台又在中国内地广播电台中第一个恢复了广告业务。3月15日18时51分，中国内地第一条外商电视广告："瑞士雷达表"出现在上海电视荧幕上，片长60秒。这些举动被国外舆论称作是中国"开放的信号"。广告的播出，开拓了上海电视媒体与企业界新的合作方式，上海电视第一次取得了广告收益。1987年，上海市广播电视局以广告为主的多种经营收入达2190万元，第一次超过国家财政拨款额。

二是在节目的播出时间、套数和技术应用方面走在全国其他省市的前面。中共十一届三中全会以后，上海广播电视在贯彻"百花齐放"、"百家争鸣"方针前提下，开办了一系列从内容到形式都比较新颖的文艺节目，编排播出健康、明朗、向上、格调高雅的文艺作品，丰富了群众的文化生活。1984年，上海电台的节目套数恢复增至7套，每天播出时间超过100小时，成为当时全国地方台节目套数最多、播出时间最长的电台。上海电视台在原有五频道基础上增设廿频道。1984年到1986年间，上海在国内率先采用网络中心系统，建成了上海电视台多功能的制作、播出、传送中心。上海电台也完成了播控中心的改造。

三是率先实行广电系统的体制改革，在业内外产生了广泛的社会影响。1987年，上海市广播电视体制进行重大改革，建立了"五台三中心"格局。根据专业化分工新思路，上海电视台下设一台、二台和电视剧制作中心；上海电台分别成立新闻教育台、经济台和文艺台；原由各台管理的技术和服务部门，全部剥离出来，成立三个中心：上海广播电视技术中心、上海广播电视服务中心和上海广播电视发展中心。"五台三中心"，在经济上实行独立核算和多种形式的经济承包责任制。从此，电台、电视台的节目品种和广播时间均有增加。不久，上海还开播

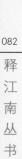

了向台湾及海外广播的浦江之声，开设了英语调频广播。电视台自办节目近1万小时，自制节目2000小时，730条自采自编新闻被中央电视台录用。上海电视台的电视剧创作从剧本创作到前期拍摄、后期制作以及国外电视剧的译制，形成了一条较完整的专业化生产线。专业化的制作，推动了电视剧创作水平的提高。1988年，上海已制作电视剧17部90集，译制外国电视剧43部177集。到90年代初，上海制作或合作的电视连续剧《家·春·秋》、《花鸽子》、《三个和一个》、《上海的早晨》、《十六岁的花季》、《东方大酒店》等都获得了好评。

同时，上海积极探索发展广播电视产业功能，发展多种经营，创建经济实体，形成广告、音像制品、印刷出版、旅游饮食文化、贸易经营等六个系列，创收能力逐年增强，到1991年超过1亿元人民币。在"自主建设、自主发展、自我积累、自我约束"中，特别在筹集资金方面实现了突破。1991年10月15日，国务院副总理朱镕基在视察上海东方明珠广播电视塔建设工地时，称赞上海市广播电视局自筹资金建塔是一个创举。

全面探索产业发展之路

20世纪90年代，上海广电业不断改革文化体制和运行机制，全面探索与社会主义市场经济相适应的体制、机制，广电产业化进程获得了较快发展。

1992年8月28日，上海广电业组建了国内第一家文化股份有限公

一代人的青春记忆——《十六岁的花季》

司——上海东方明珠有限公司，并使之成为上市公司，开创国内文化企业向社会发行股票的先河，400万流通股共向社会集资2.04亿元，连同发行法人股筹措资金4.1亿元，推动了东方明珠广播电视塔建设顺利进行。这为探索企业自主建设、自主经营、自我发展之路，迈出了重要的一步。

1992年、1993年间相继组建的上海东方广播电台、东方电视台和上海有线电视台，使上海广播电视业形成了5个市级广播电台、电视台，出现了既竞争又合作、既互补又相互促进的新格局。与此相应，为推动

上海知青代表剧——
《孽债》

电视剧的生产，1993年，上海电视台撤销电视剧制作中心，组建2个电视剧制作公司、3个电视剧制作社和1个文学编辑部。其代表作电视连续剧《孽债》，一推出便引起轰动，收视率高达40%以上。1995年8月，实现影视合流后，上海形成了五台三中心、四个集团公司和七个直属单位的广播影视格局。

体制的变革，推动着上海广播电视业的不断发展。上海广播电视节目不断创新，节目质量大幅提高，产生了一大批深受广大群众喜欢的名牌栏目和著名编辑、记者、节目主持人以及导演、演员。在1997年"中国广播电视奖"的评选中，上海一举获得4个一等奖、2个二等奖和2个三等奖。同时，上海电视剧制作产量不断提高。1996年，上海摄制完成电视剧568部（集），1997年突破了600部（集）。

这一时期，上海广电业在财政拨款、创收包干、超创收部分全额留成并纳入国家预算管理的经济政策引导下，建立起多渠道、全方位的集资、融资机制。依靠自己的积累和银行贷款，广电系统在20世纪90年代中后期，相继建成了一批重大的广电工程设施：上海广播电视国际新闻交流中心（广电大厦）、上海东方明珠广播电视塔、广播大厦、东方电视台大楼、上海卫星电视中心、上海电视台的电视大厦。2000年，有线电视双向接入网改造100万户，并向社会推出有线双向宽带应用服务。同年，上海卫视在全国落地1236家，外省市卫视在上海落地10家；完成了高清晰度电视地面广播试验项目，进行了有线高清晰度电视试播；研制完成了50千瓦中波全固态数字调幅广播发射机，填补了国内空白，达到国际先进水平。

上海率先建立的较为规范的电视剧交易市场，形成了根据市场经济原则，按质论价、优质优价、竞争出价的良好氛围，对全国电视同行产生了强大的吸引力。电视新作首播地选在上海，已成为全国电视人的共识。仅1997年就有近2500部（集）国产电视剧新作通过买断全国版权、附带广告、首轮联播、二次购买等方式在上海亮相，大大丰富了观众的荧屏节目。如《儿女情长》、《中国大案》等本地或全国优秀作品都是先在上海打响，进而轰动全国的。据不完全统计，这一时期全国共有6000余部电视剧输入上海，上视、东视、有线台、教育台已成为全国电视剧新作力作的展映窗口，覆盖苏、浙、沪地区2亿多观众。

到1998年，上海广播电视形成了具有高技术、大覆盖的市场，不仅拥有2家电台、4家电视台和一个卫星电视中心，而且拥有包括250万用户的全球单个城市最大的有线电视网络。上海广播播出总时间达到10万小时以上，12套节目。电视播出总时间接近14万小时，共22套节目。卫星电视实现了24小时滚动播出，形成了强大的辐射力量。上海广播电影电视局总资产达到70亿，比6年前增加了6.5倍，增强了实力，为上海广播电视业实现21世纪更大的发展夯实了基础。

不断拓展广电新空间

跨入新世纪后，上海通过集团化的建设，专业化服务的提供、有线

笋立黄浦江畔的东方明珠广播电视塔

网络资源的整合、品牌的建设、市场的开拓，制播分离的体制改革，以及新兴媒体的发展，不断拓展新空间，推进了广播电视业的发展。

2001年4月，上海文化广播影视集团正式成立（简称文广集团）。文广集团适应世界媒体和信息产业结合的潮流，整合了原文化局系统的丰富创作资源和原广电系统的巨大传播能力，在发展上海电影产业的同时，积极全面拓展广播电视业。

按照产业化发展的要求，文广集团设立了上海文广新闻传媒集团等四大直属子集团。随后，上海进军北京、广东、四川等地，在外省市设立广告经营中心，开拓上海传媒集团在华南、华北和西南的广告市场。2001年集团年广告收入便达到19亿元，比1991年增长了23.8倍。

同时，集团根据受众市场的细分化和分众化的发展，对电视频道和广播频率进行专业化改革，要求和鼓励各频道节目间开展错位竞争、差别竞争。其旗下的10套广播节目，每天播出160多个小时， 11个电视专业频道，每周播出近1500小时，其中上海卫视在全国拥有1200多个接收点，收视人口达2亿多，并在日本落地。2002年10月后，上海又推出了88套数字电视，其中自办31套；播出数字广播19套，其中自办10套。还提供了包括气象、电视节目指南等7套数据信息。在内容上形成了新闻、信息、功能服务的基本构架。到2008年，上海还开设了16套付费电视节目，1套付费广播节目。

"第一财经"频道著名节目——财富人生

上海广播电视业不断推出自己的广播电视品牌，推进传媒的产业化运作，在合作中发展壮大。由原上视财经频道和原东广财经频率合二为一，组成全国首家综合性财经传媒——"第一财经"，其频道、频率都采用统一文稿系统，达到了资源共享的目的。2003年4月，它与国际著名的财经新闻机构CNBC亚太，结成双方战略合作关系，成立了上海第一财经传媒有限公司，通过CNBC的全球电视网络，相互传递国内和国际重要的商业金融信息。如今，作为国内著名的跨媒体专业财经资讯平台，"第一财经"现已成为文广集团响当当的品牌。而《新闻透视》、《新闻坊》、《1/7》、《可凡倾听》、《市民与社会》、《星期广播音乐会》等栏目也纷纷在2007年入选"上海媒体优秀品牌榜"。

搭载日新月异的科技进步，上海建起了4700公里的光缆、1000公里的电缆，350万户的用户终端，完成140万户的双向改造，上海有线电视网络成为全球规模最大的有线电视城域网。为了给广大电视观众提供高清晰度的交互电视服务，上海正进一步致力于下一代广播电视网NCB全国内容播控平台的建设，积极推进三网融合的技术试验和业务推广。

同时，上海积极发展数字付费电视、手机电视（即"第五媒体"）、移动电视、楼宇电视、车载电视、IPTV宽频网络电视业务，全力拓展面向移动群体和户外人群的新兴媒体发展。2009年，上海文广互动电视有限公司的互动电视运营的市场占有率和用户数居全国前列，IPTV的用户达280万，位列全球第一。而在上海落地的中国移动视频基地，将汇聚全国权威媒体的优质视频资源，建成全国无线视频新媒体产业基地，带动上海创意、传媒与动漫产业发展，建立软件、终端、应用集成的信息化联盟，打造出全新的无线手持终端产业链。

随着投资多元化，民营制作机构逐渐成为全市电视剧投资和创作的主要力量。2007年，在全市23家持证影视制作机构中，民营机构共18家，占总数的78.3%，民营影视制作机构的投资额28174万元，是国有制作机构的1.86倍，全市9部总投资超过1700万元的电视剧中，有7部由民营机构生产并获得发行许可证，占总数77.8%；2008年，广电节目制作许可持证单位已经发展到276家，其中民营机构达221家，占80.1%；全市共有38部1146集电视剧获证许可发行（4部85集情景剧未列入统计），这是近5年来上海电视剧生产的最高纪录。

2007年，上海进一步深化体制改革，上海文广新闻传媒集团（简称SMG）旗下的影视剧制作中心正式转企为上海电视传媒公司，开启了"制播分离"的改革之路。他们不再仅仅满足于播放影视剧，还期望获得独立制作的"话语权"，期望按照市场的法则来打造传媒产业。几年来，上海电视传媒公司的电视剧产量节节攀升。其中既有《三七撞上二十一》、《大生活》、《蜗居》等瞄准市井民生的热播剧，也有向改革开放30周年、新中国成立60周年献礼的鸿篇巨制《父亲的战争》、

《开国前夜》等。2007年上海电视传媒公司出品的电视剧为9部260集，2008年已升至17部600余集，2009年立项的则达21部667集。与此同时，受市场的驱动，上海电视传媒公司开始涉足电影领域。

此外，上海广播影视产业还为我们奉献出《铁军之花》、《卢作孚》、《大波》、《中国第一银行家陈光甫》等一批新的影视佳作和精品力作。《高纬度战栗》获2008年度上海市文艺创作精品奖，第24届中国电视金鹰奖长篇电视剧优秀奖二等奖；《历史的天空》、《诺尔曼·白求恩》获中宣部"五个一工程奖"，同时，《诺尔曼·白求恩》还捧回了中国广播电视大奖"飞天奖"长篇电视剧一等奖；家庭情感剧《三七撞上二十一》，取材于网络小说，在全国多家卫视播出，收视火爆，创下880万元利润；2008年与深圳方块动漫画有限公司联合出品的国产动画电影《风云决》公映，获3300万票房，打破了国产动画电影十年沉寂；2009年，另一部与广东原创动力和北京优扬文化传媒共同出品的动画电影《喜羊羊与灰太狼之牛气冲天》，以破亿元人民币的票房成绩创造了小成本国产动画电影的票房奇迹。不久，上海又推出了票房"响当当"的电影《麦兜响当当》。

在开拓中国内地市场的同时，上视传媒还通过积极与海外、港澳台地区的合作，拓展影视制作能力，开发国外市场。如买下墨西哥Televisa电视台热播剧作的原始改编版权，这种合作模式开创了国内电视剧业界国际合作的先河。2007年，动画片《小康康》和《虫虫》被新加坡华语电视台购买，成交额约为21.4万美元；《小知了》、《快乐论语》已在日本卫星电视收费频道播出；上海今日动画影视文化有限公司的合拍动画系列片《中华小子》吸引了30多个国家预购，预售合同达4000万元人民币。

如今，上海广播电视业已形成包括投资、制作、交易、播出和广告经营等在内，制作方、购买方、播出方、观众和广告客户等参与的完整的影视剧产业链形态，为未来上海广播电视业的持续发展奠定了坚实的基础。

四、广播电视新品牌新面貌

经过30年的探索与发展，江苏和浙江的广播电视业逐渐实现了集团化、专业化的发展，形成了国营、民营合力建设的新局面，提高了动画影视制作的原创能力，塑造了苏浙广播电视业的新品牌、新面貌。

快速崛起的江苏

20世纪90年代以后，尤其是新世纪后，通过不断推进体制改革，组建集团，实行制播分离，发展动画产业，开拓新兴产业，江苏省广播电视产业获得了快速发展，并为进一步提升奠定了良好的基础。

进入新世纪后，在建立文化大省的战略目标推动下，江苏以组建文化产业集团、做大做强优势文化企业为抓手，不断推动广播电视业的发展。 2001年6月，成立了江苏省广播电视总台（集团）［简称总台（集团）］。2004年，总台（集团）研究制定了《战略发展五年规划》，提出了2005—2009年五年的发展目标和措施。

此后，总台（集团）加强频道频率建设，打造一流播出平台。截至2005年底，全省共有广播电台14座，电视台14座，省级教育电视台1座，县（市、区）级广播电视播出机构65家，全省广播、电视年播出能力分别达到64.8万小时和70万小时，广播电视自办节目套数分别为120套和136套。中、短波广播发射台21座，系统内电视转播发射台111座，调频发射台76座。全省有线广播电视干线网23万公里，有线电视用户1076.49万户，广播电视综合覆盖率分别达到99.67％和99.56％。全省广播影视系统共有从业人员3.35万人。全省共有广播电视节目制作经营机构82家。2005年，全省广播电视系统总收入超过60亿元，较"九五"期末增

走出国门的著名节目——
《名师高徒》

长121.86％。其中，2006年江苏卫视在35个中心城市和计划单列市晚间5小时收视率达到0.26％，排名全国卫视第6；其"情感地带"栏目群有24档节目进入全国网前20名；《绝对唱响》创造了江苏卫视在南京、江苏和全国三级市场上的最高收视率，成为进入全国收视周排行前10名的少数几个特色选秀活动之一；著名节目——《名师高徒》，则实现了地方广电媒体首次向海外（英国和马来西亚）输出节目模式。

同时，江苏在实行制、播分离方面，努力重塑市场主体，力争打造一流的内容提供商。总台（集团）将原电视剧部改制成立天地纵横影视文化投资公司，并组建5个不同类别的制作公司，分别从事电影、电视剧、动画片、专题片的生产发行。特别值得一提的是，2007年，江苏在整合多个公司影视资源的基础上成立了蓝海影视集团，力图通过在影视内容、艺人经纪、演艺市场、摄制基地等方面实现资源共享，对接外部市场资源，推进低成本扩张，使蓝海集团真正成为以市场为导向、资本为纽带的新型市场主体。

在影视创作生产上，江苏省广播电视业取得了令人瞩目的成就。自2004年到2007年，江苏省广播电视总台（集团）拍摄了100多部、2000多集电影、电视剧、纪录片、动画片等。2008年，为庆祝新中国成立60周年，江苏省广播电视总台（集团）、江苏蓝海传媒营销有限责任公司联合摄制了50集长篇电视剧《人间正道是沧桑》。该剧被认为是一部对革命历史题材创作具有重要贡献、对现实主义正剧创新具有重要贡献、对中国电视剧发展史具有重要历史贡献、对中国文艺叙事样态具有有重要审美贡献的精品力作，是江苏省广电集团实施制、播分离后奉献给荧屏的一朵奇葩，是一部极富艺术创新和思想深度的电视剧佳作，取得了社会、经济效益双丰收。2009年在央视一套、八套播出后好评如潮，成为体现江苏电视剧制作水平的代表之作。

近年来，尤为值得人们关注的是江苏动画影视产业的快速成长，大量原创动画影视作品的诞生。

为了做大做强江苏广电产业，江苏省广播影视发展"十一五规划"提出要发展动画影视产业。大力扶持苏、锡、常、宁国家动画产业基地建设，充分发挥动画基地集聚效应和交易功能，构建营销平台和网络，培育形成创意产业集群和动画产业链，打造"动画之省"，重点培育一批具有自主知识产权、全国竞争实力、品牌效应显著的动画企业。

此后，江苏精心打造南京、常州、苏州、无锡四个国家动画产业基地，使之成为全省影视动漫产业发展的旗舰。江苏各地也以园区建设为依托，集聚产业资源，扶持重点企业和重点项目，培育动画品牌，积极发展影视动画产业。其中，常州国家动画产业基地实行管家式服务，通过设立专家咨询委员会，搭建技术服务、人才培养等各种公共服务平台，从原创动画片前期的选题材、策划，到中期的制作，再到后期的衍生产品的开发、销售、国际国内市场的开拓等各个环节都进行全方位的服务；无锡国家动画产业基地则逐步完善服务体制和投融资体系，初步形成"一个基地、多个园区"的发展格局，吸引了今日动画、亿唐动画、慈文紫光数字影视等一批国内著名的龙头动画企业落户无锡；苏州动画产业基地积极推动中小动画企业孵化，园区规划建设了五期工程，总面积达70万平方米，为园区内的中小企业提供了较完善的公共服务体系和集聚发展空间。

江苏电视剧的新标杆——《人间正道是沧桑》

一系列优惠的政策，促使江苏动画影视产业取得了许多令人瞩目的成就：

2006年，江苏原创影视动画作品共有16部924集，影视动画产量由2005年全国第9位上升到2006年的全国第3位，其中《东方神娃》在中央电视台播出，并被国家广电总局评为原创动画精品，该剧和《秦汉英杰》、《五妹》、《王昭君》、《明德绣庄》、《梅兰芳》等7部原创动画向境外出售了播映版权和品牌授权。

2008年，江苏原创电视动画片发展到49部22192分钟，位居全国第二，增幅全国第一；11部动漫片被国家广电总局评为优秀动画片，位居全国第一；以上动画片全部在省级以上电视台播出；无锡、南京、常州名列全国2008年原创动画产量排名十大城市。

原创动画精品——《东方神娃》

幽默风趣的《饮茶之功夫学园》

2009年度上海电视节上，江苏原创动画《十万个为什么》获白玉兰奖优秀动画片创意奖；《饮茶之功夫学园》获上海炫动卡通卫视年度收视率排行全年龄段第2名；2009年国家广电总局评选出了两批共22部优秀动画片，并向全国电视媒体推荐，其中8部江苏原创动画榜上有名，占总数的36%，优秀数量位居全国第一。随着"江苏动画"整体形象影响力的日益增强，江苏动画产业正在影视动画产权、版权交易、项目合作、作品展示与交流等方面，成为全国影视动画业界的一面旗帜。

科技的发展，不仅推动了江苏动画业的发展，而且推进了江苏数字化服务进程，并形成了产业发展新的增长点。2008年，江苏省顺应数字化的发展潮流和市场经济的发展要求，以资本和网络为纽带，联合省、市、县组建了大型文化传媒企业江苏省广播电视信息网络股份有限公司。公司注册资本68亿元。到2009年12月，江苏省全面完成全省广电网络的整合，在全国第一个实现省、市、县三级广电网络联结成"一张网"，拥有有线电视用户1588万，数字电视用户735万，互动电视用户48万，成为全国规模最大、有线电视用户最多的有线数字电视网络公司。此外，其他如移动电视、手机电视、手机彩信、网络交易、在线游戏等产业也逐步形成发展态势，成为江苏文化产业的新增长点。

2009年，江苏广电网络公司与昆明合作建设昆明互动数字电视平台项目举行签约仪式，向跨区域发展迈出实质性一步。随后，又与上海文广新闻传媒集团签署沪苏"下一代广播电视网"（NGB）战略合作协议，双方将共同打造超过100万小时、国内最大规模、最全业务和最多内容的互动电视服务平台，标志着江南影视产业一体化合作进入了实质性阶段。

独树一帜的浙江广电

新世纪以来，浙江广播电视也迈开了产业化的步伐。集团化的建立、国营、民营影视制作公司的共同发展，文化精品工程的贯彻落实，不断推动浙江广播电视产业的蓬勃发展。

2000年10月，浙江广播电视业开始整合省内广播电视资源。浙江电视台在国内省级电视台中率先实行浙江电视台、浙江有线电视台、浙江教育电视台"三台"合并改革。2001年1月，浙江电视台全新推出6个频道，以统一的台名、统一的台标、鲜明的特色、全新的整体形象和节目构架向社会公众亮相，迈出了中国省级电视改革具有标志性的一步。浙江电视台由此形成了以一个新闻综合频道为龙头，五个各具特色的专业频道相配套的多动能、系列化的新的频道格局。

2001年11月，根据《浙江省建设文化大省纲要（2001—2020年）》的精神，浙江三大传媒集团之一的浙江广播电视集团组建完成，它由浙江人民广播电台、浙江电视台、浙江广播电视报社、大众电视杂志社、浙江音像出版社、浙江省电视剧制作中心、浙江电影制片厂等20个单位联合组成。集团总资产22.61亿元人民币，员工3800余人，年营业收入8.6亿元。

浙江广播电视集团成立后，进一步开展频道频率的专业化建设。现在，它已拥有18个广播电视频道和6个为广播电视提供技术、保障的事业中心。其中，11个电视频道是浙江卫视、钱江都市、经济生活、教育科技、影视娱乐、民生休闲、公共·新农村、浙江少儿、留学世界、浙江国际、好易购电视购物频道；7个广播频道是浙江之声、财富广播 – 浙江经济台、动感996流行音乐广播、流行968浙江音乐调频、ＦＭ93交通之声、城市之声、1045汽车调频。每天播出广播电视节目400多小时，并在几十个国家和地区开辟固定外宣窗口，建立友好台（社）关系。

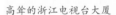
高耸的浙江电视台大厦

在专业化频道频率建设中，浙江广电集团重点打造浙江省媒体界的一张金名片——浙江卫视。浙江卫视是第一批上星的省级卫视，它和浙江之声一样，早在1994年就通过卫星进行传送，有效覆盖全国大部分省、市、县。在全国的可接受人口为7.66亿，是国内最有影响力的媒体之一。多年来，浙江卫视始终坚持在节目中注入现代人文理念，凸现鲜明地域特色的人文价值和财富价值，在竞争中前行，在创新中开拓前进。2008年，浙江卫视推出全新版面，以具有现代传播价值的媒体公益诉求构建节目内容。自办节目抓品牌、上品位。晚间主打栏目带，放大做强《公民行动》，公益主张凸显媒体情怀；周末《我爱记歌词》、《男生女生》、《娱乐星空》展现全新娱乐创意，拓展综艺娱乐节目新空间。

浙江卫视著名节目"我爱记歌词"

此外，浙江广播电视集团还积极建设中国唯一一家官方主办的留学服务类专业电视媒体——浙江电视台留学世界频道。2006年12月，又与江苏省广播电视总台（集团）联合聘请台湾东森媒体经营团队，建立好易购家庭购物有限公司，开设好易购电视购物频道，致力于打造中国电视购物第一品牌，建立一家为国内消费者创造最大价值的无店铺通路百货公司，对更新人们的现代购物理念产生了巨大影响。浙江广电节目的质量、制作水平、经营收入等在国内赢得了较好的声誉，产生了较大的行业影响力，并创新了多项行业内容。

浙江广播电视集团的发展，为浙江以民营企业为主的影视制作公司的发展提供了强大的产业支撑和展示、交易平台，促使浙江全省影视制作机构从2001年的41家发展到2005年的230家，总数列全国第二，其中

"好易购电视购物频道"挂牌仪式现场

民营企业占80％以上。

2005年末，浙江全省共有广播电台12座、电视台12座、广播电视台66座，广播、电视年播出能力分别达到63.75万小时和59.34万小时，广播、电视节目套数分别为104套和111套。全省共有中短波发射（转播）台36座，发射功率723千瓦；调频发射（转播）台76座，发射功率207千瓦；电视发射（转播）台526座，发射功率253.64千瓦。浙江省建成了137278公里的有线广播电视光缆干线网，联通所有市、县（市、区）。全省乡镇和行政村的有线电视联网率分别达到95.8％和87.4％，全省有线电视用户数接近900万户，入户率达到60％，全省广播、电视的综合人口覆盖率分别达到了98.37％和98.84％，居全国前列。

"十一五"以来，浙江从政策层面上采取措施，支持优先发展以广电集团为中心的广播影视主体产业，做大做强广播影视广告经营等优势产业，重点推进有线数字电视和网络产业的发展，积极拓展其他相关产业，大力发展有线数字电视综合服务业务，以满足大众多样化、个性化需求。同时，积极推动网络广播电视、移动数字电视、分众电视、手机电视、手机广播等新媒体的开发和应用，促进与广播影视相关的旅游、演艺、会展等产业发展，形成产业多元化格局。

作为一个电视剧大省，浙江自1978年起，便有了第一部电视剧《约会》。第二年，诞生了省内第一部彩色电视剧《保险高兴》。接下来，浙江也是中国第一部旅游电视剧《蜜月从现在开始》、第一部传记连续剧《鲁迅》和第一部为在世之人作的传记片《华罗庚》相继出炉。1988年，浙江成立了电视剧制作中心后，电视剧就迅速发展起来，经常是一个剧出来，飞天奖、大众电视金鹰奖一起拿。《女记者的话外音》、《新闻启示录》便是代表。

1992年、1993年，浙江连续推出的《中国神火》和《中国商人》，成功地开创了电视"中国剧"的大制作。《中国神火》拿了5个奖。而杭州电视台拍摄的8集连续剧《老房子新房子》，则开了本地"本塘剧"和"方言剧"的先河。

1997年的浙江第一部民营电视剧——浙江华新影视拍摄的《绍兴师

屡获大奖的《中国神火》

浙江影视的扛鼎之作——《天下粮仓》

爷》，以及《子夜》等剧，都获得了不错的口碑。

在浙江广电产业化的进程中，浙江电视剧业也获得了发展和提高。2002年，《天下粮仓》成了浙江影视的一个标杆。根据央视索福瑞公司的收视调查，当年《天下粮仓》前5集播出时收视率就创下中央台该时段新高，平均每天收视观众上亿人，引起了全国观众追看的热潮，并获得了可观的经济利益。

2003年浙江拍摄的《至高利益》同样赢得好评，它紧随着《天下粮仓》成功进入"央视一黄"（央视一套黄金时间）。尔后，一部《海之门》再接再厉，继续登陆中央电视台，向全国观众展现浙产电视剧之魅力。

2005年，浙江全省制作电视剧74部1676集，制作动画电视5部526集，广播影视业总收入达68.6亿元。

2007年后，浙江又先后拍摄了讲述浙江人故事的《十万人家》、《中国往事》、《倾城之恋》等剧。

随着一批"浙江制造"、享誉全国的影视作品相继问世，浙江的电视剧产业在国内占据了重要的一席之地。

广播电视产业化的发展，不仅让浙江推出了一批优秀的电视剧，而且也让浙江动画原创能力得到了提高，并推动浙江动画产业的新发展。

新世纪以来，浙江省把动画产品列入全省文化精品工程，每年安排专项奖励基金，培育原创动画品牌，并出台了一系列鼓励原创的优惠政策。为推动动画产业的发展，杭州市制定了《关于鼓励和扶持动画产业发展的若干意见（试行）》等大量配套优惠政策，其中包括2005年起，杭州高新区区财政每年从产业扶持资金中安排不少于2000万元的"杭州高新区国家动画产业基地专项扶持资金"。2004年12月6日，杭州动画产业园被列入全国首批"国家动画产业基地"之一。浙江通过举办首届中国国际动漫节，打造杭州"中国动漫之都"等，加大对动漫产业的扶持力度，使动漫产业逐渐成为浙江文化产业的支柱产业之一。

优惠的政策和杭州具有科技创新、人才支撑以及动漫产业的先发优势，吸引了一批具有国际竞争力和核心竞争优势的规模动画和游戏企业入驻杭州动画产业园，其中包括拥有蓝猫品牌的国内最大的动画生产企业湖南三辰卡通、中南卡通影视、东方国龙、盛世龙吟、圣塔巴巴拉互动视频技术、智慧动画、安高影视、艾派克斯数字艺术、新石器科技等15家动画和游戏企业。同时，体制机制上明显的优势，也吸引了越来越多的民营资本和国际资本涌入。广厦集团、横店集团设立了影视动画制作企业，中南集团投资35亿元，在杭州建设一座占地3000多亩的动画卡通城，形成集约化、规范化产业经营。目前，杭州动画产业园已初步形成了动漫产品加工、研发、制作、运营和周边产品开发的产业链，开始从加工国外动漫产品向自主原创转型。

在杭州的示范作用下，浙江影视动画制作业发展势头迅猛。根据2007年发布的《浙江省广播影视业十一五发展规划》，浙江省进一步降低市场准入门槛，鼓励和吸引民营、外资等多种所有制企业发展影视动漫产业，培育一批竞争力强、品牌优势明显的影视动漫企业集团，支持通过并购、合资、上市等资本运营手段，做大做强影视动漫产业。同时，浙江广电机构，优先播出本省原创动漫作品，并借助中国国际动漫节，打响浙江原创动画品牌，以品牌战略延伸产业链，带动相关产品开发，吸引更多的社会力量投入动漫业。

浙江动漫产业的迅猛发展，催生了众多的动漫影视片。2007年，全省动画产量达22部、590集、10013分钟。这些动漫作品中，《戏曲动画集粹》、《秦时明月》、《星际飚车王》、《火星娃勇闯魔晶岛》等获2007年度国家广电总局推荐播出的优秀动画片称号，居全国各省市第一位。2008年，浙江省已有专业动画制作企业50余家，从业人员1万多人，所产电视动画片产量为28部18411分钟，列全国原创动画片生产第3位。从城市排名看，杭州市以27部17411分钟产量位居全国第二，仅次于长沙市。杭州高新技术开发区动画产业园则以24部16886分钟产量，跃居为全国排名第一的国家动画产业基地。2008年度国家广电总局共向全国电视播出机构推荐播出50部优秀国产动画片中，浙江共有6部入选，与湖南省并列第二。

具有示范效应的杭州国家动画产业基地展区

传统与现代的成功嫁接——《戏曲动画集粹》

04

第四章

崛起中的旅游文化业

第四章　崛起中的旅游文化业

　　江南旅游业在新时期，尤其是20世纪90年代以来，迎来了发展的黄金时代。苏浙沪各地围绕建设文化大省的目标，挖潜江南园林、名山胜景、水乡农桑、现代工业陈迹等江南历史文化的积淀，不断整合旅游资源，拓展旅游业的内涵，打造文化旅游品牌；同时，都市游的兴起，世博会的即将召开，人民群众休闲消费理念的转变与流行，更是为江南旅游文化业的可持续发展，注入了源源不绝的动力。这一切形成合力，促使江南旅游业向着打造世界级旅游产业集群的目标不断前行。

一、诗性江南的灵现

　　江南自古形胜地，集自然、历史、人文于一体。既有奇山丽水的雄阔壮美，又有小桥流水的柔媚婉约，更有连绵不绝的千古文脉、诗书传家。丰富的自然资源与历史遗产，使江南成为古今帝王将相、文人骚客乃至平民百姓寻幽探胜的心仪之地。从李白的孤帆远影下扬州，到乾隆三顾江南；从断桥残雪的白蛇传奇，到唐伯虎的风流韵事；更有金戈铁马的吴越悲歌，秦淮河畔的金陵春梦……江南文化熏染下的江南山水，无处不是诗，处处胜似诗！

　　改革开放后发展起来的江南各地旅游文化，既有共性，更有自己独特的地域与文化个性，形成了以上海都市文化、江苏"园林水文化"与浙江"诗画江南、山水浙江"为各自品牌标志的、具有极强互补性的旅游系列产品。而江南多元的、独特的，具有强烈地域性、民族性、传承性和内涵深厚的优质旅游文化资源与文化产业，正成为由数量型向质量型发展的中国旅游业的重要品牌和标杆。

迷人的上海外滩风光

独具特色的现代都市风情

　　位于长江之尾、东海之滨的上海，是中国近代旅游业的发轫之地，被誉为"东方的巴黎"，它融汇古今中外、乱花迷人的都市魅力，吸引了世界和全国各地的人们纷至沓来，上海的近代旅游业也因此蓬勃而兴，第一家由中国人自己创办经营的旅行社——中国旅行社就诞生在这里。

　　改革开放，使上海的旅游业重获生机。经过不断的探索，上海逐渐形成了独具时代特色和上海特点的都市文化旅游发展新路。

　　20世纪70年代末到90年代，上海旅游文化产业经历了曲折的恢复过程。1978年5月，上海旅游局正式成立，开始逐步恢复和建设被破坏的各种旅游资源。但由于受到"上海不宜大力发展旅游业"思想的影响，直接导致1983年秋第五届全国运动会在上海召开期间，7283名外国游客在上海无房安身的尴尬事件。这一事件促使上海开展了深入的反省讨论。1984年，全国旅游局长会议提出国际、国内旅游一起抓，并将国家垄断转为国家、集体、个人和外资一起上，将旅游由事业变为企业的方针。旅游体制的转变，促使上海的国内旅行社迅速发展起来。

　　1986年，国务院正式将旅游确定为国家重点发展事业，上海成为了国家历史文化名城，并被列为全国优先发展的7个重点旅游省市和地区

释江南丛书

之一。1987年9月，上海首次成功主办了当年的"世界旅游日"庆祝活动。1988年，上海市人民政府发布了《关于改善上海旅游、投资环境，开展优质服务工作的决定》，批转了《关于深化本市旅游管理体制改革的意见》，确立旅游局对旅游业加强行业规范化管理的十项职责，成立了上海市旅游事业委员会，并批准创办了《上海旅游报》，上海旅游产业由此进入了前所未有的大发展时期。当年，上海旅行社增至近70家，涉外宾馆达33座，全市接待入境旅游者91.64万人次，创汇10.56亿元，是1978年的12倍，并与世界各地数百家旅游与相关机构建立了广泛的业务联系；旅行社组织的外地旅游者也达到160万人次，营业收入9991万元。20世纪80年代到1990年，上海入境旅游人次年均增长达11.09％。上海成为中国人旅游文化意识最早觉醒与恢复的地区之一，从单位集体组织的休假、疗养旅游发展到个人、家庭的节假日旅游、结婚旅行，旅游内容也从单纯的观光发展到文化教育、娱乐、休闲等各个方面，如创办科技文化旅游、市风民俗旅游、购物旅游等等。

热闹的上海枫泾古镇民俗游

20世纪90年代迄今，上海一直将全面振兴和发展旅游事业作为重要工作目标，积极探索具有时代特色和上海特点的旅游业发展新路。当代上海旅游文化产业发展呈现出以下几个鲜明的特点：

一是坚持政府主导型的发展战略，从旅游业管理体制的改革到发展规划的调研、制定和实施，实行全方位的政府指导、监督与服务，建立了"两级政府、两级管理"的旅游管理体制，为上海旅游业搭建了功能强大、反应灵敏、具有可行性、前瞻性和良性互动的发展平台。

当代上海旅游业的发展是政府根据新形势、新变化不断制定政策、调整规划的直接产物。1992年4月，上海市政府组织开展了《上海旅游

灯火辉煌的外滩夜景

资源规划布局》研究，正式提出按开放型、国际性和现代性大都市要求，建设10个海派文化集中景点；1994年，上海制定了《面向21世纪的上海旅游业规划》，高屋建瓴地将建设"旅游设施一流，交通通讯便捷，旅游商品丰富，环境舒适优美，职工训练有素，管理水平先进，服务水平一流"的太平洋西岸旅游中心作为上海旅游发展的设想目标；1997年，上海对旅游管理体制进行了重大改革，明确上海旅游业要走一条依托城市经济与社会发展大环境，积极主动与相关产业相结合，实施都市大旅游的发展战略；2006年，上海又将"建设现代服务业的主体产业和国民经济的动力型产业"作为旅游产业的新战略目标；2007年6月，上海颁布了《上海市旅游业发展"十一五"规划》，提出了充分利用举办奥运会、世博会的契机，将上海建设成为世界著名旅游城市（内容包括成为令人向往的旅游胜地、国际旅游商务和会展中心，以及国际旅游枢纽）这个更高的发展定位，引领上海旅游文化产业不断实现自我提升和超越。

正是在政府主导的强力推动下，上海旅游业的产业平台建设在全国一直处于领先的地位。上海在全国率先建成了上海旅游集散中心、上海旅游咨询服务中心、上海旅游人才培训中心、上海旅游会展推广中心、上海旅游纪念品展示中心、上海旅游信息中心等"六大中心"，使上海旅游业逐步走上了与国际接轨的规范化、集约化、现代化之路，为全国旅游产业的发展提供了先进的示范标本。

二是上海旅游业始终将发展都市型文化旅游作为自己的产业目标和定位，力求将都市风光、都市文化和都市商业融合为一体，充分彰显海派旅游文化的特色风貌，初步建立了以都市观光旅游、度假旅游和专项旅游三大类产品为主体的产品体系，基本形成入境旅游、国内旅游、出境旅游三大市场共同发展的市场格局，使上海旅游业在与全国其他地区的差异化竞争发展中取得了突出的成就。

浦东外滩风光

虽然上海缺乏一流的名山名水和高品位的文物古迹，但人文资源、社会资源相对比较集中，方方面面都渗透着自己独到的文化魅力。上海独具特色的现代都市风情，兴旺发达的工商业，类型多样的历史遗迹，丰富多彩的海派文化，体现现代高科技和现代休闲娱乐方式的新产品，既是其旅游资源的特色和优势所在，也是诱发国内外游客来上海旅游的动因。因此，早在1990年，上海就在黄浦旅游节的基础上创办了以都市旅游为主题的上海旅游节，融观光、休闲、娱乐、文体、会展、美食、购物等为一体，成为上海一张亮丽的名片，在海内外具有相当的知名度和影响力。以此为开端，上海逐渐形成了以各类都市旅游为主题的节庆活动不下几十个，上海旅游购物节、龙华庙会、豫园元宵灯会、徐汇桂花节、静安金秋艺术节、宝山民俗文化节、南汇桃花节、虹口四川北路欢乐节、长兴岛柑橘节、杨浦都市森林欢乐节……，节庆活动已成为上海发展都市旅游业的重要抓手。在此基础上，上海已开发形成了包括都市观光游、休闲购物游、精品时尚游、金融游、历史文化游、上海郊区"农家游"等在内的系列化的常态旅游品牌产品，为中外游客提供了全方位的、风味各异的旅游系列大餐。

另一方面，上海还十分重视海派都市旅游新资源的不断发掘、规划、投入和建设。1992年，上海将建设海派景点作为旅游资源规划的目标，提出建成市区特色观光区4个（外滩、豫园、龙华、长风），郊区自然风光区3个（淀山湖、佘山、嘉定），海岛旅游疗养区2个（长兴——横沙、崇明）以及浦东新区旅游区；1995年全国实行5天工作制后，上海市旅游局会同社会有关方面联手推出了4大类77项旅游新产品，把上海改革开放新成果、新景观与本地的民俗风情等人文资源，开发为大众双休日游览度假的节目内容；20世纪90年代后，上海陆续耸立起来的一系列新标志性建筑——上海博物馆、上海图书馆、上海大剧院、八万人体育场、金茂大厦、国际会议中心、上海科技馆、环球金融中心等，成为了都市游的新景观。其中，入选全国首批五A级旅游景区的上海东方明珠广播电视塔、上海野生动物园，都是上海新开发的都市型旅游产品。尤其值得一提的是，21世纪初，在老石库门基础上，上海成功开发了集历史、文化、旅游、餐饮、商业、娱乐于一身的、现代化的"新天地"，成为上海最时尚的消费新地标和"上海一日游"的必到之处。而重新改造后风姿绰约的外滩与凝重华美的豫园、上海老街，以及朱家角、枫泾、七宝等古镇，又将上海的过去与现代联结在一起，吸引了不少海内外游客纷至沓来。据统计，到"十五"期末，上海接待的入境人数达到571万人次，国内旅游人数达到9012万人次，旅游总收入达到1604亿元。

与此同时，上海的出境旅游也突飞猛进地发展起来。2008年，上海组织出境旅游达736391人次，其中出国游554269人次。出国游排名前十位的旅游目的地依次是日本、泰国、新加坡、马来西亚、澳大利亚、印尼、韩国、新西兰、法国和意大利。其中，赴日本、泰国的旅游人次都超过了10万。初步实现了国内、国外旅游的互动发展，并逐步建立了与中国公民出境旅游目的国家（地区）的旅游及外交机构的信息互通和双边协调机制，以及危机处理机制。

三是上海旅游产业的制度化建设、规范化管理与教育培训、集约化经营及其带来的规模效应，在全国长期处于领先的地位，并使上海旅游产业体系日趋完善，日益与国际标准相接轨，成为具有强大国际竞争力的上海现代服务业的重要支柱产业。

早在1986年4月，上海国内旅行社协会就筹办了全国第一所国内旅游培训中心，对各家旅行社的导游开展了职业道德、旅游法规、旅游心理学的全面培训，并随后实行了导游考证和持证上岗制度，当年9月即开始正式率先实行导游挂牌服务；2001年4月，上海首先推行《上海市出境旅游示范合同》，使出境游实现了规范化；同年8月，上海市旅游委正式成为国际会议协会（ICCA）成员，标志着上海获得了争取承办国际性会议的最准确和有效的促销渠道。到"十五"期间，上海颁布实施了以《上海市旅游条例》为主导，包括《上海市旅行社管理办法》、《上海市导游人员管理办法》、《农家乐旅游服务质量等级划分》等一系列旅游法规和地方标准，在全国率先建成了较为完整的旅游法规框架和标准化体系，使上海旅游产业走上了法制化的轨道。

上海以国企为主的旅游产业的集约化、规模化经营程度在全国首屈一指，形成了规模庞大的完整产业链。早在1983年3月，上海就成立了中国第一家有15个省市地区和部门参加、以旅游纪念品生产和销售为主业的中华旅游纪念品联合开发公司；到1984年，已完成了以锦江、东湖为首的两大旅馆（集团）联营公司的组建。"十五"期末，上海全市已拥有旅游饭店462家，客房7.31万间，其中星级饭店351家，客房5.9万间；各类旅行社763家，其中进入全国百强的国际旅行社有12家，进入全国百强的国内旅行社达32家；开发的旅游景区（点）440处，其中被评为4A级旅游区（点）17家。上海锦江国际旅游股份有限公司、上海国旅国际旅行社有限公司、上海航空国际旅游有限公司、上海中国青年旅行社、上海春秋国际旅行社（2008年排名全国百强旅行社第一名）等全国百强旅游骨干企业集团，正通过强强联手，进一步将打造具有世界影响力的旅游企业品牌作为自己的奋斗目标。可以说，上海已经基本形成了具有一定国际竞争力的现代化旅游产业体系。

总之，以都市旅游为特色的上海旅游产业，已成为上海现代服务业

中华第一街——南京路的国庆60周年之夜

的重要支柱和国民经济新的增长点，在增强城市综合服务功能、提升城市国际形象、提高居民生活品质方面，正发挥着越来越深入、广泛和持久的影响。

中国"水文化之乡"

江苏地处东部沿海中心地带，长江、淮河下游，东临黄海。它拥有源远流长、丰富多彩的历史和文化传统，形成了由淮海旅游文化区（徐州、连云港、淮安、宿迁、盐城）、维扬旅游文化区（扬州、泰州等地）、金陵旅游文化区（南京、镇江等地）、吴旅游文化区（苏州、无锡、常州、南通部分）与沿海旅游文化区（苏东沿海地区）等多元区域文化组成的江苏旅游文化。而处于南北文化交汇点上的特殊区位优势，又使江苏旅游文化具有融合南北之长的特色。这些在品位、内涵、数量、质量上都堪称一流的旅游文化资源，成为江苏旅游产业发展取之不尽的源头活水。因此，改革开放以后，旅游业就被江苏省作为支柱产业之一来加以打造和强化。

世界遗产——南京明孝陵

现代江苏旅游业起始于20世纪50年代，但进入新时期以后，才逐步成为独立的经济产业，并多年处于国内较为领先的地位，为推动江苏全省经济社会发展作出了重大贡献。尤其在"十五"期间，在江苏省委、省政府的高度重视下，开始形成了"政府主导，社会提倡，集约经营，共同发展"的良好局面，推动旅游业向着实施大旅游、大产业、大市场方向不断迈进，已经初步建成了比较完备的旅游产业体系和在全国处于比较领先位置的产业规模。当代江苏的旅游产业具有以下的特点：

一是江苏率先提出了建设"旅游强省"的经济文化发展战略目标，并把发展旅游产业作为加快城市化进程的重要路径与推动力。为此，江苏将观光旅游、休闲度假、专项旅游、节庆活动等系列旅游产品的开发，与全省城市化进程相结合，在做强、做大、做优、做美特大城市和大城市的同时，力图构建由中心旅游城市、旅游城市和特色旅游镇组成的三级旅游城镇网络，促进旅游业梯级化布局的形成和多中心旅游城镇支撑体系的建成。

1996年，江苏在全国省区中第一个提出了建设"与经济发展相适应的文化大省"的战略目标，2001年的旅游业发展"十五计划"里又提出到2010年在全国率先建成旅游强省的奋斗目标，2007年5月颁布的《十一五旅游发展专项规划》里，进一步提出到2015年，将江苏建成国内一流、国际驰名的中国旅游强省；到2020年，成为世界一流的旅游目的地和我国重要的出境游客源地的目标。

江苏"旅游强省"的目标包括以下三个具体方面：

一是旅游业成为重要的国民经济支柱产业。旅游主要经济指标在全国排名保持第一集团军的位置；二是旅游市场主体具有强大竞争力。入境、国内、出境旅游"三旅"并举，互动发展。旅游市场营销能力在全国处于领先水平。旅游产业具有相当规模，能基本满足各阶层人士和淡旺季需求。旅游经营主体硬软件强，在旅游饭

江南名片——苏州虎丘

店、旅行社、旅游景点等领域分别形成几个全国乃至世界知名的品牌。形成一批旅游强市、强县、强镇、强村；三是旅游管理和服务达到一流水平。坚持"为民、便民、亲民"理念，以游客为本，建立起完善的旅游无障碍体系、标准化体系、数字化体系、诚信经营体系、安全保障体系，处处体现亲切、舒适、便捷、安全。拥有一支起点较高、技术精湛、诚实可信的高素质从业人员队伍；四是旅游环境充满和谐友善，真正做到山清、水秀、天蓝、人善、融洽、和谐。

在此基础上，江苏计划到2010年，力争将南京、无锡、徐州、常州、苏州、连云港、扬州、镇江建成旅游强市，南通、淮安、盐城、泰州、宿迁建成旅游大市，并依托优秀旅游城市和历史文化名镇，建成一批特色旅游市、镇。与此同时，加快区域联合，重点联建长三角、淮海两个跨区域旅游区，将长三角旅游区和淮海旅游区分别建成海内外旅游者首选的旅游目的地和我国海陆特色兼备、文化品牌突出的著名旅游区。

二是江苏确立了建设中国"水文化之乡"的全省旅游产业导向和定

位，提出了建设"刚柔相济的中国水文化之乡"的目标，将吴文化、两汉文化、明文化、民国文化等作为旅游资源的开发重点，着力培育文化旅游精品，力图构建"四区一带"旅游文化产业布局。同时，江苏在发展旅游产业中注重发掘各地独特的历史人文和自然资源，十分强调各区域特色旅游的开发和差异化发展，力求避免旅游产业、产品同质化带来的恶性竞争和资源浪费。

江南第一园——苏州拙政园

江苏襟江带海的区位优势，使"水文化"顺理成章地成为其旅游业的主导文化和开发导向。在2001年12月发布的《江苏省旅游业发展"十五"计划和2020年远景目标纲要》中，以"水文化"为中心，全面确立了江苏构建环太湖旅游区、宁镇扬旅游区、东部沿海旅游区、徐宿淮旅游区和沿长江旅游带的"四区一带"的旅游资源开发的总体布局。在"十一五旅游发展专项规划"中，江苏进一步确立以"一圈三沿一轴"（即环太湖旅游圈，沿长江旅游带、沿东陇海线旅游带、沿海旅游带，古运河旅游轴）为构架，旅游城镇为支撑，两大跨区域旅游区为延伸的旅游空间布局。与此同时，在规划中对每个旅游区的差异化、特色化发展确立了具体的目标：

环太湖旅游区：以吴文化为内涵，以"三古一湖"（古典园林、古镇、古城、太湖）和现代旅游景观为载体，美化环境、深度开发，形成以文化观光、商务旅游、度假休闲旅游为主的产品系列，建成中国旅游业的形象区、精品区和高效益区。

宁镇扬旅游区：重点开发以国家级风景名胜区、文物古迹、森林公园、大型企业以及明城墙、古运河等世界独特的文化遗产为主的旅游资源，发展都市旅游、会展旅游、观光旅游，提高旅游吸引力和旅游产出水平。

东部沿海旅游区：以山海风光、江海文化、沿海滩涂和国家级自然保护区为主，大力发展海洋旅游和生态旅游，重点开发海滨度假休闲、

苏北名胜——连云港花果山

观光旅游和生态旅游产品，进一步提高该地区的市场知名度和旅游配套水平。

徐宿淮旅游区：以丰富的人文旅游资源、独特的民俗文化和优雅的田园风光为主，重点开发以两汉文化为主体的文化观光、以林果花卉田园为主体的农业观光以及名人探访、民俗旅游等专项旅游产品，提高旅游参与性和旅游供给能力，使之成为江苏旅游业新的经济增长点。

沿长江旅游带：主要包括江苏沿长江两岸以及沿江旅游区（点）、旅游设施、大型建设工程和岸线以内2公里的地区。要加强对滨江旅游资源、旅游环境的保护和长江水污染的治理，积极开辟城市生活岸线，建设城市滨江绿带，形成生态良好、环境优美的大江风貌。充分发挥大江、大桥、江中岛屿等各种资源的优势，建设各具特色的景区、景点，开展独具魅力的水上旅游和沿岸观光旅游，逐步建成具有一流水准的旅游带。

江苏旅游产业的发展战略无疑是十分成功的。"十五"期间，江苏主要旅游发展指标在全国已名列前茅，2005年全省接待入境旅游者378.3万人次，实现旅游外汇收入22.6亿美元；接待国内旅游者1.7亿人次，实现国内旅游收入1625.6亿元；出境旅游25.7万人次，实现旅游增加值853.5亿元，占地区生产总值和服务业增加值的4.7％和13.1％，旅游生产税占地方财政收入的4.9％，旅游从业人员约占总就业人数的9％。而在全国首批五A级旅游景区的评审中，江苏的南京市钟山风景名胜区中山陵园

名闻遐迩的无锡灵山大佛

风景区、中央电视台无锡影视基地三国水浒景区、苏州市拙政园、苏州市周庄古镇景区都顺利入围，是江南入选最多的省市；2009年3月，以灵山大佛名闻遐迩的无锡灵山景区也成为了国家五A级旅游景区，充分说明了江苏旅游业的整体实力与发展水平。现在，旅游文化产业已成长为江苏的支柱型产业。

"诗画江南、山水浙江"

浙江号称"七山一水二分田"。它地势南高北低，自西南向东北倾斜，呈梯级下降。大致可分为浙北平原（杭嘉湖平原和宁绍平原）、浙西丘陵、浙东丘陵、浙中金衢盆地、浙南山区、东部沿海平原和濒海岛屿。浙江历史悠久，早在距今约5万年前，就有"建德人"在这里繁衍生息。六七千年前就诞生了以余姚河姆渡为代表的稻作文化，春秋时为吴越文化的发源之地，自古素称"鱼米之乡，文物之邦，丝茶之府，旅游之地"。浙江旅游资源丰富，国家旅游资源分类标准中的八大主类、三十一个亚类，该省都有分布。截止2005年底，全省共有国家级旅游度假区1处；省级旅游度假区14处；国家级风景名胜区16处；省级风景名胜区37处；国家级自然保护区8处；国家级森林公园26处；省级森林公园52处；全国重点文物保护单位82处；省级文物保护单位279处；世界地质公园1处；4A级旅游区（点）38处。

浙江自古就是中华旅游的首选地之一。改革开放后，浙江旅游业发展迅速，具有以下几个特点：

一是浙江旅游产业在坚持政府主导原则、重视法制化、规范化建设和强调科学规划的同时，始终坚持旅游产业化、市场化经营的原则，提出了"风景与旅游一体，产品与市场结合，资源与保护统一"的旅游管理体制创新，实行"政府主导，社会参与，多元投入，市场运作"的旅游发展模式，将品牌化、国际化、合力兴旅融合为全省发展旅游产业的共同战略，极大地激发了社会各界，尤其是广大民营企业投资旅游业的积极性，不断释放和激活了产业生产力，使浙江旅游发展呈现出百花齐放、创意十足、活力无限的新局面。

浙江十分重视政府主导下旅游产业的法制化、规范化和计划性建

设。早在2000年12月，浙江省人大就颁发了《浙江省旅游管理条例》。在此基础上，先后出台了《浙江省旅游度假区管理办法》、《浙江省旅行社管理办法》等一系列法规文件。"十五"期间，浙江又先后颁布了《关于进一步加快旅游产业发展的若干意见》和《关于建设旅游经济强省的若干意见》，确保了全省旅游业的稳步快速发展。与此同时，浙江各级政府遵循市场机制，不断创新规划模式，开展了旅游总体规划、详细规划以及专项规划等各类旅游规划的编制工作。2005年成为浙江旅游业的"科学规划年"，进行了《浙江省生态旅游发展规划》、《浙江省红色旅游规划》、《浙江省旅游资源整合方案》等专项规划的编制和研究，并着手编制《浙江省旅游发展总体规划》、《浙江省海洋旅游规划》、《浙江省乡村旅游规划》、《浙江省旅游接待设施规划》等一系列规划，使浙江旅游业走上了可持续发展之路。

各种社会力量，尤其是民营企业的高度参与性与市场化运作，是浙江旅游产业发展的一大亮点和特色。浙江通过大力推进旅游企业的集团化、旅游饭店的股份化、旅行社民营化，使旅游产业得到了跃进式发展。到2008年初，全省星级饭店就达到1150家，总数位居全国第二。浙江形成了以民营为主的著名10大旅游企业集团，即杭州旅游集团、开元旅业集团、浙江世贸君澜酒店集团、宋城旅游集团、国大雷迪森旅业集团、南苑集团、横店影视城旅游集团、绍兴文旅集团、溪口旅游集团、远洲集团。这些集团开发的号称"中国的好莱坞"的横店影视旅游

舟楫如林的舟山沈家门
渔港

基地、宋城主题公园等，都已成为浙江名闻遐迩的著名品牌。民企已成为推动浙江旅游业自主创新，做大、做强和走向世界的、无穷的源头活水。

二是浙江将建设"诗画江南、山水浙江"作为本省旅游产业发展的主要导向和基本定位，把江南水乡、文化之邦、名山名湖、海天佛国的旅游文化优势要素融合为一体，力图打造具有浓郁越文化特色、义利并重的"人文浙江"旅游品牌，建立以杭州为旅游主中心，宁波、温州、金华为副中心，以地级市为重要旅游目的地的旅游城市圈，并力图通过发展环城市旅游休闲带，促进城乡的统筹发展。此外，浙江还根据不同的客源市场和旅游发展前景，力图建立旅游形象完整体系，以增加浙江的旅游竞争力和市场认知度。针对国际市场不同地域，设计出多种不同的形象主题，树立浙江旅游在国际市场的鲜明形象；国内则针对不同市场突出树立西湖美景、钱江涌潮，水乡风情、朝圣福地、流金海岸、商旅天堂、名士之乡、休闲之都等二级形象。

在这一产业发展理念的指导下，从"十五"到"十一五"期间，浙江在全省范围内逐步建成一个布局合理、运行畅通的旅游网络，形成了由杭州湾文化休闲旅游经济带、浙东沿海海洋旅游经济带、浙西南山水生态旅游经济带，以及杭州国际休闲旅游区、宁波河姆渡——东钱湖旅游区、温州雁荡山——楠溪江旅游区、浙北古镇运河古生态旅游区、绍兴古越文化旅游区、金华商贸文化旅游区、衢州南孔宗庙——石窟文化旅游区、舟山群岛旅游区、台州天台山——神仙居旅游区、丽水绿谷风情旅游区组成的、各具特色、分工合作的"三带十区" 全省旅游产业发展总体格局。其中，杭州市西湖风景名胜区、温州市雁荡山风景名胜区、舟山市普陀山风景名胜区这三处著名的山水胜地，都成功地入选了全国首批五A级旅游景区。现在，浙江以杭州西湖为圆心的中心辐射型旅游网络已经基本成型：东有途经绍兴、宁波、舟山等地，将文物古迹与陆海路融为一体的浙东风情之旅；西有沿钱塘江上溯至千岛湖，融江、湖、山、洞为一体的浙西名山名水之旅；南有经金华、丽水至温州的浙南奇山奇水之旅；北有经嘉兴或湖州至江苏的浙北运河古踪之旅；此外，还形成了钱江观潮、农家乐、书法旅游、古文化旅游、畲乡风情、端午龙舟节等许多特色旅游项目，凸显了浙江旅游的独特魅力，提高了浙江旅游的知名度和美誉度。

二、熠熠生辉的三大"明星"

　　江南旅游文化产业在各自的发展过程中，先后诞生了许多各具特色、不胜枚举的成功案例。在这些熠熠生辉的产业"明星"中，我们择取其中比较有代表性的上海新天地、江苏苏州周庄、浙江东阳横店影视旅游基地加以深入剖析，从中可以窥见江南三地旅游文化产业发展的不同路径与异中之同，探寻每滴水所反射的太阳的光辉。

新天地："新人类新生活"的例证

　　上海新天地，位于上海市中心的黄金地段，坐落于上海淮海中路南侧、黄陂南路和马当路之间，毗邻黄陂南路地铁站和南北、东西高架路的交汇点，是一个具有国际知名度和浓厚上海 "海派" 历史文化风貌特色的都市创意型旅游景点。它的前身是上海近代建筑的标志之一、产生于19世纪后期、采用传统江南民居空间特征的单元、按西方联排住宅的方式进行布局、具有中西合璧色彩的老石库门居住区。新天地以中西融合、新旧结合为基调，在上海独特的石库门建筑旧区的基础上，创新地进行了诸多充满现代感的商业元素的改造后，形成了国际化的集餐饮、商业、娱乐、文化为一体的当代时尚休闲步行街和文化、娱乐中心。

新天地竣工于2001年，占地3万平方米，建筑面积为6万平方米，是以罗康瑞为首的香港瑞安集团投资开发的。罗康瑞邀请了波士顿的美国旧房改造专家本杰明·伍德建筑设计事务所，按照尽可能保留该地区历史特色风貌，同时又创建一种商业上可行的居住环境，让它对大公司和奢侈品品牌具备市场吸引力的要求进行改造。为了达到旧建筑的效果，瑞安公司还从档案馆找到了当年由法国建筑师签名的图纸，按照图纸来还原建筑。

新天地的定位曾经历了三个阶段的深化：第一阶段强调综合性，将餐饮、娱乐、购物和旅游、文化等功能全部集在一起；第二阶段，将该项目打造成上海市中心具有历史文化特色的都市旅游景点；最后阶段的定位是，让新天地成为一个国际交流和聚会的地点。层层深化的定位使得"上海新天地"成功地穿上了时尚文化炫目的外衣，在同业中脱颖而出。

恍如时光倒流的老石库门建筑

这片石库门建筑群的外表保留昔日的青砖步行道、清水砖墙和乌漆大门等历史面貌，令人仿佛时光倒流，置身于20世纪20、30年代。但是，通过加固楼体，翻修外观，加装窗户，改造水电系统，加装地底光纤电缆和空调系统，甚至专门从德国进口一种昂贵的防潮药水，像打针似的注射进墙壁的每块砖和砖缝里……几乎全面改造后的新天地，处处体现出21世纪的舒适和方便，自动电梯、中央空调、宽带互联网，一应俱全。消费者上网可以迅速查询商店价格和餐厅、酒吧的菜单，以及电影院上演的电影，并可以预定座位，还可直接网上浏览，观赏新天地露天广场及餐馆内的文化表演……每座可以入驻的建筑，已分别成为各大国际化品牌的时装店、画廊、主题餐馆、咖啡酒吧。

这里的时尚精品店紧追国际流行色，不逊半步；台湾著名电影演员杨慧珊经营的琉璃工房主题餐厅，使游客置身于七彩水晶宫中用餐；

谭咏麟、成龙等百位香港明星经营的"东方魅力餐饮娱乐中心"，将明星文化与餐饮相结合，成为追星族经常可以与心中偶像交流的场所；法国餐厅的巴黎歌舞表演和地下酒窖餐室令人神往；巴西烤肉餐厅带来了南美风情表演……而中华文化商场出售的是完全地道中国味、艺人工匠们独创的居家用品、工艺品和旅游纪念品。这里的石库门博物馆则通过对一幢楼的重新布置、家具摆设，原汁原味地再现了20世纪初上海一家人的生活形态，让游客在怀旧寻根的情绪中了解上海的历史文化……新天地因此成为符合21世纪现代都市人生活方式、生活节奏、情感世界的理想休闲娱乐旅游场所。

经过不断改造发展，现在的新天地已形成了南里和北里两个部分。南里以现代建筑为主，石库门旧建筑为辅。北部地块以保留石库门旧建筑为主，新旧对话，交相辉映。

休闲的午后——新天地一角

南里建成了一座总楼面面积达25,000平方米的购物、娱乐、休闲中心，进驻来自世界各地的餐饮业和年轻人最爱的时装专卖店、时尚饰品店、美食广场、电影院及极具规模的一站式健身中心，为本地和外地的消费者及游人提供了一个多元化和具品位的休闲娱乐热点；北里由多幢石库门老房子所组成，并结合了现代化的建筑、装潢和设备，化身成多家高级消费场所及餐厅，菜式来自法国、美国、德国、英国、巴西、意大利、日本、中国台湾和香港，充分展现了新天地的世界元素。

新天地招租的对象均是来自世界各地的知名品牌，85%左右的租户来自中国内地以外的国家和地区。北里广场、南里广场、南里中庭、人工湖观景台对外租用，分别适宜时尚演出、主题展览、各类产品推广、娱乐表演、产品展示、新闻发布以及各种露天酒会。

流溢着老上海情调的石
库门博物馆

在南里和北里的分水岭——被辟为步行街的兴业路，是中共一大会址的所在地，沿街的石库门建筑也成为凝结历史文化与艺术的城市风景线。

现在，新天地已被定位于中外游客领略上海历史文化和现代生活形态的最佳去处，也是具有一定文化品位的本地市民和外籍人士的最佳聚会场所。作家凌志军在《变化》中，认为新天地是中国"新人类、新生活"的一个代表性例证："大多数上海人都会把这块地方介绍给从外地来的朋友：'去吧，你一定喜欢，在那里喝咖啡就像在巴黎街头一样。'年轻人毫不掩饰他们心中快乐的消费主义倾向，相信新的生活就在这里……历史学家说它'看上去旧意浓浓'，新闻记者说它有'别样的风华'，作家们说它是'上海的一个童话'，经济学家说它'提供了2093个就业岗位'。石库门博物馆是用下面这句话来描述它的：'中老年人感到它很怀旧，青年人感到它很时尚，外国人感到它很中国，中国人感到它很洋气。'"

中国新民主主义革命的
启航之地——中共一大
会址

上海新天地，就这样一跃成为与百年外滩金融一条街、豫园明清建筑群、南京路商业街比肩而立的上海都市文化旅游的新地标。

周庄："中国第一水乡"

周庄是江苏开展"水文化"旅游资源开发最成功的典型案例。周庄镇位于苏州城东南38公里的昆山市境内，古称贞丰里。独特的自然环境造就了周庄自古"镇为泽园，四面环水"，南北市河、后港河、油车漾河、中市河形成"井"字形，因河成街，傍水筑屋，"咫尺往来，皆须舟楫"的典型江南水乡风貌，呈现一派古朴、明静的幽雅，是江南典型的"小桥、流水、人家"。

释
江
南
丛
书

周庄具有900多年的历史。春秋战国时期，周庄镇内为吴王少子摇的封地，称摇城。北宋元祐元年（1086年）周迪功舍宅为寺，始称周庄。元代中期，沈万三利用周庄镇白蚬江水运之便，西接京杭大运河，东北走浏河出海通商贸易，遂成江南大富，周庄因此成为江南粮食、丝绸、陶瓷、手工艺品的集散地，发展成为苏州葑门外的一座大镇。著名画家吴冠中撰文说"黄山集中国山川之美、周庄集中国水乡之美"，海外报刊则称"周庄为中国第一水乡"。周庄的沈厅、张厅、迷楼、叶楚伧故居、澄虚道院、全福寺等名胜古迹，具有很高的历史、文化和观赏价值；周庄繁多的古桥，各具特色，至今仍保存着建自元、明、清代的石桥14座，著名的有富安桥（1355年）、贞丰桥（13世纪中叶）、太平桥（1522—1566年）、双桥（世德桥、永安桥）（1573—1679年）、全功桥（1646年）、福洪桥（16世纪中叶）、普庆桥（1726年）、通秀桥（1774年）、梯云桥（1764年）等。

但仅仅10多年前，周庄还是一座破败的村镇，现在已近乎奇迹般成为"中国第一水乡"，国家首批5 A级旅游风景区、国家级影视拍摄基地、"世界著名文化旅游城市"之一，被联合国教科文组织列入世界文化遗产预备清单，荣获国内唯一的迪拜国际改善居住环境最佳范例奖、联合国亚太地区世界文化遗产保护杰出成就奖、美国政府奖、世界最具魅力水乡和中国首批十大历史文化名镇、中华环境奖、国家卫生镇、全国环境优美乡镇等殊荣，以及全国旅游系统先进集体、中国知名旅游品牌的荣誉……

周庄的美丽化蝶是如何发生的呢？

一是周庄在江南古镇里率先坚持"保护与发展并举"的指导思想，最早制定了文化旅游发展规划，以发展旅游和高新技术为动力，开展保护性开发，做好人与自然、人与建筑、人与经济的协调工作，并一直坚守政府主导、民营公司参股的"周庄模式"来进行文化旅游产业的经营。

周庄对古镇核心区重要景点的修复，始于1984年。到1986年，周庄人便以回归自然、返朴归真的理念和远见的眼光，与上海同济大学专家阮仪三合作制定了"保护古镇、建设新区、发展经济、开辟旅游"的总

梦里水乡——周庄

体规划，将"水乡古镇"作为旅游资源来进行开发。1988年，周庄旅游发展公司成立。其时，周庄的上级旅游主管部门昆山市旅游局都还没有设立。1997年，周庄镇政府请专家编制了更全面细致的《周庄古镇区保护详细规划》，内容不仅包括文物点的保护、挖掘与传统民俗文化的继承，还涉及停车场设置、桥梁包装，甚至污水处理等方面。由此，周庄跨出全国水乡古镇全面保护性开发的第一步。如今，经过周庄镇政府投入大量资金，对古镇实施保护，修旧如旧后开放的明代建筑张厅、江南民居之最的"七进五门楼"的沈厅，以及原汁原味的14座代表着元、明、清的石桥，近百座古宅大院，具有水乡特色的过街骑楼、临河水阁、河埠廊坊、穿竹石栏等古代的建筑和布局风格，每天吸引着成千上万的旅游者。同时，为了让游客体味当年的生活场景，还保留了古镇内的2000多位居民，使游客不仅能看见古朴的明清建筑，还能亲身体验到地道的水乡生活，周庄因此成为政府管理下的典型社区型景区。这种独特的经营模式，营造了和谐、安全、有序的文化旅游环境，使周庄的游客数量呈直线上升。从1989年的5.5万人次，到2007年的300万人次，19年间翻了60倍。旅游收入也由20年前的20万元，飙升至2007年的8亿元。

二是周庄以文化的交融为切入点，提出了打造"国际周庄"的构想，不断通过致力于对优秀传统文化的挖掘、弘扬和传承，积极探索文化旅游的新创意，全力塑造"民俗周庄、生活周庄、文化周庄"，借助经典的江南水乡文化来展示优秀的中华文明，将观光、休闲、度假融为一体，使周庄旅游逐步成为向世界展示中国文化的窗口和休闲度假型的理想之地，越来越受到中外游客的青睐，被评为中国"最受外国人喜欢的50个地方"之一。

早在20世纪90年代初，周庄就大胆地将古镇景区的众多景点"集体打包"，以"中国第一水乡"的品牌推向海内外，由此成功开发出了"古镇旅游"这一全新的旅游类市场。1996年，当国内众多水乡古镇旅游意识尚未苏醒之际，周庄人又以超前的眼光和极大的勇气，独立承办了以摄影大赛为主题的"国际旅游艺术节"，成为中国第一个主办国际旅游节的乡镇，在海内外引起轰动。随后，周庄又推出了中国第一部呈现江南原生态文化的大型水乡实景演出——《四季周庄》，演出在"小桥、流水、人家"的经典环境里展开，演出的三个篇章——渔歌、渔妇、渔灯、渔作表现的"水韵周庄"；以春的《雨巷》、夏的《采藕》、秋的《丰收》、冬的《过年》放映的"四季周庄"；迎财神、打田财、阿婆茶、水乡婚庆展示的"民俗周庄"， 以特有的水乡表现手法，再现了水乡周庄的文化特质和迷人情韵，其地域性、民俗性、观赏性、草根性、艺术性堪称世界一流演艺精品，呈现了江南似水柔情的诗画生活。

与此同时，周庄还加大招商引资力度，推出了富贵园、江南人家、钱龙盛市等适宜现代休闲体验型旅游配套项目，扩大旅游规模，做大旅游盘子。

随着当今江南古镇雨后春笋般开发热潮的出现，如何避免"同质化、单一化"竞争，谋求新一轮发展又成为周庄镇的新课题。为此，2008年，周庄出台了《文化创意产业发展规划》，提出以2007年10月建立的画家村、画工厂为依托，把周庄建成华东地区最大的绘画生产、展示和销售中心；在现有反映江南水乡文化的大型水上实景演出"四季周庄"、昆曲等戏曲展示的基础上，开发多内容、多样式的演绎衍生产品，形成具有浓郁地方特色、展示地区文化的演艺中心，同时古镇部分街区、民居、客栈风貌还原，使其成为体现特色传统文化的载体；精心打造中国地方旅游产品设计、制作、展示、销售的集聚区。此外，周庄还推出台湾文化风情展示系列活动、画家村

小桥　流水　人家——
周庄小景

原创艺术展示交流活动、《四季周庄》精华版，建立古镇水乡艺术研究所、艺术展览中心等，不断发展文化创意产业。每年，周庄镇政府还向海内外征集以周庄为主题的诗歌和摄影作品，打造"诗画水乡"，出版《诗意周庄》等一系列文化丛书。就这样，周庄通过保护并挖掘古镇深厚的文化底蕴，为古镇旅游注入文化创意因子，逐步实现了周庄旅游产业的转型升级。

据统计，2008年周庄共接待海内外游客340多万人次。除传统的门票收入外，文化休闲、创意产业等相关收入上升了38%。江苏水乡周庄旅游股份有限公司，也因此成长为该年度全国国内旅行社百强排行榜位列第3的著名旅游企业。

大型水上实景演出——"四季周庄"

经过10年保护、10年发展，周庄已跨入了10年提升时期，正向着国际休闲度假基地的目标大步迈进。如今，周庄已成为游览江南古镇的首选之地。

横店："中国的好莱坞"

被美国《好莱坞报道》杂志誉为"中国的好莱坞"的横店影视旅游基地，位于中国浙江中部的东阳市横店镇，与中国小商品城义乌相距36公里。距省会城市杭州160公里，距金华90公里，处于苏、浙、沪、闽、赣四小时交通旅游经济圈内。

自1996年以来，全国特大型民营企业、位列"中国企业500强"和"全国十强民营企业"的横店集团，秉承"影视为表、旅游为里，文化为魂"的经营理念，累计投入40多亿兴建横店影视城，实现了影视基地向影视旅游主题公园的转变，旅游产品由观光型向休闲体验型转变，游客在这里不仅能够深度体验影视拍摄的过程，还可以享受度假休闲的乐趣。

横店影视旅游产业主要依靠三种相互依存、具有长期可持续发展要素的有形与无形资源，逐步实现了滚动开发和放量增长，一跃成长为国家旅游局首批AAAA级旅游区、全球规模最大的影视拍摄基地、中国唯一的"国家级影视产业实验区"。

一是横店集团以弘扬、展示数千年古老、恢弘中华文明的历史存在为核心，不断创意、规划、开发影视旅游的硬件产品，努力做大、做强产业资源，形成绝对领先的国内产业优势。集团现已建成广州街、香港街、秦王宫、清明上河图、明清宫苑、江南水乡、影视文化村、梦幻谷、屏岩洞府、大智禅寺、明清民居博览城、华夏文化园、红军长征博览城等近20个跨越千年时空、汇聚南北地域特色的影视拍摄基地。2004年初，横店影视城被确立为中国唯一的国家级影视产业实验区，更进一步推动了它的开发和布局规划。如投资70亿元人民币的圆明新园于2008年动工，拟在2013年建设完成。在各个影视城里，与各时代、地域的建筑、环境相配合，还设置了惊险刺激的场景再现、歌舞小品、杂技表演和各种体验项目，使游客在这里不仅可以充分领略五千年伟大中华物质与精

美丽的周庄夜景

神文明给心灵上的无比震撼、感动和骄傲，而且还可以深度体验到时光交错、今夕何夕的恍惚和惊喜，仿佛亲身经历了一次永生难忘的时空之旅。经过不断的滚动开发，横店影视城现在已成为年接待500万以上游客的国家AAAA级景区和世界规模最大的影视拍摄基地。

二是通过与日俱增的品牌效应和名人、名片等无形资产的不断增长与增值，使横店影视基地逐渐成为了广大影视爱好者、"追星族"和海内外影视制作公司心中的必游之地、必用之景、必到之处，到"横店看明星"、扮明星，成为一种时尚的生活方式。

自1996年8月份谢晋导演在横店影视城拍摄电影《鸦片战争》以来，宏大的基地规模，丰富的拍摄场景吸引了海内外影视导演们纷纷率剧组前来横店一展身手，包括张艺谋、陈凯歌、王家卫、徐克、吴子牛、李少红、胡玫、唐季礼、尤小刚、李国立等几乎所有的国内名导和巩俐、李连杰、赵文卓、陈道明、梁朝伟、张曼玉、章子怡、唐国强、李雪健、王志文、张丰毅、林志颖、吴京、赵薇、金喜善、藤原纪

香、饭岛爱等国内外影视明星相继在横店影视城取景拍戏。已有《鸦片战争》、《荆轲刺秦王》、《汉武大帝》、《英雄》、《无极》、《满城尽带黄金甲》、《黄石的孩子》、《投名状》、《功夫之王》、《木乃伊3》、《杨门女将》、《雍正王朝》、《天下无双》、《天下粮仓》、《小李飞刀》、《少年黄飞鸿》、《虎啸苍穹》、《风云》、《精武英雄》、《书剑恩仇录》、《人间四月天》、《雷霆战警》等400多部（集）中外影视剧在横店影视城拍摄完成。与此同时，为影视拍摄提供各类配套服务的行业也应运而生，既能提供专业制景、设备车辆租赁、道具服装化装等方面的服务，又有庞大的群众演员队伍。横店演员工会拥有二千余名来自全国各地，被称为"横漂一族"的特约演员。所有这一切，使横店成为那些怀揣着"明星梦"或追星一族们梦想成真的朝圣之地。

"中国的好莱坞"——
横店夜景

雄奇壮观的秦王宫

三是横店集团十分重视与影视旅游城相配套的休闲娱乐和旅游基础设施的建设，使横店影视旅游成为一种全方位的舒适之旅、享受之旅、魅力之旅。

横店集团旗下的横店影视城有限公司，专业从事影视旅游经营，下辖影视拍摄基地、旅游景区、饭店、旅游营销、制景装修等21家子公司，影视旅游从业人员达2000多人。经过多年的经营，在方圆10平方公里的横店镇，建立了十余家星级宾馆，拥有8000余个床位。无论是高档酒店，还是基地宾馆、游乐园、夜总会、桑拿中心、演艺中心、健身中心、保龄球馆等娱乐休闲设施配套齐全。在横店，剧组云集，明星璀璨；街市繁华，书店、网吧、酒吧、茶馆比比皆是，小吃、饭馆南北风味俱全，夜生活五光十色。可谓是明星面对面，一日游千年，游客在此

体验影视，享受乐趣。这独
具魅力的"中国乡村休闲之
都"，不知陶醉了多少国内
外慕名前来的游人。

2007年开始，横店影视
城又启动了争创国家5 A级旅游景区工程。2009年8月底，作为独具魅力
的中国超大型影视旅游主题公园与中国娱乐休闲之都，横店影视城顺
利通过了国家5 A级旅游景区的省级初检，向着建成世界的"中国好莱
坞"迈进了坚实的一大步。

三、产业的一体化发展

改革开放以来，江南旅游文化产业逐渐走上构建一体化市场体系的
轨道，在中国区域旅游资源的整合性合作开发与发展中名列前茅，无愧
为中国旅游产业和谐共荣的代表性标帜。随着2010年的即将到来，接轨
上海世博会，成为以上海为龙头的的江南旅游文化产业发展的新风向。

地区协作机制的建立

旅游业是跨地区、跨行业、高度综合性的产业，而区域旅游资源、
旅游文化、旅游线路、旅游交通、旅游产品的丰富性、聚合度、便利性
和一体化发展程度，是旅游者是否选择该区域作为旅游效能最大化的目
的地的首要前提。因此，当各地旅游业发展到一定阶段，必然会突破
原有行政区划的壁垒，寻求"大旅游、大产业、大市场、大开放"的区
域旅游资源开发的整体联合，这是市场化发展的必然规律。由于江南的
苏、浙、沪同处于长江三角洲，地缘相近，血缘相系，文化同源，交通
相连，不仅是我国经济最为活跃的地区，也是我国现代旅游业的发源地
和旅游产业高度发达的地区。截至2003年初的统计，长三角拥有占全国
总量20%左右的旅行社，在全国百强国内旅行社中占有一半席位，在全
国双百强旅行社中占有三分之一席位。此外，旅游教育事业发达，已经
形成了多学科、多层次的旅游教育体系，在校大中专学生超过7万人，
占全国的五分之一以上，保证了三地旅游管理水平和服务质量在全国处

中国2010年上海世博会
规划模型

具有江南水乡园林特色
的苏州博物馆

于领先水平。而三地拥有25个中国优秀旅游城市，48个国家ＡＡＡＡ级旅游区（点），其中上海的都市风情、江苏以园林为代表的文化旅游、浙江的自然山水在海内外市场都具有很高的知名度和竞争力，使区域旅游资源呈现出极强的互补性，具有得天独厚的整合发展的条件。因此，这一区域旅游产业的联合发展与一体化市场体系的构建，很早便成为苏、浙、沪两省一市有关决策管理部门的共识。

　　早在20世纪80年代，长三角就开始建立经济协调会等合作机制。在此基础上，1992年两省一市共同首次举办了"江浙沪旅游年"活动，不仅开创了我国旅游产业区域合作的先河，而且在海内外旅游市场形成了较好的影响，推进了江南旅游产业的合作与互动，并发展成为一项固定的、每年一度的常规化合作项目。

　　1997年，在两省一市合作举办的第一次"长江三角洲城市经济协调

会"会议上，就明确将长三角城市旅游市场、产品的联合开发和商业优势业态的连锁作为会议研讨的重点专题。2000年，长三角15个城市（上海、南京、无锡、常州、苏州、南通、扬州、镇江、杭州、宁波、温州、绍兴、嘉兴、湖州、舟山）合作参加了在上海举办的"2000年中国国际旅游交易会"，并设立"长江三角洲城市经济协调会"专门展位，联合推出15个城市的旅游宣传册，整体宣传长三角的旅游文化资源，接着，又携手共同参加了"杭州旅游交易会"，形成合力促销的局面。随后，在每两年召开一次的长三角16个城市市长经济协调会的架构基础上，又建立了包括旅游在内的10多个有关部门一级的多层次的对口联系协调制度，推出了"旅游城市高峰论坛"，将合作机制进一步引向深入。

2001年5月，由各地决策部门参与的沪、苏、浙三省市经济发展会在浙江召开，正式将发展合作旅游作为提高区域整体竞争能力、推进地区经济一体化和共建区域新优势的重要抓手，要求充分发挥三省市旅游资源优势，实施联合开发战略，尽快建立三省市之间舒适、安全、便捷的综合旅游客运网络，共同把长三角建设成旅游者的首选目的地，从而为江南旅游产业的协作发展定立了共同的目标。同时，会议还确定每年召开一次座谈会，并设立了包括"旅游合作"在内的五个专题组。在此基础上，2002年3月，三省市旅游管理部门制定了《苏浙沪三地整顿规范旅游市场秩序区域联动实施计划》，并于4、5月间开展了代号为"曙光行动"的旅游市场集中整治活动，使三省市旅游市场的规范化程度大为提高。

2003年是江南地区旅游合作发展具有重大进展的关键年份。由于该年上半年发生的"非典"事件给长三角旅游业造成了巨大损失，使三地旅游界充分认识到了合作旅游对应付各种旅游危机事件的重大意义和共存才能共赢的产业发展之道。为此，2003年在杭州召开了"长三角旅游城市15＋1高峰论坛"上，长三角15个城市和黄山市共同签署了著名的《长江三角洲旅游城市合作宣言》，明确提出："要共同开发旅游市场，互为市场，互为腹地，互送客源，推出旅游便利化服务措施，打造

如诗如画的上海朱家角古镇

长三角旅游的整体品牌；构筑统一的旅游信息平台，实现旅游信息的交流、沟通与共享，建设长三角一体化的旅游信息服务体系；开展旅游从业人员特别是导游人员的培训，实现长三角旅游服务标准的相互接轨；创造条件，把长三角旅游区建成中国首个跨省市的无障碍旅游区，如取消长江三角洲两省一市国内旅游地陪制、取消外地旅游车入城、入景区的限制措施，允许其他城市的旅行社在本市开办分支机构等方面的合作。"这一合作宣言的发表，标志着长三角确定了创立中国第一个无障碍旅游区、建立长三角城市旅游联合体的目标，树立了区域旅游合作的典范，对推动我国区域旅游的合作发展起了示范的作用。

为落实这一宣言的内容，三省市旅游系统开始在市场秩序、旅游客运网络、区域旅游联动和有关旅游年（节庆）等方面建立相应的工作制度，联合开展了旅游市场集中整治活动，共同举办"2003年沪苏浙旅游年"，组织编制了《沪苏浙旅游手册》。2003年10月31日至11月1日在上海召开的第三次沪苏浙经济合作与发展座谈会上，进一步提出加强旅游资源的共同开发、海内外宣传促销及重大节庆活动的联动，继续推进城市旅游集散中心建设，编制两省一市旅游交通图，启动三地导游培训联动计划，完善两省一市旅游专题会议制度，加强区域旅游合作的政策性、标准化研究，试行中心城市旅游（交通）一卡通工作，并充分利用上海过境免签证48小时的政策，积极开展旅游合作和商务活动。

2004年11月，在杭州召开的第四次沪苏浙经济合作与发展座谈会上，正式提请国家旅游局牵头编制了《长三角区域旅游规划》，要求长三角要共同设计、开发、调整和完善区域旅游产品，推动规划政策的互动、产品优势的互补及客源市场的共享，联合进行区域旅游产品的国际宣传和促销，共同打造"长三角黄金旅游圈"。由此，长三角旅游联合体的建设成为了国家旅游发展战略的重要组成部分。

2005年6月，在上海举行了第八次苏浙沪旅游市场联席会议，达成了构筑长三角旅游市场一体化宣传平台、加大三地联合开展海内外宣传促销工作力度、进一步完善"苏浙沪旅游市场促进会"章程等共识。同年8月，根据《长江三角洲地区城市合作协议》，由上海市旅游委、市交巡警总队负责总体协调的、规范设置长三角地区城市主要旅游景点交通指引标志的工作正式全面启动，并计划到2007年在长三角各城市全面完成这一工作，使长三角真正成为交通无障碍旅游区。

2006年是合作旅游更上一层楼的一年。苏浙沪以构建共同旅游经济圈为目标，提出了"同游苏浙沪，休闲好去处"的海内外旅游宣传主题，三地还首次联合组团赴美促销。同时，三地还抓紧建立长三角诚信旅游沟通机制、工作联动机制和完善三地旅游管理工作联席会议制度，力图在长三角无障碍旅游区建设基础上，进一步构建长三角诚信旅游区。同年8月，在上海召开了首届苏浙沪旅游标准化会议，提出共同编制《苏、浙、沪旅游标准化文件汇编》；建立长三角旅游标准化专家数据库，加快实现三地旅游标准化专家资源共享；编制三地3年旅游标准

对构成长三角旅游圈有重大意义的杭州湾跨海大桥

化合作计划，确定三地旅游共性标准制定和实施计划；建立三地旅游标准化协作会议制度和联合工作制度；以建设三地无障碍旅游区为目标，制定旅游信息、交通、安全、从业人员等三地统一的旅游标准。自此，包括整个江南在内的苏浙沪旅游联合体的建立开始步入了标准化整合时期。

2007年5月，长三角地区旅游高层联席会议在上海通过了《关于全面推进长三角地区旅游合作的若干意见》，将长三角区域旅游合作范围和水平进一步提高和巩固在"苏浙沪"的省级范围和水平层面，并辐射到江西、安徽、福建、山东等省。同年7月，由三地共同制定、统一发布的《主要旅游景区（点）道路交通指引标志设置规范》在上海通过联合审定，这是全国首部区域旅游服务标准。它的制定和发布，标志着长三角无障碍旅游区建设进入了可操作性阶段，并为长三角其他旅游要素的标准化工作奠定了良好的基础。

2007年7月召开的沪苏浙联合审定会会场

2008年3月，苏浙沪旅游管理部门联合召开了长三角旅游教育培训工作座谈会，提出建立每年至少2次的定期合作旅游教育例会，筹建"长三角旅游教育培训讲师团"，举办长三角旅游人才交流会等，开始向纵深落实旅游教育合作的新机制。同年9月，在上海举行了推进长三角地区旅游景区（点）道路交通指引标志达标工作专题会议，宣布这一工作已经取得了阶段性成果，并与迎接上海世博会相衔接，编制完成了《迎世博旅游景区（点）道路交通指引标志达标600天行动计划》和任务书，建立了由旅游、交通、道路等管理部门组成的长效和务实的合作工作机制，启动了"先行试点区"进行示范性设置。

总之，随着经济全球化和长江三角洲区域经济一体化的加速发展，未来的苏浙沪旅游产业根据"资源共享、品牌共享、市场共享、信息共享、效益共享"五原则，正逐步加快实现旅游整体形象、产品建设、宣传促销、信息建设、市场开发、教育培训的一体化和同城效应，共同将长三角打造成为世界级的旅游经济圈和中国的旅游金三角。

产业发展的新风向

2010年上海世博会的召开，将给江南旅游文化产业的发展带来前所未有的巨大机遇，同时也是以上海为龙头的长三角核心区旅游文化实现资源互补、互利共赢和推进一体化进程建设的强大助推器。

据世界旅游组织测算，2010年上海世博会期间的国内外参观者、客商预计将达到7000万人次，最高日接待人数将达到80万人次，其中5％为境外参观者，85％的境内参观者来自上海以外的地方，而外地参观者的95％，即近6000万人有住宿需求，38％、将近2000多万的参观者会继续停留在长三角区域游览，将对长三角周边的景区、宾馆、餐饮、交通乃至休闲场所带来直接的、爆发式的巨量需求，对正在建设中的长三角城市旅游联合体的承受能力形成了巨大的挑战。

面对长达6个月的巨大客流，迎接这亘古罕见的机遇与挑战，江南各地政府和旅游部门都积极行动起来，从市场营销、提升硬件设施、服务培训等多处着手准备，将接轨上海世博会、促进本地旅游产业的大发展作为未来旅游战略目标之一，开展了一系列细致入微的规划和行动，概括起来，主要在下列两方面对长三角旅游业产生了相应的影响：

一是苏浙沪两省一市从省级到地方各级旅游管理部门，都纷纷制

鸟瞰——建设中的
上海世博会工地

迎世博宣传活动——江
苏南京火车站

定和推出了各具特色的接轨上海世博会的旅游规划、宣传方案和具体行动计划，使世博会及其相关旅游信息达到了在长三角地区"未演先热"的理想效果。

江苏在《江苏省"十一五"旅游发展专项规划》中，明确提出要充分利用2010年上海世博会带来的巨大旅游客流和宣传效应，"带动江苏旅游目的地形象和市场知名度提升，促进旅游产品和旅游基础设施的建设，推动旅游业又好又快发展"。为了吸引海内外游客，江苏推出了"相约世博、畅游江苏"的系列精品线路，既包括传统的华东旅游主打产品，也有苏北的旅游新线路，形成了上海——沿海城市——湿地生态旅游等线路，几乎涵盖苏南、苏北各个城市。与此同时，为了提升旅游硬件设施建设水平，截至2009年6月，江苏各地对迎接世博的旅游设施投入超过500亿元。此外，到2009年底前，江苏全省旅行社、宾馆、饭店、景点，包括导游人员将全面通过世博知识和服务技能培训，从而真正促进江苏旅游业与世界接轨。

浙江自然不甘人后。为全面接轨世博旅游市场，浙江省旅游局早就出台了"浙江省2008—2010年的世博旅游三年营销计划"，并在广泛征集各市旅游部门及企业意见的基础上，有重点地推出了12条浙江省对接长三角的世博精品线路。如浙江旅游线路中的"杭州休闲品质四日游"就包括了灵隐寺、雷峰塔、西湖等传统风光游，还有参观中国丝绸博物馆、王星记扇厂、广兴堂国医馆等历史文化游，更有桐庐红灯笼乡村家园、千岛湖观巨网捕鱼等农家乐项目。2009年初浙江在杭州率先发放旅游消费券，目标直指2010年的世博会。随后，精明的浙江人甚至将2009年的本省旅游交易会也移师到上海举行，可谓用心良苦。

上海作为东道主，在2006年7月就举办了由各相关部门、企业、高校人员参加的世博会专题培训班，并借鉴日本爱知世博会的经验，对上海形象进行整体策划、包装和宣传，建立了市旅游世博工作小组，规划世博主题旅游活动，制定实施世博旅游人才教育培训、宣传促销和诚信服务等计划。2007年，开始全面启动上海世博会全球旅游推广战略，建立了由国家旅游局18个驻外办事处、东航16个海外办事处及长三角26个城市旅游局组成的"世博旅游推广站"。同时，围绕世博会要求，一是加快旅游标准化建设，制定了《上海市旅馆服务质量要求》、国内首个《上海市游览船服务质量要求》等一系列旅游行业标准；二是推进旅游人才培训，制定了《关于进一步加强本市旅游行业教育培训工作的若干意见》，举办2007年导游大赛和饭店员工技能比赛等；三是进一步完善旅游配套设施建设，主要是旅游集散和旅游咨询网络的建设。2007年8月4日上海世博会倒计时1000天之日，上海市旅游委正式开通了上海"旅游诚信平台"，使游客通过这一平台可以随时全面了解上海各旅游企业、宾馆和各类服务人员的基本信息。同时，上海市旅游委推出"迎奥运，迎世博——精彩上海"7大系列游览护照活动，陆续向海内外人士发放了120万本《精彩上海游览护照》。2008年7月，上海在全市旅行社行业开展了"世博之旅"产品线路设计活动，15家国际和国内旅行社的94条线路入围。2008年9月，上海市旅游局公布了《上海旅游行业迎世博600天行动计划》，全面推介上海世博旅游"发现更多，体验更多"的理念。同年12月，上海颁发了《"世博，让我们做得更好"——上海旅游行业迎世博员工读本》，正式启动对全市25万旅游业员工的世博会培训工作。此外，2008年，上海共参加或组织了国际市场促销30批次，发放世博宣传品700万份，国内市场促销7批次，发放世博宣传品81万份，使上海世博会在海内外声名远播，未开先热。

浙江接轨上海世博会的宣传活动

二是上海世博会的"一盘棋"，促成了长三角旅游一体化的提速，并使以上海为首位城市的长江三角洲城市旅游空间集聚群的聚合度、关联度和同城效应进一步得到强化。

在推动长三角旅游一体化、共同促进上海世博会推广过程中，苏浙沪三地表现出了高度的默契。2007年8月4日，长三角25个城市旅游局，在距世博会倒计时1000天时，被授予了"中国2010年上海世界博览会旅游推广长三角工作站"铭牌；同年11月，苏浙沪联合组团参加了"2007中国国际旅游交易会"，并在会上联合举办了"苏浙沪'世博之旅'产品发布会"，向海内外推出了9条"世博之旅"线路。

2008年，苏浙沪三地旅游局联合通过了《中国2010年上海世界博览会长三角世博旅游推广工作站工作职责》，正式颁布了工作站的主要职责、工作目标、工作任务和运行机制。同年3月15日，上海、苏州、无锡旅游部门首次联合在沪招聘迎世博人才，并倡议建立"长三角旅游教育培训讲师

"世博，让我们做得更好"活动

团"，实现旅游教育资源共享，并纳入长三角旅游行业"迎世博"联合行动。同年9月，三地又联合编制完成《迎世博旅游景区（点）道路交通指引标志达标600天行动计划》和任务书，极大地推进了长三角旅游无障碍区建设的速度。

2009年，经过精心策划和论证，苏浙沪三地旅游局联合推出了长三角55条世博精品旅游线路，包括都市风情游、乡村休闲游、美食购物游、会展游、邮轮游、古镇游、民俗游、体育文化游、历史建筑游、修学游等各类产品，游客还可以根据自己的喜好进行主题深度体验，这使江南旅游产业真正跨越地区性行政藩篱，实现了产品的无缝对接，其意义十分深远。

目前，苏浙沪正在共同推进旅游产业政策、资源整合、市场建设和诚信建设等一系列工程，共同策划、包

踊跃参观上海世博会模型的人们

装及推广世博之旅长三角品牌，以期建立起旅游景观资源共享、旅客接待能力共担、服务支持体系共联等机制，与世博会实现深度对接，将长三角旅游一体化推向纵深。三地正抓紧建设旅游集散中心、开通远程网络化预售票系统、推行旅游套票、构设城市旅游公共交通网络、实行高速公路收费"一卡通"等方便游客的旅游通达工程。现在，长三角地区已启动旅游交通标志一体化工程，部分城市间的公交卡、医保卡已经实现互通。在公共服务一体化方面，长三角各地正进一步建设和完善旅游咨询系统、旅游导引系统、多语种旅游投诉系统、旅游应急系统和旅游集散系统等旅游公益性设施体系，增强旅游产业对长三角经济发展和上海世博会的公共服务功能。

上图　上海世博会吉祥物和部分参展国国旗

下图　上海世博会中国馆模拟效果图

世界旅游组织曾预测，到2020年，中国将成为世界第一大旅游目的地和第四大旅游市场。我们也有充分理由相信：前景无限的江南旅游文化产业，必将发展成为世界级的、中国实力最强大的旅游文化产业集群。

05

文化传播的新舞台新天地

第五章　文化传播的新舞台新天地

在新时期，演艺、会展、广告、信息等文化传播业先后驶入了产业化发展的快车道。苏浙沪三地得风气之先，经过30年的改革开放，特别是新世纪"入世"以来的积极探索与自强不息，文化体制逐步创新，经营单位增多增强，演艺、会展、广告等文化市场得到极大的拓展，大众精神文化需求得到前所未有的满足。伴随文化产业数字化进程的加速，数字内容产业兴起，更为文化传播开辟了新舞台新天地。

小桥流水江南

一、演艺业走出困境的自新之路

江南演艺业自强不息，改革创新，实现华丽转身。上海，经典演绎30年文化体制改革的进程。浙江演艺业从"民间诱致"、自发自动，进而致力于全省演出市场网络体系的组建。江苏在新世纪成功实现了"改革三级跳"。由此，ERA时空之旅、1699·桃花扇、"赏心乐事"系列音乐会……精品层出不穷，演绎着一个时代的精彩。

体制改革的经典演绎

上海大剧院

改革开放30年，对于中国的演艺事业而言，是逐步整合挖潜、转换机制、拓展市场，增强演艺单位的自给能力与综合竞争实力，深度呼应观众精神文化需求的30年。在此方面，上海也是勇立潮头。1976年后，随着社会的转型发展，久受压抑的市民精神文化需求渐次抬头，上海演艺业步入了新的发展期，其间步速虽有迟缓之别，但产业化的进程是一往无前。

改革开放初，上海除了一些演艺人员的"走穴"现象，最引人注目的是当地艺术表演团体的体制改革。这既是借助文化部1979年底起草的《关于艺术表演团体调整事业、改革体制以及改进领导管理工作的意见》的政策东风，同时也是一线演职人员的内心呼唤。1980年上海杂技团因外事任务组建了两个出访队，余下的30名演职员在城乡经济改革浪潮的冲击下，不甘寂寞，他们提出要自力更生、自给自足，不要剧团养起来。此呼声引起团部、市文化局和市委宣传部的关注，于是，试行内部承包经营责任制的上海杂技团魔术队得以成立。该队实行"集体经营，独立核算，自负盈亏，结余分成"，两年承包大见成效。有此试点打底，上海杂技团1983

年实行全团承包责任制，翌年又进一步试行团长负责制，到1985年该团成为市属艺术表演团体中唯一实现全部自给且结余经费最多的单位。

在总结以往改革实践的基础上，上海从1986年下半年起，结合不同演艺团体的实际情况，在逐步实现"双轨制"的进程中，试行了多种模式的"承包制"体制改革。主要有：上海越剧院红楼越剧团试行有偿合同制，上海交响乐团试行音乐总监制，上海舞剧院仲林舞剧团试行导演中心制，上海滑稽剧团顺开喜剧社试行名角经理制。虽然体制模式各有不同，但改革的落脚点一致：进一步放权搞活，打破"铁饭碗"、"大锅饭"的分配方式，鼓励出人出戏。

20世纪最后20年的中国演艺业管理体制改革，其宏观目标是调整艺术表演团体的布局和品种结构，改变以往按照行政区划层层设立政府主办的艺术表演团体的状况。在微观方面，则是旨在增强艺术表演团体自身的生机与活力，促其成为"独立性较强的社会文化团体"。这既是受中国经济改革"以增强企业活力为中心"的提法之影响，同时，演艺产业化的当代改革趋向也隐含其中。

进入21世纪，随着中国的成功入世（WTO），中国文化体制改革的步伐骤然加速，上海演艺业的管理体制、运营机制由此也进入了一个全方位改革的时期。

一是打造演艺"航母"，深入推进产业化运作。上海演艺院团分成公益性文化事业和经营性文化产业两类后，上海加紧了对市场主体演艺企业的扶持与培育。上海大剧院艺术中心、上海东方艺术中心、上海文广演艺中心、上海话剧艺术中心等演艺"航母"竞相下水。上海大剧院艺术中心参照国际非营利性演艺组织的运营模式，整合剧场、院团、演出经纪和票务资源，实行"演出季"管理，年度演出剧目三分之一系引进世界级的名家、名团、名作，三分之一着力推进与国际国内演艺机构的合作，三分之一则集中展示旗下四大文艺院团的精品力作，此比例已接近世界知名艺术机构的演出剧目构成。"构建一流的演艺文化产业链，打造一流的演艺文化中心"，成为上海大剧院艺术中心的战略目标。演艺"航母"的巡航，并不妨碍中小型演艺单位的运作。上海城市舞蹈有限公司以市场需求为导向，积极创意运作机制，打造《霸王别姬》、《红楼梦》、《花木兰》、《杨贵妃》等原创舞蹈作品，在海内外引起轰动，获得了社会效益与经济效益的双丰收。促成演艺产业链的完形发展，是上海演艺业近期努力的方向。

二是以竞争求发展，积极开放演艺市场。2004年，《行政许可法》、新修订的《营业性演出条例实施细则》等法规条例的实施，降低了演艺行业的准入门槛，上海及时开始对行政许可审批项目进行集中办理服务，为上海文化市场企业提供优良经营环境，促进了演艺市场的繁荣发展。同年，上海艺术院团体制改革迈出了关键的一步，在产权明晰的前提下，院团实行现代企业制度。这一年，上海全年剧场演出场次达到14533场，不但连续第11年超过万场，而且演剧数创下了历史的新高。

三是规范基金会的运作，推动演艺市场投融资体制的改进。上海文化发展基金会2004年9月起建立专家小组和审定委员会"两级评审制度"，对文艺精品进行资金扶持。2006年，上海文化发展基金会又为本市演艺市场拓展投融资新模式，它与上海大剧院、中国建设银行上海分行签署了音乐剧《狮子王》演出项目的扶持贷款合作协议。这是按照国际惯例，吸纳社会资本，对国际性演艺项目进行全新的商业运作的一次成功尝试。此外，在上海文化发展基金会的努力下，光大银行注资上海城市舞蹈有限公司的杂技芭蕾《天鹅湖》进行国际巡演，这也为上海演艺文化产业开辟了一种新的投融资方式。

四是搭建NGO（非政府组织）平台，加强演艺人员的自我管理与服务。2005年8月，上海演艺工作者联合会成立，标志着上海文化体制改革在搭建NGO平台方面迈出了坚实的一步。这是由表演艺术从业人员自愿组成的非营利性社团法人组织，它的成立旨在创新服务方式，拓展服务范围，切实维护和保障广大演艺工作者的合法权益，探索市场经济条件下社团工作新途径，推进文艺社会化管理体制的建立。

五是完善营销渠道，积极推行演艺业的网络经营销售活动。营销是演艺产业化的重要环节，上海东方艺术中心管理有限公司，是目前中国内地第一家拥有专业完整CRM（客户关系管理）系统的剧院，其运用现代化管理手段，切实做好演艺市场的营销。互联网具有无与伦比的便捷性、交互式、经济性等优势，上海演艺业除了开展网上公开招聘、组织机构、内部联络等活动，还积极推行网上售票业务。2005年上海大剧院官方网站开通，不仅成为重要的宣传窗口，而且还推行了网络售票系统。

在2010年上海世博会临近之际，由上海文广集团、上海精文投资有限公司共同投资建造的上海世博演艺中心矗立起来。作为世博园区四大永久建筑之一，上海世博演艺中心不仅要在上海世博会期间承担起中外文化艺术展示交流中心的职能，而且在世博会后将继续发挥"上海文化娱乐新地标"与"永不落幕的城市舞台"的作用。目前，上海东方明珠（集团）股份有限公司下属上海东方明珠国际交流有限公司，已与美国安舒茨娱乐集团AEG和NBA达成合作意向，将一起经营发展这一娱乐体育中心。这种新型的经营方式，必将为上海演艺界带来新的气息、注入新的活力。

总之，在改革开放的进程中，上海演艺业面向市场不断自我调整，不仅在汹涌的经济大潮中站住了脚跟，而且在都市文化建设中发挥越来越重要的作用。跨入新世纪的上海演艺业已呈现出演艺单位数量多、高品质剧目不断涌现、演艺文化品牌初具、跻身节日文化消费等特色。随着上海演艺业体制改革的深入进行，在2010年上海世博会的大力助推下，上海演艺业必将奉献出更为华彩的视听宴享，从而继续引领长三角大演出市场的繁荣。

上海世博会的跫跫足音

从自发自动到"改革三级跳"

新时期苏浙两省的演艺业，是长三角大演出市场的有机组成。在产业化方面，浙江演艺业的改革启动既早，推进更为深入，成效愈发明显。

在改革开放初期，浙江演艺业即自发自动，呈现出很强的"民间诱

"致"的特征，也就是自下而上、从局部到整体的体制改革进程。在改革大潮的推动下，浙江省各级演艺工作者面对现实，积极探索在有计划的商品经济，以及市场经济的新环境下发展演艺业的新方式、新路径，大力发展文化"三产"，"以文助文"，以增强自身造血功能。1986年，杭州市属6个艺术表演团体开始施行"承包责任制"。这些先行改革的演艺团体或与企业挂钩，建立了互利互惠的文化经济联合体，如杭州杂技团一队、二队、金鱼魔术团、青春宝飞车走壁队；或自开"以文补文"的渠道。比如，1987年，杭州话剧团与省财政厅、浙江省电视台联合拍摄电视剧，杭州歌舞团与"国旅"浙江分社合作，在杭州饭店定点演出，杭州越剧团与杭州电视台联合承办"越剧新姐妹"的评选活动，等等，妆点得浙江文化繁花似锦。

2000年出台的《浙江省建设文化大省纲要（2001—2020年）》，将"演艺业"明确归入浙江省要"大力培育和发展"的六大重点文化产业门类之一，昭示着演艺产业化发展的自觉。随着演艺市场准入门槛的降

杭州大剧院

低，以及民资的进入，民间职业剧团在浙江蜂起。民营剧团市场意识强烈，运行机制灵活，演出成本较为低廉，其对农村演出市场的开发成绩尤为显著。

2007年，浙江艺术院团加快了内部管理和运行机制的改革，探索剧目股份合作制、项目制作人制等"企代事"改革新模式。对有条件实行转企改制的艺术表演团体，尽可能实现"三转"，即单位性质转变、劳动关系转换、产权结构转型。目前全省有文化演出经纪单位42家、专业演出场所629家、国办文艺表演团体56个、民营剧团485个。浙江歌舞剧团加大内部分配制度改革力度，提高演出补贴在一线演职员收入中的比重，进一步激发了剧团的活力。该剧团与德国（中国）娱乐有限公司合作打造了一台大型歌舞剧"盛大中国秀"，"彩蝶女乐"剧组随省领导出访四国，继续扩大国际影响。

2008年出台的《浙江省推动文化大发展大繁荣纲要》，在更高的起点上明确了浙江文化艺术服务业的发展目标——着力建设以杭州、宁

在浙江举办的第七届中国艺术节，开幕式盛大演出

波、温州为重点的全省演出市场网络体系。扶持若干重点国有文艺院团，发展民营表演团体，努力造就一批能推向全国、走向世界的演出团体。晚近出台的《杭州十大特色潜力行业发展规划（2007—2020）》、《杭州十大特色潜力行业行动计划（2007—2011）》，明确将演艺业作为着力打造的十大特色潜力行业之一。杭州一流的剧场设施、良好的经济基础、巨大的潜在市场，同时吸引国际演艺业空降杭城。

江苏演艺业在新世纪驶入了体制改革的快车道，从2001年该省组建江苏省演艺集团起，演艺业改革迅猛实现了"三级跳"。第一级是集团化运作，江苏省歌剧舞剧院、京剧院、艺术剧院、昆剧院、锡剧团、扬剧团、人民剧场、江苏省演出公司等单位从江苏省文化厅剥离出来，实现文化行政管理部门与演艺团体的政事分开、管办分离；第二级是整体转企改制，江苏省演艺集团将所属文艺院团全部改制为企业，在集团公司实行全员聘任、竞争上岗、以岗定薪，演出效益与个人收入挂钩，时间在2004年8月—2005年1月；第三级是实现股份制改造，在明确宣传文化领域国有资产管理体制的前提下，收回省政府授予集团的国有资产投资主体职能，由省演艺集团有限公司作为主要发起人，吸纳省内外社会资本，2006年3月成立江苏省演艺文化产业股份有限公司，成为全国率先完成整体转企改制、全员身份置换的首家省级演艺集团。

经此"改革三级跳"，江苏演艺集团演职员的主体性得以凸显，积极性空前激发，从过去的"要我演"一变为"我要演"。在人才使用上，集团变过去的"为我所有"为"为我所用"，具世界眼光广纳贤才。在经营模式方面，变"舞台经营"为"经营舞台"，以市场化方式经营剧目，话剧《理想三部曲》未排先卖，同时向大型活动、演艺教育等领域拓展。江苏演艺集团坚持以演出求生存，采取送戏下乡、进占农村市场，昆曲进校园，进军境外商演市场，品牌剧目打入电视舞台等方式，尽力拓宽演艺的营销市场。在创意思维与崭新的艺术理念作用下，江苏演艺业将《好一朵茉莉花》等剧目升级换代，开发动漫音乐会等新兴演出，加强对外合作，积极加盟该省的创意文化产业基地建设。2007年，江苏省演艺集团经营收入4906万元，同比增长23%。集文化、商贸、旅游为一体的演出产业经营格局基本形成。社会资本涌入演出市场，全省民营表演团体1000多个，从业人员近万人，已占全省演出市场的半壁江山。经过新世纪一系列的改革创新与努力实践，江苏省演艺业演出场次、新创和排演的剧目，以及演职人员的收入均实现了几个翻番，涌现出一大批精品力作，树立了自己的品牌，产生了良好的社会效益。

ERA时空之旅—1699·桃花扇—赏心乐事

　　长三角演艺业30年的探索实践，特别是进入新世纪后的突飞猛进，极大地繁荣了江南文化，诗性江南为此弥散典雅而又现代的氤氲之气。

　　到上海，不可错失"ERA时空之旅"。"ERA时空之旅"，是中国对外文化集团公司联合上海文广新闻传媒集团、上海杂技团、上海马戏城精心打造的大型多媒体梦幻舞台剧。自2005年9月27日，"ERA时空之旅"在上海马戏城开演，该剧连演不衰，截至2006年底演出497场，演出净票房收入超过5000万元，观众总数逾40万人次，在中国新时期演出史上创下了同一剧目在同一剧场连续演出场次的纪录新高。

　　"ERA时空之旅"充分借鉴了加拿大太阳马戏团的成功案例，杂糅杂技、音乐、歌剧、舞蹈等多种艺术元素，重达8吨的"魔幻天镜"、高达10米的"时空之轮"、从天而降的"天外来客"、晶莹剔透的"天丝水幕"、惊心动魄的"环球飞车"，组合成一场梦幻旖旎的戏剧。华丽的场面，浪漫的氛围，高超的技艺，炫目的科技，无不令人心驰神往。

　　正因为创新与突破，"ERA时空之旅"超越了同质竞争，从而独自开辟出一片非竞争的"蓝海"时空。其四家制作单位强强联手，共同组建了上海时空之旅文化发展有限公司。为了适合这一剧目，上海马戏城不惜对观众厅和舞台进行改天换地式的重造。市场营销也颇为用力，经过精心策划，剧目未公演，宣传已掀高潮。报刊平面媒体、广播电视、移动媒体、公交地铁等户外广告，还有网络、手机等新兴媒体，无不对"ERA时空之旅"进行宣介。针对国外市场，营销方还制作投放了外文宣传单页、网页，并联络涉外旅行社开发游客市场。

在"ERA时空之旅"演满一年之际，该剧的B版、C版正在紧张酝酿中。随着"ＥＲＡ时空之旅"的延伸，可以预见：其在上海世博期间作为上海城市的一张新名片，必将吸引更多欣赏的目光。

"1699·桃花扇"，2006年3月17日在北京保利剧院公演，随后几天内连演三场，观众反响强烈。这一由江苏演艺集团打造的新版昆曲，在中国演艺市场迅速蹿红，并很快走向国际，每年要出访4—5个国家，成为又一新兴的江南文化品牌。

"1699·桃花扇"，是江苏省演艺文化产业股份有限公司成立后推出的第一个精品力作。与以往不同的是，该剧被当作文化产品来加以经营运作。首先，变政府拨款为政府采购。"1699·桃花扇"500万元投资一半由政府以采购方式投入，如两年内演出达不到100场，政府就要收回投资。其二，大胆起用年轻演员以迎合观众的审美需求。该剧由江苏省老中青三代昆曲演员同台演出，30多名年轻演员个个青春靓丽，

西湖之夏音乐节

扮演李香君的单雯首演时年仅18岁，成为"1699·桃花扇"的一大看点。其三，深入推行养戏不养人。放眼世界，盛邀中日韩三国艺术家打造昆曲精品。"1699·桃花扇"剧组不仅邀请了台湾地区著名作家余光中任文学顾问，还邀请了日本长冈成贡担任音乐推广，毕业于美国耶鲁大学戏剧学院的亚洲知名舞美兼灯光设计师肖丽河的加盟，一改国内舞台电视化的制作方式，将舞美设计重新还原到舞台，并艺术地再现了秦淮金粉的波光艳影。在演艺产业化的新世纪进程中，300年前的昆曲名作重现了它的精美优雅、风姿绰约与风光无限。

杭城音乐盛会邀你加入"赏心乐事"。《赏心乐事》系列音乐会，是浙江歌舞院和浙江音乐厅从2005年3月18日起推出的一项以音乐类节目演出为主的常年性文化演出活动。自从2005年成功举办之后，三年间连办300多场，观众上座率达70％以上，取得了社会效益与经济效益的

双丰收。

《赏心乐事》系列音乐会所以取得巨大成功，并保持强劲的发展势头，与其坚持改革创新，面向市场探索独特的运营模式、不断完善经营机制有着密切的关系。《赏心乐事》系列音乐会创办伊始就坚持探索创新，充分开发浙江歌舞剧院的演艺资源，同时积极发挥浙江音乐厅的平台优势，扩大音乐会在该地高雅音乐演出市场的市场份额。《赏心乐事》确立精品战略，同时坚持低价优质、服务大众的市场定位，打出了低票价、演出时段固定化、规范化和节目资源丰富多样等一系列"组合拳"，在演艺市场站稳了脚跟，扩大了影响。在此基础上，剧院和音乐厅又与上海、宁波、温州、绍兴、湖州、嘉兴、余姚等地30多家剧院、表演团体、文化企业与机构联手，成立了"《赏心乐事》音乐演出联盟"，统一品牌，资源共享，风险同担，利益互惠，不仅有助于国内优秀音乐演出的推广，而且在引进国外高水准演出项目方面做到了降低演出成本、降低演出票价。

《赏心乐事》系列音乐会风靡浙江名城，演艺团体、剧院场所名利双收，广大观众则得到超值的视听享受。这种多赢的局面，同样也是赏心乐事。

二、广告业的新时空新拓展

改革开放30年间，广告业在江南名城经历了从行业复苏到多样式、多渠道、多媒介蔓延扩张，全面快速飙升的发展过程。这方面，不但上海广告业如此，江苏广告业、广告浙军莫不如此，又各有其发展特色。分众传媒江南春的迅速走红，正是在这种时代背景中书写的广告业新传奇。

"广告之都"的重新崛起

作为中国现代广告的主要发源地，上海在旧中国享有"广告之都"的美誉。建国后，上海广告业一度繁荣，但在三年困难时期走下坡路，终于在"文革"期间被迫停止，上海市广告公司被改成为上海市美术公司。广告业在上海的复兴，要在党的十一届三中全会之后。1979年，上海市美术公司更名为上海市广告装潢公司，恢复经营广告业务，这成为标志性事件。

也是在1979年初，《解放日报》、《文汇报》和上海电视台、上海人民广播电台恢复了广告业务，这在国内新时期均属先行者。1982年国务院《广告管理暂行条例》颁布后，上海市工商行政管理局及时设立了商标广告管理处。1984年起，城市经济体制改革的逐步展开刺激着广告业在上海的迅速发展，起初平均每年增幅在25%—30%。2007年，上海广告经营额占同期全国总量的17.2%，成为驱动中国广告市场的名副其实的"领头羊"。

经过30年的开拓、改革，上海广告业的发展呈现出以下几个特点：

一是由专业广告公司集中统一经营渐转为多系统、多层次的共同经营体制。除专业广告公司之外，新闻、出版、广播、电视、电影，以及商业、外贸、工业、文艺、体育、卫生、交通、邮电、科技、教育等各系统、各社会团体，都在经营广告业务。1990年，广告市场准入门槛放低，民营资本与外资拥入广告业。随着世界500强企业、中国品牌企业纷纷登陆上海，国际广告公司也启动了赴沪淘金之旅。上海的跨国广告公司很快超过了60家，并有不断增多的趋势。2003年，广告经营额排名前10位中有8家是中外合资广告公司，1家国营公司，1家民营公司。外资广告企业不仅带来了海外资本，更重要的是引进了国际上的广告新概念、新技术、新创意，有助于上海广告业整体水平的提高。

二是广告多样式、多渠道、多媒介，遍及全市各个时空。30年间，中国广告飞速发展，在上海也有鲜明的体现。以户外广告为例，起初主要是采用油漆画，搭架子、画格子，费时费力，色彩还不漂亮，随着引进大幅画喷绘机，美轮美奂的广告画美化了城市。现在，LED、灯箱、超大屏幕、移动媒体等新媒体纷纷点缀街头，成为沪上一道亮丽的风景。报刊、影视、广播等传统媒体的"渠道霸权"时代即将终结，互联网、分众传媒、手机、IPTV等新媒体受到商家的追捧，异业结合，互动营销，广告业务增势喜人。广告已充溢上海市民的生活，穿透了各个时空维度。

三是行政管理工作实现"三大转变"，优化广告市场秩序。上海工商部门不断创新广告监管理念，在推动广告业规范发展方面实现了"三大转变"。转变之一，是改革开放初对上海广告市场实行严格控制数量的准入政策，到20世纪90年代初调整为资质控制，再到新世纪中国入世后，再次降低广告业的市场准入门槛。两次政策调整，促使私营广告企业大幅上升，广告经营额持续增长。转变之二，是1995年《广告法》颁布后，广告管理工作由行政许可转向内容监管。转变之三，广告监管模式从传统型、阶段型向信息化、长效化转变，不断创新机制，提升广告监管水平，很大程度上确保了上海广告市场的健康发展。

四是搭建广告业自我管理自我服务的平台，联络长三角广告界。上海广告业的民间组织上海市广告协会，成立于1986年3月。成立不久，即组织举办了"1979—1986上海市优秀广告展评赛"，促进了上海广告创作的繁荣与广告技艺的提高。2001年1月，上海市广告协会制订《上海市广告协会自律规则》，这是上海广告行业第一个自律规则。为适应上海广告业的新形势，上海市广告协会近年进行改革调整，实现政企分开。根据市场的需求运作，协会切实承担起行业自律、行业服务、行业代表、行业协调的职责，主动为协会会员提供更切实、更有效的服务。为密切长三角广告界的交流与合作，由上海市广告协会积极发起，与江苏、浙江两省广告协会共同组织了"长三角部分城市广告协会座谈会"，并建立了"长三角广告协会联席会议"制度。

江苏广告业与广告浙军

江苏广告业自1979年恢复以来，30年间经历了从小到大、由弱变强的循序

南京，紫金大厦

渐进的历程。

江苏广告业在新时期起步之时，广告经营主体主要是省、市两级的广播、电视、报纸等国营传媒，极少数杂志和户外广告也勉强充当广告业的主角。在计划经济的末期，江苏广告经营单位不足百家，从业人员不满千人。广告主基本以日本、中国香港企业为主，广告表现形式大抵采取"说教式"。

随着改革开放的深入与社会主义市场经济的推进，江苏广告业进入了发展的新时期。

南京街景广告

一是行业协会的成立。1987年12月，江苏省广告协会的成立，标志着江苏广告行业已初步形成。

二是广告人才培养得到了高校专业教育的支撑。南京大学、南京师范大学、南京林业大学、南京财经大学等25所院校相继开设广告学系和专业。

三是广告消费需求不断攀升，为江苏广告业发展提供了机遇。随着中国经济的崛起，广告主不再局限于国际和港澳地区，国内一线品牌产品也开始成为江苏广告业的服务对象。为此，经营广告业务的媒体迅速增长，电视、广播、报纸、杂志、网站，日趋多样化、多层次。

四是广告业法治环境得以逐步营造。1987年10月，江苏省工商局发布了《广告管理条例》。在1994年10月《中华人民共和国广告法》出台后，又配套制订了相应规定，加强了江苏广告业的监管和行业自律。一个以省局广告监测中心为条块的多城市、多层次、多渠道的广告监管队伍和体系已经形成，对广告业在江苏的健康有序发展起到了保障作用。

步入新世纪，江苏省制造业的高速发展，带动全省经济快速增长，从而促使江苏广告业得以迅猛发展。截至2007年，江苏广告业经营单位逾1.16万家，涌现出颇具实力的综合性广告集团——江苏大贺国际广告有限公司（本土广告企业第一家上市公司），从业人员8.75万人。其中，个体、私营广告企业占广告单位总数的83.94%。

近年，江苏广告业经营额跃居全国前五位。"建设广告大省"，是江苏广告业充满自信力的努力目标。

"广告浙军"突起，一度闯入中国广告业的四强，近年浙江广告经营额稳居全国前五位。

回首1979年，浙江省的广告公司只有一家，全省四大媒体仅有6家兼营广告业务。经过不断解放思想、大胆探索创新，浙江广告业渐成规模。1983年全省广告经营单位有130家，到2007年增至10671家，增长81.08倍；广告营业额从1983年的425.8万元增至124.67亿元，增长了2926.84倍。

浙江广告业在新时期30年的发展，具有以下几大特点：

一是国有企事业稳健发展，个私企业迅猛前行。随着广告业的发展，浙江国有广告企事业在单位总数所占比例渐趋缩小，但是平均规模大，以质取胜，2007年经营额占总额的54.21%。个体、私营企业增长强劲，2007年底多达8755家，占总数的82.04%，虽也出现了一些巨无霸式的广告公司，但是平均规模较小。

二是广告公司、报社、电视台等在广告业中占有绝对的主体地位。广告公司、报社、电视台在浙江广告业界鼎足而三，2007年三者经营额合计占广告经营单位经营总额的84.04%。从1979年迄今，三者的单位数量、广告营业额增幅近900倍和近6000倍，罕见的增长幅度见证了广告业在浙江的快速发展。

三是广告新媒体、新样式不时涌现，科技含量不断提高。新时期的浙江广告很快摆脱了呆板单一，荧光屏、霓虹灯、光导纤维、彩色喷绘箱，以至雕塑广告、POP广告、家庭信箱、列车冠名、航空飞行器、气球，小到垃圾筒、门票、购物券、邮政特快信封，广告新媒体、新样式层出不穷。网络广告在浙江已初具规模。

四是日趋健全的法制与监管体系进一步培育规范了广告市场。2001

上海展览中心

释
江
南
丛
书

年，《浙江省广告管理若干规定》的出台，以及《浙江省广告管理条例》在2008年的实施，为净化浙江广告市场撑起一片法制天空。全省各级工商行政管理部门认真履责，引导企业做广告；在放宽广告业准入条件的同时，扶优扶强，制定《加强媒介广告监管若干规定》，加强社会监督机制，有力地维护了广告市场的有序竞争发展。

分众传媒江南春

互联网、手机、IPTV，现代数字化传媒日新月异，广告业也随之不断地攻城掠地，扩大自己的地盘。其间最具传奇性的是分众传媒的崛起，其创建者具有一个诗化的名字——江南春。

分众传媒控股有限公司，创建于2003年5月。创建者江南春，是个早熟的广告人，在读大三时就成立了永怡广告公司，经过七八年的打拼，到1998年永怡已占据了95%以上的上海IT领域广告代理市场。然而，通过广告代理业的历练，江南春深切地感受到：广告代理处于广告业价值链的最下游，利润少、付出多，且竞争激烈、异常脆弱。思想改变命运，江南春瞄准了一个巨大的广告空白市场——商业楼宇液晶电视联播网。

江南春及时将他的创意付诸行动，分众传媒很快成立，并开始跑马圈楼。"圈楼运动"没有受到多大阻力，但当时液晶显示器每台索价8800元，连续5个月的快速发展消耗了分众传媒2000多万元的资金，而受SARS时疫的影响，广告销售却不尽如人意。只有不断加大楼宇电视的覆盖面，才能形成对广告主的强大影响力，而要继续扩大覆盖面，需要大宗资金来支撑这个砸钱的项目。

幸运的是，分众传媒成立之初就获得了软银1000万美元的投资。这使得分众传媒在当年能够撑过创业艰难期，并首战告捷。翌年，鼎晖国际CDH、DFJ、美国高盛公司、欧洲的3i等风险投资公司闻风而来，注资分众传媒。在强大资本的支持下，分众传媒开始席卷全国各大城市。2005年7月，分众传媒成功登陆美国NASDAQ，成为海外上市的中国纯广告传媒的第一股。有了充足的资金，分众传媒合并了中国第二大楼宇视频媒体运营商"聚众传媒"，将广告业务进一步扩张开来，建立大卖场联播网，进军手机广告新领域，收购影院广告公司ACL，购并中国最大的互联网广告或互动营销服务提供商好耶广告网络，分众传媒不断做大做强自己。在取得巨大商业成功的同时，江南春及其分众传媒获得了无数的荣誉。

江南春的传奇还在继续，回顾分众传媒这几年的成功历程，大致可得出以下几点经验：

一是不纠缠于"红海"搏杀，另辟蹊径，开辟出一片"蓝海"市场，分众传媒的成功首先是创意的成功。

二是抢占先机，迅速占领市场份额。分众传媒成立初，即展开快速"圈楼"运动，它首先将业务重点定位于商业楼宇，由于坚决果敢地在第一时间源源不绝地将液晶视频输入商业楼宇，使得后来的仿效者丧失了经营之地的大部。在此基础上，分众传媒又向高尔夫俱乐部、机场、酒店、宾馆、酒吧、KTV、中高档美容院、药店、医院等场所进军，步步为营，稳扎稳打，不断扩大自己的地盘。

三是充分彰显运作成本的竞争优势。随着分众传媒不断扩大楼宇电视的规模，成本优势日益明显。分众传媒将电视广告评估模式导入楼宇电视领域，聘请CTR央视市场调研公司对其楼宇电视进行CPM（千人成本）、GRP（总收视点）、CPRP（收视点成本）计算。2004年ＣＴＲ研究结果显示，分众传媒的CPM成本对于普通受众仅为当地电视台的二分之一以下。随着时间的推移，分众传媒的成本优势愈发明显。

四是借助资本之力龙行天下。充沛的启动资金，以及随着商战成功后续资金的涌入，尤其是公司股票在海外的上市，为分众传媒赢得了强大的资本动力，使其在国内广告业界长袖善舞、游刃有余。

三、长三角会展业的跃进

从单纯地实现展示功能，到走上会展的产业化之路，长三角会展业蹒跚起步，愈行愈远，越走越强。围绕"四化"建设，上海已成为中国最重要的会展中心城市之一。浙江会展业形成了四个层次的地域分工。江苏会展业拉动了当地服务业的发展，促进了经济创收，"以展促商，以商养展"，已不是一句空话。

向会展中心城市迈进

随着1954年兴建第一个专业展馆——上海展览中心（原中苏友好大厦），新上海的会展功能基本定位为：展示新中国的伟大建设成就，兼顾国际友好城市来沪布展之用。上海会展走上产业化之路，起始于20世纪80年代初。

改革开放初期，港台、西欧等国家与地区的展览机构开始登陆上海，一年大约要举办十几个以进口为导向的工业展，对上海会展业起到了相当大的引导示范作用。此外，国外的友好城市陆续到沪举办一些展示活动。同时，国内的各类展销会也在沪举办，另外还举办一些经验交流会。1984年，上海贸促会成立，意味着申城具有了自己独立办展的能力；同年，上海市国际展览有限公司成立，标志着上海会展业的诞生。两年后，上海开始创办有独立自主产权的展会。

这一时期，可称为上海会展业的学艺时期。上海本土的展览公司以国有的为主，它们积极向外取经，上海会展悄然发生了以下变化：一是市场的比重在上海会展业越来越大；二是从境外来沪展示发展到与境外合作办展；三是国际性会议开始在沪上登场，展览公司、展览会的数量都呈递增的趋势。

经过上世纪80年代的探索实践，进入90年代，上海会展业迎来了她的高速发展期。1994年，第一家民营展览公司成立；同年，在上海举办的国际展览会数量从1984年的8个上升到50个。此后，民营展览公司、国际会展机构在沪上迅速崛起，上海的展览会数量逐年迅猛递增，上海会展业的发展趋势呈现出市场化、专业化、国际化、品牌化的"四化"特征。

步入新世纪，民营、外资蜂拥而入上海会展业。2002年浦东新展馆的落成，标志着国际展览龙头企业开始独立涉足中国会展市场。同年，上海会展行业协会成立，促使会展业在上海进入自律发展。亚行年会、ATP大师杯赛、APEC会议等的成功举办，为上海会展业增添了新的机遇。更值得一提的是，2002年上海申博成功，在摆脱2003年"非典"干扰影响后，上海会展业开始进入飞跃式的提升阶段。以2002年上海图书交易会为起点，每年举办的上海书展，分明是"商业＋文化"的盛宴，它日益成为长三角民众的阅读嘉年华，与上海旅游节、上海电影节等一

上海博物馆

起构成沪上主打的文化名片。

毋庸置疑，上海已经成为中国最重要的会展中心城市之一。

一是会展项目规模不断扩大，高层次、国际化的趋势明显。近年在上海举办的会展，不仅是国际展览会呈现出"国际化、品牌化、专业化、市场化"的特征，而且国内展览会也逐步与国际接轨。国际性会议的质量和规模不断提高，逐渐向高层次发展。此外，上海国际服装周、上海国际电影节等上海重要节事活动在趋向主题化的同时，也趋向国际化。

二是会展管理愈趋规范，市场竞争进一步有序。《上海市展览业管理办法》的出台，进一步规范了上海会展业市场。上海会展行业协会逐步建立会展评估的指标体系，2007年起对会展项目进行正式评估，推进会展业

上海书展人头攒动

整体运作管理。

三是会展行业人才队伍建设继续得以强化。自2004年国家教育部批准首批院校（上海师范大学、上海对外贸易学院）开设会展经济与管理本科专业以来，会展专业在上海教育界逐步推开，高等院校主办的会展培训日见火爆，为会展业发展注入了智力资源。上海市会展行业协会率先在行业内启动了对会展人才的认证工作，提高了会展人才的整体水准。

四是世博机遇成为上海会展业的超级助推器，同时惠及周边长三角城市。2010年上海世博会，在极大提升上海大型展馆与城市基础设施的同时，也造就了新一代的会展人才，这不仅加速推动上海会展业与国际

的接轨，对于周边长三角城市会展业也是难得的机遇。2006年底，以上海为核心，苏浙沪皖19个会展城市组建了长三角城市会展联盟。这极有利于长三角的城市和地区参与上海世博会，实现资源共享、合力共赢。

会展产业化与区块分类

浙江是我国大型博览会"西湖博览会"的诞生地。然而，在建国后直至改革开放的很长一段时期内，浙江的会展活动主要为政府所包揽，可说是有会展而无产业。进入20世纪80年代，浙江会展业开始复兴，各类展览纷纷在位于杭州的浙江展览馆举办。该馆是当时浙江仅有的一个专业展览场所，其他小规模会展活动多借地在宾馆饭店举行。

在会展业复兴的最初阶段，浙江不乏可圈可点之处：我国第一家展览业界行业组织"中国展览馆协会"1984年6月在杭州成立。每年举办的春节食品（年货）展销会盛况空前，进场人数在3万以上。在全国较早地出现了专业展。1985年8月15日，农牧渔业部主办的全国首届渔业渔机展览会在浙江展览馆开展。同年11月，又在浙江展览馆举办了第二届国际渔业及加工展览会。1988年举办的首届浙江国际纺织机械展，后来更是成为该省的品牌展会之一。

浙江会展业在新世纪大踏步迈进，首先受益于政府和民间对会展经济的高度重视。在2000年出台的《浙江省建设文化大省纲要（2001—2020年）》中，会展业被明确列为浙江省要"大力培育和发展"的六大"重点文化产业门类"之一。此外，轻工业发达、特色明显的块状经济、旅游资源的开发，以及凝练而又悠长的文脉，为会展业在浙江兴旺发展创造了得天独厚的条件。在

杭州，世界休闲之地

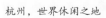

世界休闲大会

这个崭新的时代，浙江城市的综合竞争力和会展竞争力均处于全国较前地位（倪鹏飞主编《中国城市竞争力报告》）。

30年的发展历程，浙江会展业大体形成了4个层次的地域分工：中心城市（杭州、宁波），特色城市（义乌、绍兴、台州），一般城市（温州），以及其他地区。会展市场主要分为以下三大类：一是产业衍生型会展，如宁波服装节、绍兴纺博会、温州鞋机展、杭州女装展等；二是旅游衍生型会展市场，如杭州休博会；三是商品市场衍生型会展市场，如海宁的皮革博览会、绍兴轻博会、台州路桥的塑博会，还有著名的义乌国际小商品博览会。

2008年6月，中共浙江省委通过《浙江省推动文化大发展大繁荣纲要》，在更高的起点上明确了会展业的发展目标。一是构筑以杭州、宁波、温州、湖州、嘉兴、绍兴、台州以及义乌等城市为主干的会展业群体，加快浙江会展业专业化、市场化、国际化进程，努力打造全国重要的会展中心。二是加快建设一批高档次、

西湖狂欢节

多功能的现代化会展场馆。三是重点组织好杭州"西湖博览会"、宁波"浙江投资贸易洽谈会"、义乌"中国国际小商品博览会"等大型展会。

在浙江会展业的发展进程中，义乌无疑书写了当代传奇。一个县级市，以20世纪80年代兴起的小商品市场为依托，乘举办"义博会"之东风，十余年间成为浙江会展业的特色城市。从1995年迄今，"义博会"的发展明显呈现出三个转型阶段。1995—1997年，为起步阶段，主办单位为义乌市人民政府，在当地政府与企业的共同努力下，义博会从无到有，知名度不断攀升，从第二届起展会更名为"中国小商品博览会"。1998—2001年，为提升阶段。会展由浙江省政府主办，义博会由地区性展会提升为全国性展会，国家轻工业局和国家国内贸易局加盟到会展主办方的行列。2002年迄今，为跨越阶段。义博会升格为由国家对外贸易经济合作部（现改为商务部）举办的国家级外向型展会，成为广交会、华交会之后居第三的国家级外向型专业博览会，在国际上享有盛誉。从2006年起，浙江省开始举办义乌文博会，以义乌小商品城为依托，以商贸为中心，突出经贸功能，注重展会实效性。2007年第二届文博会3天时间实现总成交额17.5亿元，比上届增长28.7%，其中外贸交易额占60%。义博会以商兴展，带动了区域经济的整体发展，充分显示了会展产业化对经济的强大推动力。

"最具魅力的会展城市"以展促商

20世纪80年代初，江苏开始恢复对外经贸展览。1984年底在无锡举办的多国玩具展，1985年初举办的多国医疗器械展等，轰动一时。限于缺乏办展经验，1984—1989年，江苏对外经贸展览多为国外机构主办，工程装修也多由香港公司承接。通过积极向外学习，江苏会展业务逐渐成熟起来。90年代中期，在当地政府的推动下，江苏经营展览业务的公司快速增多，南京、昆山、连云港陆续建设了三大国际展览中心，江苏会展业呈现出良好的发展势头。

2001年，随着《江苏省关于对本省举办的大型会展实施知识产权监督管理的意见》的发布，会展业法制化建设进程加速，会展市场环境和秩序得到进一步的优化和规范，江苏会展业蓬勃发展。到2008年，该省展馆面积达90多万平方米，规模面积较大的各类展馆（场）超过30个。在此基础上，江苏会展业贴近大事件，抓住新机遇，创办新展会，创出新精彩。利用会展的平台，全方位展示江苏的新形象；努力培植品牌会展，不断提升城市的品位。

无论是从会展业的发展速度，还是展馆的规模来看，南京、苏州都在江苏省处于领先位置。南京现有建筑面积2000平米以上的各类展馆（场）12个，展览面积6万平米的南京国际展览中心成为大型会展的首选，大型展馆河西展馆正在建设之中。2005年，江苏省举办各类展览300多个，主要集中在南京、苏州两地。当年在江苏召开的国内外各类会议上万个，举办地在南京的就超过一半以上。那年，第十届全国运动会的成功举办使南京获得了全国"优秀会展城市"、"最具魅力的会展城市"的美誉。大量展会的举办，不仅直接带来了会展经济利益，而且

南京秦淮河，风景如画

释江南丛书

对交通运输、旅游、餐饮、宾馆、商业、电信等服务业起到了明显的拉动作用。2005年，会展业拉动南京市经济创收超过100亿元，同比增长22%。

2006年，南京共举办各类会议、展会5400多个，有7个是1000个摊位以上的大型、特大型展（博）览会，其中包括亚洲户外展，这是亚洲地区规模最大的专业性国际户外用品展会。那年，中国社科院《中国城市竞争力报告》将南京会展业综合实力和影响力排名第五，南京会展业由此步入"品牌时代"。之后，南京会展业不仅场次继续攀升，且档次明显提高。长远的发展规划、雄厚的产业基础、广阔的区域市场、丰厚的历史文化，以及日臻规范的管理服务、不断改善的交通条件等，为南京会展业提供了重要的支撑。

苏州在20世纪80年代末开始举办出口商品展销会，90年初起基本上每年举办一次丝绸旅游节。然而，真正具有产业规模的会展经济还是起自2002年举办电子信息博览会。依托区位优势、便捷交通，以及制作产业发达、经济综合发展水平较高、旅游资源丰富等有利条件，苏州会展业近年来快速发展。到2007年，该市展馆的总面积突破60万平方米，2005年建成的苏州国际博览中心展区面积12万平方米，在华东地区仅次于上海新国际展览中心，且是惟一一家具备国际会展业三大行业组织（UFI、IAEE、SISO）成员资格的国内展览场馆。

上海、杭州签约协作

苏州会展业充分利用当地已经形成的电子信息、精密机械、轻工业、食品制药等产业优势，如苏州国际博览中心就把市场开发重点放在工业类展览。2002年中国（苏州）电子信息博览会举办以来，苏州电博会已发展为国内规模最大、层次最高的IT专业展会，由商务部、信息产业部、国台办和江苏省政府共同主办，成为苏州的品牌会展之一。一些国家级乃至世界级的大型展会，陆续将举办地放在了苏州，苏州会展业的地位得到越来越多的认可。

苏州经济的发展成就了会展业，会展业反过来又助推苏州经济的整体提升。"以展促商，以商养展"，会展经济不仅在于自成体系，其意义更在于成为苏州经济腾飞的引擎，从而与长三角会展龙头上海共舞天下。

四、文化产业数字化与数字内容产业

借助信息技术数字化的变革浪潮，文化产业与时俱进，传统媒体很快启动了从模拟到数字化改造的进程。"第四媒体"互联网的兴起，更是为文化产业的发展开辟了新途。数字化变革还新生出崭新的数字内容产业。苏浙沪高度关注文化产业的数字内容，盛大游戏的崛起势有必然。

数字化变革汹涌文化产业

改革开放30年，正是信息技术突飞猛进、日新月异的时代，江南文

数字化浪潮席卷文化界

化产业身处这场全球性的数字化变革浪潮中，勇于接受新潮的挑战，俨然是时代的冲浪者。

所谓"数字化"，是用现代科技手段将各种信息转化成0和1的编码，传到终端用户再还原为本来面目。数字化技术支撑了崭新的电子计算机和网络技术，给人类社会带来了决定性的变革。对于文化产业而言，数字化变革首先是用数字化技术改造传统文化行业。传统媒体，是实现从模拟到数字化改造的急先锋。从数字电影、数字电视、数字广播，到数字出版物、数字杂志，以至于数字图书馆，信息化不仅提升了文化产业的能级，而且还开拓了新型的文化产业领域。

互联网，是顺应数字化变革而起的"第四媒体"。数字网络技术包括有线的互联网，也包括无线通信和移动互联网。互联网的新兴，不仅

阿里巴巴电子商务平台客服中心

成为传统媒体数字化的载体，而且为演艺业、广告业、会展业等文化产业的推广，乃至新型的展现形式开辟了新途。

在对传统文化产业进行数字化的同时，数字化变革新生出与文化密切相关的数字内容产业，比如网络游戏、手机游戏、动漫等。

苏浙沪三地无不高度重视文化产业的数字内容。上海早在2000年就将数字内容产业列入城市信息化发展计划，2007年上海数字内容产业经营收入约为300亿元，占信息服务业经营收入的近20％。信息服务与软件，是2005年杭州确立的重点发展八个服务业之一，近来发展成效显著。浙江省2008年出台的《浙江省推动文化大发展大繁荣纲要》，又提出要建设功能齐全、内容健康的数字文化家园。江苏软件日益成为该省的产业优势，数字内容产业更是作为重点工作列入了江苏省"十一五"规划纲要。

数字化的大潮已然汹涌而至，数字与内容相互关联、相互依存、互为表里、互动发展，既壮大了文化产业的阵营，同时也进一步激化了市场竞争。江南文化产业在与现代信息技术的融合中不断有新的奉献，同时学会应对新的挑战。

盛大游戏的传奇

作为数字时代互动娱乐的新宠，网络游戏在江南的产业化进程中飞速发展。这其中，上海网络游戏的进展最为显著。我国主要的大型游戏运营商过半以上集中在上海。在2006年中国网络游戏运营商市场份额10

强排行榜中，有6家公司总部设在上海。上海在全国网游产业的巨无霸地位无法撼动。

上海网络游戏业正演绎着数字内容产业的神话，这其中盛大游戏有限公司的成长最为传奇。1999年11月，陈天桥筹集到50万元，成立了盛大网络公司，继而推出中国第一个图形化网络虚拟社区游戏"网络归谷"。数月后，盛大注册资金达到100万，又有中华网新注入的300万美元投资。渡过2000年中国互联网的大萧条，2001年6月，盛大取得韩国网络游戏《传奇》的运营权，数月后开始正式进军在线游戏运营市场，11月底开始收取《传奇》游戏费用，第一个月就赢利了。

2002年，盛大网络已成为当时中国拥有最多在线用户数的网络游戏运营商。然而，运营韩国网络游戏不仅要给付巨额的游戏使用费，而且还要忍受韩国游戏开发商与我坐地分成。数度纠纷后，盛大网络断然取消了双方的合作关系。此时，随着网络游戏的火爆，网络游戏代理费大幅上升，各大门户网站纷纷推出自己的网游。盛大网络即时调整经营方向，从网络游戏的代理运营转向为运营拥有自主知识产权的网络游戏。2003年初，盛大筹资4000万美元，将其全部投入研发部门。

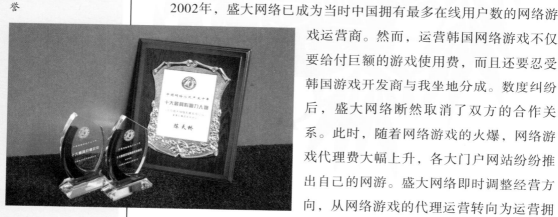

盛大创建者获得诸多荣誉

功夫不负有心人，2003年7月，盛大自主研发的《传奇世界》面世。9月，开始正式商业化运营。2004年2月，原微软中国总裁唐骏成为盛大的新总裁，标志着盛大从纯粹的网络游戏企业转变为具有自主研发能力的互动多媒体娱乐型企业。当年5月，盛大在纳斯达克成功上市。取得资本的强大支撑，盛大开始收购网游研发企业，与各类网站、全球大型娱乐企业合作，打造互动娱乐平台。盛大致力于不断满足用户的娱乐需求，提供在线角色扮演游戏、休闲游戏、棋牌游戏、对战游戏、无线游戏、动漫、文学、音乐等互动娱乐产品，网游用户不断攀升。2008年4月，盛大高层人事又作重大调整，盛大进入可持续发展阶段。

盛大网络公司

　　然而，总体而言，为中国网游业赢得大部分游戏利润的还是海外游戏。在日趋竞争激烈的网游市场中，随着海外网络游戏的大量涌入，以及部分研发公司的被迫退出，中国游戏自主研发的亮点少得可怜。开发具备深厚的中国文化内容的游戏软件，争取更多的本土网民，继而走向世界，震撼互联网游戏界，江南网络游戏业任重而道远。

06

第六章

创意产业的勃兴与延展

第六章　创意产业的勃兴与延展

作为文化产业的一支新生力量，创意产业异军突起，逐渐放大它的社会效应。江南名城先后将其确定为推动产业升级和城市功能转型的"头脑加速器"。随着政策扶持力度的加大，创意产业园区的建立，创意人才的培育提高，创意休闲娱乐功能的展现，创意产业链渐次完善，并日益凸显其巨大作用和潜在效益。创意产业在相关文化领域的纵横驰骋，有更多精彩的奉献。

一、创意产业的提出及其理念创新

什么是"创意产业"？对此，有必要进行追本溯源。同时，需要指出的是，该词的中译名凝结了中国创意，中国学界对创意产业作出了自己的理论贡献。创意产业与文化产业的外延是两个相交的圆，但文化创意产业可归属于文化产业，而创意产业又给文化产业带来了新的驱动力。

创意产业的创造性提出

在文化产业为世界普遍接受并进行有意识实践的数十年后，一个全新的语汇——"创意产业"风生水起，并迅疾风靡寰宇，使步入21世纪的人们——无论是业内抑或是圈外人士，都不禁反复咀嚼这一有味橄榄："创意"、"创意产业"。

对于中国而言，"创意产业"绝然是一舶来品，它译自英语"Creative Industry"或"Creative Ecomy"。尽管作为"创意产业"的两大语素"创意"（Creative）与"产业"均非新造词，亦有学者将德国经济学家熊彼得早于1912年对创意经济的倡导视为"创意产业"的思想滥觞，但"创意"与"产业"的语词结合其本身便是一种文化创意，直到上世纪末的1997年才被明确提出使用。1994年，澳大利亚以建立"创意之国"为目标的文化政策，直接启发了大不列颠。从澳洲考察归来，英国于1997年建立了"创意产业促进组"。同年，英国工党在大选中胜出，布莱尔组建工党政府，随即成立由多个政府部门和产业界代表组成的创意产业工作组（the Creative Industries Task Force）。翌年11月该工作组提交了第一份《创意产业路径文件》（Creative Industries Mapping Document，1998），对创意产业的行业内容作了最初的界定。

"创意产业"一经拈出，即以出乎意料的时速风行天下。"创意产业"这一崭新名词产生于老牌帝国主义国家的大不列颠，充分展示了英国趋新精神与国家实力——人口仅占世界人口的1％，研发经费占全球的5％，创造全球科学著作的8％，被引用数量占到9％，科学家获得70多次诺贝尔奖（仅次于美国，最近10年5次获得诺贝尔医药奖），世界上平均每10种抗生素就有5种出自英国的医药制造业。如此绩效怎能不吸引世界各国的跟风趋同？已融入国际社会的中国也及时吸纳西方文明的最新成果，需要指出的是，"创意产业"这一汉译名词事实上已融入了中国文化的元素，在具体阐述上又融入了本土的智慧。

因为，就字面含义而言，Creative Industry原可有多种译法。事实上，该词在中国确有多种迻译，诸如创意工业、创造性产业，因该业

创意，犹如推开一扇新门窗

源自创造力和智力财产，还有人转称"智力财产产业"（Ip产业，Intellectual Property Industry）。近年又有将"创意产业"与"文化"捆绑，改称"文化及创意产业"或者"文化创意产业"的。尽管如此，"创意产业"一词还是占据了汉语相关理论界的主流地位。"创意"＋"产业"的语词搭配形式，很好地传达了将创意思维进行产业化转换的基本内涵，"创意"的人文意境远胜"创造性"一词，"产业"概念又超越了"工业"的传统分类，二者组合自然更胜一筹。

因此，不仅英国对Creative Industry的倡导是原创性的提出，就是"创意产业"在中国的名实也展现其本身同样是一场创意运动。

中国学界的理论借鉴与突进

汉语理论界在中国实践的基础上，对创意产业的元理论进行了有益的探索。这不仅体现在对"创意产业"内涵的清理，及其发展的社会时代背景的分析，更为重要的是，研究者针对市场利润率不高而提出的长尾理论，为创意产业赢得初创机会进行了理论游说。尤须一提的是，基于中国既有产业的现实，中国理论界提出引信理论与截层理论。此两大理论指明了实现创意产业发展的两大途径。

创意，无处不在

一是创意的产业化。这可说是创意产业的"正途"，也是国际社会通行的运作方式，中国理论界形象地称之为"引信理论"，也就是将创意比作是炸弹的引信，其形态虽然纤小，却是引发创意产业释放巨大能量的前提。

二是产业的创意化，意即在传统产业中融入创意元素，提高创意的贡献率。创意产业渗透进传统产业格局，促成不同行业、不同领域的合作，由此在传统产业中形成一个独立的截层，此所谓"截层理论"。

中国理论界的积极建树为创意产业在中国的落地生根作了极好的铺垫。更为重要的是，"创意产业"的引入为中国方兴未艾的文化产业带来了发展的福音。创意产业从文化产业的高端截层，发挥引信与截层的作用，不断拓展文化产业的运作范围，从而赋予中国的文化产业以全新的动力之源。

创意产业与文化产业的关系

根据1998年英国《创意产业路径文件》的界定，创意产业是"那些从个人的创造力、技能和天分中获取发展动力的企业，以及那些通过对知识产权的开发，可创造潜在财富和就业机会的活动"。那么，这一后起新兴产业与文化产业的关系究竟如何呢？

创意产业与文化产业具有许多相交之处，是显明的事实。首先，从具体覆盖的产业领域来看，两者的领地交叉重复。英国1998年、2001年两次发布的《创意产业路径文件》，将广告、建筑、艺术品与古董市场、工艺品、设计、时尚设计、电影及录像、互动休闲软件、音乐、表演艺术、出版、软件与电脑服务、电视与广播等13个行业收归创意产业的旗下。而所有这些无一不是文化产业开拓多年的"世袭"领地。正是有见于此，有学者向政府建言停用"创意产业"一词，以免混淆概念。

如果创意产业与文化产业真可二而合一，那么倡导"创意产业"又意义何在？两个产业概念的产生间隔四五十年，创意产业的理论首倡者创造性地使用Creative Industry，有意规避cultural这一词素，自有其深意。就字面意义而言，文化产业可直截了当地理解为文化的产业化，而创意产业则是创意的产业化，两者的核心词分别为"文化"与"创意"。虽然创意离不了文化的依托，同时创意通常又是文化产业的核心要素，但文化不能简单地等同于创意，也是不争的事实。

必须强调的是，创意产业与文化产业的两个产业范围属于相交关系。博物馆、档案馆、图书馆等需要政府资助与补助的公共事业，可归属于文化产业，但不在创意产业之列。创意产业除去通常所指的文化及相关产业，还包括同通讯和网络相关的软件、游戏、动漫等内容产业，即便是这两类都可归入广义的文化产业范围，那么与传统产业相关的工业设计、建筑设计等各类设计与策划，就彻底溢出了文化产业的笼罩。更重要的是，创意产业超越文化产业，处于价值链的高端。通过对文化产业的产业链进行分解、重组与结构优化，创意产业为包括文化产业在内的新三大产业注入新的活力。

从文化产业的外延来讲，这里所说的创意产业，实即"文化创意产业"，涉及文化产业与创意产业的交叉部分，主要内容与英国《创意产业路径文件》的界定大体重合。

二、21世纪初江南创意产业的勃兴

创意产业在江南的实践，甚至可以追溯到上世纪末，到2004年方始实现了产业的自觉。国家"十一五"发展战略，明确了对发展文化创意产业的支持与鼓励。在发展创意产业方面，上海明显走在了前列，其他江南名城随之跟进，各自开辟了别有特色的创意产业发展之路。

国家战略与地方规划

2004年，被中国学界视为中国创意产业的元年。"创意中国行动"成果展览在那年第七届北京科博会期间的展示，成为划时代的标志性事件。这不是少数人一时兴起的出位之思，它建立在国内自发形成的一些创意产业数年探索实践的基础之上。2004年在中国登记注册的创意型企业共有385915个，占全部企业总数的11.88％。理论研究者乘势而上，推波助澜，响亮地提出了"从中国制造到中国创造"的口号，发起"创意中国行动"，成立了创意中国产业联盟，创意产业在中国的产业自觉由此实现。

中国创意马达的正式发动，既是企业、高等院校和科研院所协同努力的结果，这其间也跃动着政府助推的身影。"创意中国行动"成果展览

世博钟楼，上海

便是官、产、学、研等多家单位共同发起的。在那年《数码艺术》杂志出版的"创意中国"专刊上，一篇题为《实施创意世纪计划，开展创意中国行动》的文章横空出世，其理论先导意义因作者柳士发身为文化部网络文化处处长而愈显力度十足。

2005年，中国GDP超越英、法、意，成为继美、日、德之后的全球第四经济大国（其中，中国制造业也成为全球第四强）。中国政府适时提出要重视"自主创新能力"，并将"提高自主创新能力、建设创新型国家"作为未来五年的一项国家任务。于是，由国家层面倡导创意产业水到渠成。2006年9月，中共中央办公厅、国务院办公厅印发《国家十一五时期文化发展规划纲要》，对文化创意产业的形态和业态进行了界定，明确支持鼓励"文化创意产业"的发展。"文化创意产业"的提法，意味着中国政府将创意产业放在文化创新的高度进行了整体布局，这表明中国对创意产业的倡导是其原定文化发展战略的进一步演进，同时也正是"文化产业"概念富有兼容性、"创意产业"独具引领性的二美合一的结果。

国家层面对创意产业的倡导是基于地方的探索实践。对创意产业的积极引入与蓄意培植，除了引领文化潮流的中国首善之区——北京之外，在中国大陆便是富庶的江南地区。原有的人文积淀与文化基础是一大诱因，更缘于当地政府的前瞻决策与政策扶持。

这方面，上海凌然超前。2004年，上海创意企业的法人单位数达到64490个，创意企业的从业人员总数为888965人。2004年12月，"2004中国创意产业发展论坛"在上海，论坛主题为"创意经济，领航中国城市发展"。2005年11月，由中共上海市委宣传部和上海市经济委员会指导、上海创意产业中心主办的"首届上海国际创意产业活动周"在沪举办；年末，又由联合国南南合作特设局与上海市创意产业协会共同在上海召开联合国全球创意产业研讨会。同年底，上海已有创意产业集聚区36家，建筑面积50万平方米，30余个国家和地区的1000多家创意设计企业入驻，从业人员上万人。

2005年上海市政府工作报告明确将"创意产业"与会展业、旅游业、文化产业同列，提出"大力发展现代物流、信息服务、专业服务等现代服务业，加快发展会展业、旅游业以及文化产业、创意产业"，推动产业结构优化升级，积极发展循环经济。此外，创意产业还列入了《上海2004—2010年文化发展规划纲要》。更为显著的是，《上海市国民经济和社会发展第十一个五年规划纲要》（沪府发〔2006〕5号）两处出现"创意"一词：一是"建设相对完善的文化产业和文化市场体系，大力促进科技、创意与文化融合发展"；二是"加大开放和创新力度，着力促进文化休闲娱乐业、创意和时尚、印刷包装等产业发展"，进而提出"文化及相关产业增加值占全市生产总值比重达到7%左右"。同时，发展创意产业还被正式列入上海"十一五"文化发展规划。此后，又制定出台了《上海创意产业发展重点指南》、《上海创意产业"十一五"发展规划》等一系列政策措施。

相较之下，苏浙两省国民经济和社会发展的"十一五"规划均未提到"创意产业"，不能不稍显遗憾。但具体到若干文化重镇的城市，情形就不同了。南京市先后于2006年八九月发布《南京市关于加快发展文化创意产业的政策意见》和《南京市文化创意产业"十一五"发展规划纲要》，成立了跨部门、跨行业的创意产业领导机构。在"十一五"发展期间，苏浙两省迅速调整文化发展战略，争先恐后地加入到这场创意狂欢之中。无锡市2006年2月发布《无锡市国民经济和社会发展第十一个五年规划纲要》，明确提出要大力发展创意产业，并以产业集群理念指导设计研发业与动漫产业的集聚化发展，扶持发展具有民族特色的惠山泥人、宜兴紫砂陶艺等传统地方特色创意产业的创新发展，加快拓展出版、时装设计展示等创意产业新领域。2005年杭州出台的《杭州市大文化产业发展规划》，已将创意产业作为该市重点发展的九大门类之一。2007

上海创意景观，吸引游客观赏合影

江南水乡景致

年宁波市出台《关于加快推进宁波市工业设计与创意街区建设的实施意见》等文件，在创意产业政策制定方面走在全省的前列。2008年初，《杭州市委市政府关于打造全国文化创意产业中心的若干意见》出台，在政策导向方面更具带动示范作用。在此基础上，浙江省2008年1号文件明确将"培育壮大工业设计、品牌策划、广告制作等创意产业"作为发展生产性服务业的重要内容。同年6月，浙江省委、省政府出台《浙江省推动文化大发展大繁荣（2008—2012）》，首次提出要"大力推动杭州、宁波、温州等城市发展文化创意产业，培育文化创意园区，支持杭州打造成为全国文化创意产业中心之一，发挥文化创意产业对转变经济发展方式的带动作用。实施品牌战略，打造文化精品，培育知名文化品牌"。

　　江南富庶之地，襟江带海，东西汇流，原本领风气之先，创意产业较早地自发生成。当地政府的扶持，对创意产业进行政策倾斜，从资金、税收、土地等方面加以全面扶持，从而为创意产业在江南的长足发展注入了强大的后劲。

上海创意产业的兴起

上海，是中国创意产业起步最早、同时也是发展最快的地区之一，在江南创意产业领域处于领先的地位。

创意产业园区，上海

较之江南其他城市，上海先行进入创意产业，看似无意偶得的幸遇，其实与这座城市东西交会的历史文化积淀、国际化程度，以及当地经济发展水准有着密切的关联。2003年，上海人均GDP超过5000美元，2007年上海人均GDP达到了8594美元。人均GDP5000美元是创意产业萌芽的基础，而人均GDP越过8500美元的标杆意味着上海市民进入了中等收入的高限，文化消费势必大幅度攀升，这为创意产业带来了利好的消息。回顾近年来上海创意产业的发展轨迹，大致呈现出以下几大特点：

一是搭乘城市转型发展与旧区改造的顺风车。早在20世纪90年代起，随着上海实施产业结构调整和城市功能转换，中心城区在市政府有关产业退二（第二产业）进三（第三产业）的要求下，陆续将传统工业企业向郊区迁移。为开发利用中心城区大批空置的老厂房，从90年代中后

对老厂房进行创意改造

期起，上海开始将一些工业楼宇改造成"都市型工业园区"。既而，上海一些艺术家自发地在卢湾、黄浦、长宁、静安等都市型工业园区集聚起4个文化创意群体。乘此以旧为新的LOFT风潮，纽约"苏荷"（SOHO，SOUTH OF HOUSTON STREET）模式日见成形，一批具有海外背景的创业者特别是海外创意人士加盟进来，都市型工业向创意产业的转变水到渠成。

二是企业、政府、NGO（非政府组织）三家共同催化集聚化效应。在上海创意产业自发成长并占有一定市场的基础上，上海市、区两级政府因势利导、推波助澜，使本地各区的创意产业迅速向集聚化、全覆盖的方向发展。2004年9月16日，杨浦区政府宣布，将在杨树浦路沿线建立3个创意产业的创业基地，总面积超过12万平方米。从2005年4月，上海市举办"首批上海创意产业集聚区授牌仪式暨项目推介会"，18个创意产业集聚区脱颖而出，到2006年11月，政府已先后4次授牌，共形成75家创意产业集聚区。在这过程中，上海积极利用市场"无形之手"，探索了政府引导、市区联动、市场运作、中介服务的全新模式，充分借重ＮＧＯ来加强对创意产业的指导、服务与管理。上海创意产业中心成立于2004年11月，2005年初正式挂牌运行。该民间组织从事对研究分析上海创意人才及企业发展情况的研究，为政府和企业提供决策咨询信息；参与上海创意产业规划及相关政策的制订与落实，协助市、区政府推进上海创意产业的发展和建设；此外，还具备品牌创建、知识产权保护、信息咨询、学术研究、信息发布、人才培训等多种功能。在近几年，网络信息平台、投资咨询平台、展示交易平台、国际交流平台、人才培训平台、知识产权保护平台、研发设计平台等七大平台的建立，进一步促使上海创意产业的整体提升。这其中除投资咨询平台是由上海创意产业投资力有限公司和浩汉工业设计（上海）有限公司共同组建而成外，其余公共服务平台是在上海市委宣传部与市经委直接指导下组建而成的。

三是确定五大创意产业格局，文化创意五分有其二。上海市经委和上海市统计局编制的《上海创意产业发展重点指南》，明确"十一五"

上海创意产业发展重点为五大类：一是研发设计创意，藉以提升上海制造业、服务业的科技含量、品牌价值和智力内涵。二是建筑设计创意，旨在促使本地的建筑设计向建筑工程管理跃进，从国内走向国际。三是文化传媒创意，意在为都市现代化发展搭建国际化的服务平台，同时满足强大的文化消费需求。四是咨询策划创意，为政府、企业、军队、非政府组织和非营利机构等提供从战略研究、规划设计、市场调研，以至会展服务、卫生服务等多方面服务。五是时尚消费创意，使上海时尚消费中心向时尚生产中心和时尚研发中心飞跃。其中，文化传媒创意、时尚消费创意与文化的关联是显然的，它们构成上海文化创意产业的主要内容。当然，这并不意味着其余创意产业便与文化无缘。

四是炫目的年度活动、骄人的发展业绩，美好的发展前景。2004年12月，"2004中国创意产业发展论坛"在上海举办，论坛主题为"创意经济，领航中国城市发展"。此论坛恰逢中国创意产业的元年，俨然是上海助推创意产业的标志性事件。翌年11月，由中共上海市委宣传部和上海市经济委员会指导，上海创意产业中心主办的"首届上海国际创意产业活动周"在沪举办。2006年11月30日—12月6日，"上海国际创意产业活动周"再度在沪上演。此后，"活动周"每年11月在上海举办，内容涵盖博览会、园区展示、节日、学术论坛、主题秀等，业已成为上海推动创意产业化、产业创意化的一个会展和交流的品牌。此外，越来越多的国际性或全国性的创意产业活动也开始垂青上海。比如，2005年末，由联合国南南合作特设局与上海市创意产业协会共同在上海召开的联合国全球创意产业研讨会；再如，由中国文化部、上海市人民政府共同主办的中国国际动漫游戏博览会常年定点在上

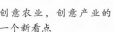

创意农业，创意产业的一个新看点

海举办。除了这些炫目的年度活动，上海创意产业的发展实绩亦可圈可点。2005年底，上海已有创意产业集聚区36家，建筑面积50万平方米，来自30多个国家和地区的1000多家创意设计企业入驻其中，从业人员上万人。截至2007年，经上海政府的4次挂牌，创意产业集聚区数量翻了一番还要多，达到75家。这不仅是场地数量的激增，同时上海创意产业集聚区高附加值产品的产业值也有很大增长。2006年，上海五大类重点创意产业的总产出值达到2291.71亿元。上海创意产业增加值为674.6亿元，同比增长18％，约占全市ＧＤＰ总量的6％，这一比例就是在发达国家的中心城市也是一个领先的业绩。2007年，上海创意产业在ＧＤＰ的比重约占7.5％，更是接近了发达国家的水平。展望上海创意产业的未来，前景更为喜人——预计到2010年，上海创意产业集聚区将在100家以上，建筑面积达200—250万平方米，相关企业入驻在5000家以上，届时上海创意产业总收入会超过3000亿元，增加值将达到1000亿元。上海预计用10年时间，跻身亚洲最具影响力的文化创意产业中心行列。在20年内，成为全球最具影响力的文化创意产业中心之一，是上海的远景目标。近期，上海又新开发出创意旅游与创意农业两大项目，并致力于长三角的和谐创意发展。

苏浙创意产业发展迅猛

苏浙省市锐意推进创意产业在2005年之后，此前零星发展的创意产业未能促成该行业在两省的自觉。在"十一五"期间，苏浙两省在这方面突然发力追赶，既有城市发展的内在需求驱动，其受上海创意产业的影响与辐射也是不言而喻的。总体上，苏浙创意产业发展可说是理念引导在前、实践跟进在后。

杭州、宁波、温州的创意产业，走在了浙江省的前列。2005年，杭州确立8个领域为服务业发展的重点，文化创意占有一席之地，数年来快速健康增长。该市大力推进创意产业的集聚化发展，培育建设了西湖创意谷、之江文化创意园、西湖数字娱乐产业园、运河天地文化创意园、杭州创新创业新天地等十大创意主平台。打造全国文化创意产业中心，是杭州创意产业发展的远景目标。

在此基础上，浙江省委、省政府开始出手大力支持创意产业。2007年，"2007浙江国际文化创意产业高峰论坛暨浙江省文化创意产业实验区授牌仪式"在"休博园"举行，它标志着浙江首个省级文化创意产业实验区（也是目前中国规模最大的文化创意园）落户杭州。2008年初，浙江省委、省政府签发1号文件，明确将创意产业作为发展生产性服务业的重要内容，主要行业圈定为工业设计、品牌策划、广告制作，以及信息服务业等。在具体发展过程中，各大城市依据不同的经济情况与社会基础而各有侧重。比如，杭州重点发展信息服务业、设计服务业、动漫游戏业、现代传媒业、艺术品业、教育培训业、文化会展业、文化休闲旅游业等八大行业。宁波侧重发展工业设计，绍兴的创意产业以纺织

宁波北仑港

温州雁荡山

服装设计为核心。

在政府的大力助推下，浙江的创意产业发展迅速：

一是产业集聚区快速增长。据不完全统计，截至2008年6月，全省共有创意园区18个，集中分布在杭州、宁波等城市，且在实践中突破了由工业遗存改造为创意园区的单一模式，向特色街区、风景名胜拓展。

二是管理体制渐臻完善。杭州、宁波等城市建立了旨在促进创意产业的管理机构。从长远来看，建立省一级的创意产业管理部门势在必行，进而形成省、市、区（县）三级联动的管理体制。

三是公共服务平台基本建成。创意产业基金、投资咨询、信息服务、技术支撑、人才交流、交易展示、知识产权保护等平台先后成立，浙江创意产业中心的建成显然是参照上海创意产业中心的模式。

四是动漫产业发力领跑。杭州的动漫产业已从浙江创意产业中脱颖而出，处于领跑者的位置。杭州年生产能力1500分钟以上的动画制作企业就有10家，能够自主研发、运营的企业更多，相关企业超过了50家。动漫企业与浙江大学、中国美术学院、浙江传媒学院等院校形成"产—学—研—创"的良性互动，为浙江动漫产业的发展提供了智力支撑。目前，杭州的动漫产业已初步形成"加工—研发—制作—运营—周边产业开发"的产业链，并开始从加工国外动漫产品向自主原创转型。

江苏的奋进与展示

释江南丛书

江苏是我国第一个提出建设"文化大省"的省份，2005年"创意产业"概念的引入，又为其"文化强省"战略推进注入了新的动力。

近年来，江苏在发展创意产业上颇有成效。

一是以创意产业园区为抓手，促进产业集聚发展。南京的"1865晨光创意园"，苏州桃花坞文化创意产业园、工业园金鸡湖路171号的"创意泵站"，都是在"退二进三"产业调整中崛起的创意产业园。南京石头城创意产业园，则是以石头城文化和清凉山精英文化为底蕴，借助科教文卫系统的设计创意与数字技术打造而成。

二是注重整体规划与各地创意城市品牌的打造。南京按照"一主三副两组团"的文化产业空间规划布局，建设出江苏省文化创意基地、江苏石揪影视基地、南京高新区动漫产业基地、江苏桠溪影视基地、创意东8区文化产业园等一批文化产业园区，并自我定位为"中国软件名城"。江苏其他名城也依据各自文脉与经济基础，确立了自身特色创意产业的战略思路。比如，无锡——"创意创新名城"，常州——"动漫之都"，扬州——"珠宝之城"，徐州——"中国书画名城"，盐城——"汽车之城"，南通——"中国博物馆之都"。

三是大力扶持创意产业服务平台的建构。2007年2月，江苏文化创意产业的示范和引领基地——坐落在无锡高新技术产业开发区的江苏文化创意产业园正式启动。同时，着力打造公共技术、教育培训、投资融资、综合服务等4个公共服务平台。2009年初，江苏高新区"创意产业技术开发公共服务平台"项目，获得江苏省科技服务平台专项资助1000万元。

四是有意识将创意产业由城市向乡村拓展延伸。江苏省级行政层面认识到大力发展城乡建设领域创意产业，符合江苏省城乡建设的发展方向。城乡建设领域既是创意发展的空间载体，也是创意产业发展的重点领域。换言之，创意产业不局限于城市，乡村也是它的广阔天地。

三、苏浙沪创意活力与空间结构

随着创意产业的勃兴，江南名城的创意活力被进一步点燃与激发。

在借鉴ECI（欧洲创意指数）和HKCI（香港创意指数）的基础上，上海建立的一套城市创意指数，为衡量不同城市的创意活力提供了较为切近的评价基准。而从城市肌理表层来看，创意产业园区的兴起丰富了城市的空间构成，成为江南名城一道道亮丽的新风景。

江南名城的创意活力指数

在发展创意产业方面，上海以其独特的海派文化积淀与现实经济强

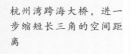

杭州湾跨海大桥，进一步缩短长三角的空间距离

势，抢占先机。苏浙名城继而跟进，大力发展创意产业，以此作为推进城市转型发展、驱动当地经济的主引擎，它们充分利用后发优势，各有建树，江南城市由此新兴了一片创意盎然的文化生机。

据张京成主编的《中国创意产业发展报告（2007）》所附的"中国部分城市创意产业综合排名"显示，上海、杭州、南京、苏州这4个江南城市已进入中国城市创意产业的十五强之列。其中，上海的综合得分

名列第二，与北京共同组成中国创意产业的第一集团；杭州排名第五，南京排名第六，进入中国创意产业第二集团的序列；苏州处于中国创意产业的第三集团，排名为第十二名。

以上城市创意产业排名，依据的是数年前的中国经济普查数据（2004年），主要是影视文化类、电信软件类、工艺时尚类、设计服务类、展演出版类、咨询策划类、休闲娱乐类、科研教育类等八大类的企业数量、就业人数、资产总额以及营业收入等相关数据，对此进行综合评估所得出的结果。

采用上述相关数据与排名方式，同样可以得出创意产业十五强城市的行业排名。《中国创意产业发展报告（2007）》所附的"中国部分城市创意产业行业排名"显示：在江南城市中，上海在相关创意产业的八大类行业都处于领先地位，从而雄踞江南创意产业的榜首。经过区域比较，《中国创意产业发展报告（2007）》给出的创意产业区域发展重点具有较大的参考价值：长三角地区应以影视文化类、电信软件类、工艺时尚类、展演出版类、咨询策划类、休闲娱乐类作为创意产业区域发展的重点。

上述排名虽能约略窥见江南城市在中国创意产业发展大势中的地位，但其采集的数据时间过早（在"十一五"规划之前），评估方式亦可商榷，因此并不能以此为确评。总之，创意产业在江南的发展日新月异，绝不能以凝滞的目光看待变动不居的事物。

对城市创意产业进行排名的做法或许多有诟病，但为了评估和督察不同城市的创意活力，推出一个评价基准却是创意时代的共同需求。面对"创意"这一评估对象，以往通行的GDP、年度经济增长、公共事业开支、外汇储备等指标全都失效，为此创意学先锋学者理查德·佛罗里达原创提出了"3Ts"的分析理论模型，即技术（Technology）、人才（Talent），以及包容（Tolerance）。以"3Ts"理论架构施用于欧洲地区，最终形成了一套"欧洲创意指数"（ECI），主要由欧洲人才指数、欧洲技术指数、欧洲宽容指数等三大类组成，各类又有系列的衡量依据，由此构成对欧洲创意诸国在吸引、保留和发展创意人口的能力的系统评估。在此基础上，香港又提出了香港创意指数（HKCI），创造性地提出了"创意成果／产出＋4种资本（结构／制度资本，人力资本，社会资本，文化资本）"的"5C"模型，旨在衡量香港乃至亚洲城市的创意情况。

鉴于HKCI有一些指数香港特色过浓、难以量化，在积极参考已有的发达国家和地区的创意指数体系，充分结合中国国情和上海特点的基础上，上海2005年建立了一套适合国情的城市创意指数。其内容包括5项与创意效益相关的指标，下设33个分指标。五大指标分别为：产业规模指数、科技研发指数、文化环境指数、人力资源指数、社会环境指数，最终的创意指数则由下列计算公式得出：

创意指数＝产业规模指数×30％＋科技研发指数×20％

＋人力资源指数×15％＋社会环境指数×15％。

尽管到目前为止，上海提出的城市创意指数尚未得到普遍的认同，但是有鉴于上海与江南的地缘与文化亲缘关系，这套城市创意活力的衡量体系对于江南城市而言，应当是提供了一个更为切近的衡量创意活力的指标。以此为基准，不仅有利于江南城市创意产业的横向对照与纵向比较，对于江南创意产业的长远发展更具有积极的指导意义。

上海创意产业集聚区的结构

经过近年万马奔腾般的跃进式发展，一批创意产业集聚区在江南各大城市如雨后春笋层现迭出。这些集聚区的出现，不仅为创意产业的簇群组合发展提供了新天地，而且还成为城市的地标性建筑与新兴的旅游景观。质而言之，这些创意产业集聚区是江南创意的空间表达，是江南创意产业集聚效应的载体与见证者，这其中尤以上海为典型。

经过4批授牌，上海已拥有76个创意产业区，进驻各类创意型企业3000多家，从业人数2.5万人，后续集聚区仍在积极的培育之中。在这些创意产业集聚区中，

田子坊

"田子坊"因建立时间之早，极具开拓示范性，从而成为江南地区深有影响穿透力的创意产业基地。田子坊位于泰康路210弄，这里原是20世纪30年代旧上海里弄工厂群与石库门房屋的典型。在上世纪90年代，随着城市转型发展与产业结构的调整，这些里弄工厂生产难以为继，厂房多年闲置。2000年初，在上海市经委和卢湾区有关部门的推动下，英国女设计师克莱尔对田子坊的6家里弄工厂进行了创意设计，将其改造成为都市工业楼宇。此后，澳大利亚、美国、法国、丹麦、英国、加拿大、新加坡、日本、爱尔兰、马来西亚，中国香港、台湾等18个国家

和地区，以及中国内地的130多家设计型企业入驻其中，源自东西不同文化背景的创意理念在此碰撞交会，不仅如万花筒般地催生出展厅、画家工作室、设计室、画

M50，画展林立

廊、摄影室、演出中心、陶艺馆、时装展示厅等多种样式的创意艺术展示，而且为上海培养了不少设计后备军，从而成为上海首屈一指的"苏荷区"，以及创意设计人才的"孵化基地"。

　　M50（原名"春明工业园区"），位于苏州河以南、澳门路以北、昌化路以东的莫干山路两侧的半岛状区域，原是旧上海民族工业特别是民族纺织工业的集聚区之一。2000年，这片废弃工厂被几个艺术家看中，改作工作室之用，由此吸引创意产业人士在此聚集，在当年的上海美术双年展中一举成名，美国《时代周刊》视此为上海时尚地标，并将其列为"推荐参观之地"。在此基础上，上海纺织产业配合市政府的城市发展规划，进行深度改造开发，M50在2005年成为首批被上海市经委挂牌的上海创意产业集聚区之一。来自15个国家和地区的80多个创意公司入驻其中，主要为：绘画艺术工作室、摄影艺术工作室、建筑设计工

作室，以及从事与艺术业务相关的创意机构、文化艺术公司与艺术教育机构。

正是在这些先锋产业园区的引领与上海市、区两级政府的助推下，创意产业集聚区在上海各区迅速地滋生铺展开来。2005年4月，第一批上海创意产业集聚区共18家，除了上述两家外，另有八号桥、创意仓库、时尚产业园、卓维700、天山软件园、传媒文化园、乐山软件园、虹桥软件园、工业设计园、旅游纪念品产业发展中心、静安现代产业园、周家桥、张江文化科技创意产业基地、设计工厂、同乐坊、昂立设计创意园。

2005年11月，第二批上海创意产业集聚区公布，共17家，包括：海上海、天地园、东纺谷、旅游纪念品设计大厦、通利园、智慧桥、逸飞创意街、2577创意大院、空间188、数码徐汇、合金工厂、德邻公寓、尚建园、风尚之城、车博汇、创意联盟、建筑设计工场、马利印象。

创意园区，是休闲娱乐新去处

2006年5月，第三批上海创意产业集聚区公布，共13家，包括：创邑·河、创邑·源、Jd制造、数娱大厦、西岸创意园、湖丝栈、1933老场坊、绿地阳光园、优族173、上海新十钢红坊、华联创意广场、98创意园、E仓。同年，被认定的还有尚都里。

2006年11月，第四批上海创意产业集聚区公布，共27家，包括：外马路仓库、汇丰、智造局、老四行仓库、新慧谷、中环滨江128、孔雀园、静安创艺空间、时尚品牌会所、原弓艺术仓库、物华园、建桥69、聚为园、创邑·金莎谷、新兴港、彩虹雨、文定生活、长寿苏河、SVA越界、名仕街、梅迪亚1895、3乐空间、南苏河、SOHO丽园、古北鑫桥、第一视觉创意广场、临港国际传媒产业园。

上海创意产业所以能在短期内形成这许多集聚区，主要得力于其在20世纪末起步的都市型工业集聚区。按照"一区一业、一业特强"的理念建立起来的都市工业楼宇，在21世纪初蝶变成为创意产业集聚区，不仅各园区各有特色的功能定位，加强了品牌作用，而且与周边产业群形成紧密协作关系，从产业链的上端提高了城区的能级。

从创意产业集聚区在都市空间的分布情况来看，上海创意产业集聚区主要分布在黄浦江、苏州河两岸，以及浦东的广阔区域。10个中心城区分布了72家创意产业集聚区，占到总数的96%，其中徐汇、虹口、长宁区都超过了10家，郊区4家开发速度和质量相对落后，足见地理位置对于集聚区发展的重要性。但，这并不意味着闹市区就是创意产业集聚区的沃土，黄浦、卢湾、静安区的老厂房存量较少，其可供开发为创意产业集聚区的资源相对稀缺，反倒是次中心地区所辖面积较大、老厂房存量较多，为创意产业贮备了集聚的空间，在新世纪实现了华丽的转身。

杭甬苏宁的特色创意空间

杭州发展创意产业走在了浙江省的前列，该市在2005年就确立了"内容为王"的思路，结合历史文化特色，大力发展创意产业，打造文化休闲品牌。为促进创意产业的集聚，杭州市充分利用现有的高新技术园、动漫产业园、文化企业集聚区以及文化产品研发单位集聚区，规划发展了一批文化创意产业园。

杭州重点培育建设西湖创意谷、之江文化创意园、西湖数字娱乐产业园、运河天地文化创意园、杭州创新创业新天地、创意良渚基地、西溪创意产业园、湘湖文化创意产业园、下沙大学科技园、白马湖生态创意园等10大创意主平台。其中，LOFT49、唐尚433、开元198、A8艺术公社、乐富·智汇园、西湖数字娱乐产业园、杭州国家动画产业基地、湘湖文化创意产业园等8个文化创意产业园区已经比较成熟。

杭州国家动画产业基地

说起杭州的创意产业集聚区，不能不首先提到LOFT49，它实际上是杭州开发最早的创意产业园区。该园区位于杭印路49号，原是杭州化纤厂，该区域保留了大量清末以来的民居和街巷。2002年9月，这片日趋凋敝的老厂区被美国DI（DESIGNIDEAS）中国公司相中，率先入驻，由此吸引创意人士蜂拥而来，数年间聚集了30家创意机构，涉及工业设计、室内装饰设计、广告策划、服装设计、环境艺术设计、商业摄影、雕塑、绘画等多个创意领域。缘此，这块旧厂区得以凤凰浴火般的新生，一变而为LOFT49，成为杭州LOFT文化的发源地，以及杭城创意产业聚集区的"元始天尊"。

西湖数字娱乐产业园、杭州国家动画产业基地，是两处国家级的动漫游戏与动画产业基地。前者位于文一西路75号，以动漫游戏、软件开发为主，2005年6月开园，发展势头良好。翌年8月，成为文化部"国家数字娱乐产业示范基地"。后者位于杭州市滨江区，是国家广电总局正式命名的首批国家动画产业基地之一，主要发展包括动画、漫画、游戏在内的"大动画"产业。2007年上半年国家广电总局推荐播出的11部优秀动画片中，杭州国家动画产业基地出品的就有3部。

国际动漫节,杭州

　　坐落于杭州萧山的休博园内的浙江省文化创意产业实验园区，是目前中国面积最大、配套最为齐全的创意产业集聚区。它由民企宋城集团投资兴建，一期工程占地面积8万平方米，2007年6月挂牌为浙江省文化创意产业实验区，入驻50余家创意企业和一些个人工作室，几乎囊括广告设计、建筑设计、艺术和工艺品、时尚设计、影视传媒、表演艺术和出版等各种创意产业形态。浙江有意以此集聚创意产业资源，并为示范，以引领全省经济发展模式和产业结构实现重大转型。

　　宁波基于城市特色文化，也形成了一批创意产业集聚区。228创意园区、创 e 慧谷、新芝8号，鄞州的128创新园、慈城的天工之城，以及江北的1842外滩创业基地、134创意谷大学科技园创意产业基地、宁波三厂时尚创意街区等一批创意园区已初具规模。此外，宁波市、区两级政府还积极规划加快宁波市大学科技园的建设，在甬江东岸规划工业设计创意街区区块，在宁波大剧院畔建设财富创意港街区，在南部生态区打造融历史、现实与人文为一体的特色文化创意产业，在北部都市区，打造"河姆渡"品牌，做好杭州湾大桥的文章。创意产业集聚区不仅绽放于宁波的老城区，而且在城乡结合部乃至乡村地区也生根发芽，颇有

欣欣向荣之意。

苏州在文化产业进程中，已逐步形成了苏绣文化产业群、苏州国家动画产业基地、胥口书画全国文化（美术）产业示范基地等3个国家级创意产业园区，以及一个省级创意产业基地"沙家浜江南水乡影视产业园"。其中，镇湖已成为全国著名的刺绣品生产基地和销售集散地。随着创意产业集聚化的发展，创意产业园区在苏州不断涌现。比如，苏州工业园区、苏州国际科技园中的创意产业园，位于园区金鸡湖路的创意泵站、坐落在古城桃花坞中心区域的苏州桃花坞工艺美术创意产业园；"X2·创意街区"，位于苏州高新区滨河路1388号，是苏州首个以创意产业为核心的24小时办公、生活圈；苏州本色当代美术馆，位于苏州吴中区郭巷，是一个集文化推广和休闲观光为一体的特色空间。

南京着意以创意产业园区为抓手，促进创意产业的集聚发展。经过2006、2007年这两年的集聚建设，南京已形成42个文化创意产业园区，开列园区的具体名单足可组成一个庞大的矩阵。

这些创意产业园区多是充分利用南京的老厂区、旧厂房，以及文物遗迹加以创意改造，内设多种公共服务平台。这其中，有早于2001年成

上海世博会临近，无限商机，无限创意

形的南京高新动漫，以及先后建于2002、2003、2004年的南京圣划艺术馆、新城科技园、南京长江科技园、南京1912，更多的创意园区建成于2006—2007年间，另有11个创意园区正在建设之中。

南京高新动漫，全称为"国家动画产业基地南京软件园"。该园区位于南京市秦淮区正学路1号，是1999年2月经南京市人民政府批准设立，2001年正式建成。2007年8月，经国家广电总局审核批准，成为"国家动画产业基地"，到2008年有20家动漫企业入驻。2007年底，经南京市政府同意，报江苏省广电局备案，另有两家创意园区成为"国家动画产业基地"，它们是：江苏文化产业园、南京数码动漫创业园。江苏文化产业园，推广名为"紫金山动漫1号"，该园以集聚中小动漫企业为主，内设相关公共服务平台。南京数码动漫创业园，推广名为"南

创意跃动的2010年
上海世博会

京数码动漫"，园内的公共服务平台完善，入驻率达100％。

　　江苏文化产业园、创意东8区、南京石城现代艺术创意园、西祠街区、幕府三○工园等12家创意产业集聚区，2007年8月被确定为南京市文化产业基地。创意东8区，全称为"南京世界之窗创意产业园"，该园区占地60多亩，创意改造南京主城区的旧厂房、旧楼宇、旧设施，2007年9月开园，90家创意机构入驻，在园内结成良好的行业合作、经营互助的关系。同年，该园区荣获"中国创意产业最佳园区奖"，该奖项由中国（北京）国际文化创意产业博览会办公室、中国光华科技基金会主办的"光华龙腾奖—2007中国创意产业年度大奖"活动评出，从而跻身2007年全国10个最佳园区的行列。因为新世纪的文化创意，六朝之都、金陵古城展示出其新潮、动感、魅惑的一面。

07

第七章

文化贸易服务业连接中国和世界

第七章　文化贸易服务业连接中国和世界

伴随着文化产业的发展，文化贸易服务业应运而生。江南各地在文化产品、文化服务流转全国、走向世界的过程中，不断实现和强化其商品价值，促进了江南文化产业链的完形。在这当中，交易博览会、国际文化服务贸易平台等在内的多方位、多层次的文化贸易机制，有效地释放出了文化贸易服务业的活力。

一、"引进来"满足人民需求助推贸易产业

新时期伊始，为了能够尽快地消除江南文化建设与世界文明进程之间的差距，推动江南文化产业的发展，满足人民群众日益增长的文化需求，江南各地纷纷向世界敞开了胸怀，大量地引进了国外优秀文化产品和文化服务。

多样化多元化的发展趋向

凭借独特的地理区位优势，江南，尤其是江南的上海，早在二十世纪二三十年代就成为中国文化贸易服务业发展的重要汇聚点。进入新时期之后，上海这座百年历史文化名城的这一功能逐步得到了恢复和发展。20世纪80年代，世界优秀文化文艺产品和文化服务大量地抢滩上海，其领域、层次趋向多样化，形式、内容趋向多元化。

"洋味"十足的上海大剧院海报

在音乐舞蹈产品和服务领域，世界上一些著名的室内乐团、交响乐团纷纷来沪登台献技，它们包括英国阿尔比恩室内乐团、苏联国家室内乐团、澳大利亚室内乐团等；各国芭蕾舞、现代舞表演团体频频访问上海，新西兰皇家芭蕾舞团、丹麦皇家芭蕾舞团、比利时皇家佛兰德芭蕾舞团、澳大利亚芭蕾舞团、法国巴黎歌剧院芭蕾舞团、英国塞德勒斯·威尔斯皇家芭蕾舞团以及美国杨伯翰大学舞蹈团、西班牙舞蹈团、美国"爱的旋律"轻歌舞团等，给上海人民和江南人民带来了世界音乐舞蹈艺术的冲击。

激情洋溢的卡雷拉斯

在绘画艺术产品和服务领域，各种流派外国画家的绘画展，频频亮相申城，如"法国毕加索绘画展"、"意大利文艺复兴时期艺术展览"、"波士顿博物馆美国名画原作展"等，给上海和江南人民，特别是美术爱好者带来了世界一流文化的美好享受。

在电影产品和服务领域，外国电影回顾展成为这一时期中外文化交流的标志性载体。瑞典、西班牙、意大利、日本、澳大利亚、苏联、联邦德国、加拿大等诸多电影生产大国的流派纷呈的艺术电影和优秀影片，使上海和江南的电影爱好者领略了久违的世界电影浪潮。

江南其他城市，世界优秀文化文艺产品和文化服务的引进也同样呈现出多样化、多元化的趋向。江苏南京就是一个典型的个案，1980年，加拿大举办了《加拿大水彩风景画展》，美国马克-威尔逊魔术团举行了演出；1982年，比利时皇家佛兰德芭蕾舞团举行了演出；1986年，西班牙舞剧院和苏联乌克兰维尔斯基国家舞蹈团举行了演出；1987年，丹麦王国举行了丹麦电影周，美国杨伯翰大学舞蹈团举行了演出，1990年，日本国举办了首届日本科技电影节等。

著名院团世界明星频频亮相

20世纪90年代，江南各地对文化产品和文化服务的引进呈现出了新的特点：范围更加广泛，数量不断递增，质量逐渐提高。世界著名艺术院团、世界级明星的名字，开始频繁出现在江南人民的文化生活中。

马泽尔和纽约爱乐

这个时期的上海，先后迎来了柏林交响乐团、费城交响乐团、阿姆斯特丹管弦乐团、巴伐利亚广播乐团、克利夫兰交响乐团，以及当代最著名的指挥家冯·卡拉扬，世界著名指挥家皮里松与小泽征尔，世界小提琴大师帕尔曼，世界三大男高音歌唱家之一的何塞·卡雷拉斯，被誉为"爱情歌曲大师"的西班牙歌星胡里奥·依格莱西亚斯等。

1996年是一个"大年"。在这一年中，上海迎来了美国指挥家约翰·尼尔森、洛林·马泽尔、南斯拉夫钢琴家伊沃·波戈莱里奇、意大利小提琴家阿卡多和他搭档多年的钢琴家布鲁诺等世界级的指挥家、演奏家和他们所率领的乐团。这些世界著名的大师，为上海人民和江南人民带来了难忘的艺术盛宴。

帕瓦罗蒂、多明戈、卡雷拉斯——申城齐聚世界三大男高音

1998年，被誉为世界"三大歌王"之一的何塞·卡雷拉斯首次来到上海，与上海交响乐团在上海大剧院联合举行上海演唱会，这成了上海人民文化生活的一个热点，人们争相购票，申城再度出现了久违的"一票难求"现象。"歌王"的歌声像磁铁一样深深地吸引住了众多"粉丝"，导致演唱会不得不加演了半个小时，然后在震耳欲聋的掌声中谢幕8次才正式落幕。

20世纪90年代，各国风格各异的画展、摄影展等纷纷抢滩上海。其中包括：荷兰梵高画展、法国巴登——符腾堡30周年展览、德国柯勒惠支版画展、英国吉尔伯特与乔治作品展览、俄罗斯列宾及同时代画家作品展、日本竹内阳一藏画特别展、美国写真——久保田博二摄影展、米罗艺术大展、德国巴伐利亚现代艺术展、当代澳大利亚艺术展、非洲十六国木雕艺术展、现代日本画巨匠作品暨平山郁夫版画展、俄罗斯当代油画展、"外面的世界"美国当代艺术展等。

伴随着这些展览，一大批世界绘画艺术精品亮相申城，其中日本著名实业家、艺术品收藏家竹内阳一藏画展，为上海带来了64件欧洲文艺复兴时期的油画精品。这些精品中不少出自西方美术史上著名巨匠之手，如拉斐尔画派、柯列乔亚派和提香·丁托理托、格列柯、委拉斯贵支、鲁本斯、凡·戴克、伦勃朗等。

这一时期的江苏，欧、美、亚、非、大洋洲等各国文化代表团来访络绎不绝，美术、音乐、舞蹈、杂技、魔术、戏剧、电影等各艺术门类团体纷至沓来，演出、展览、展映等文化交流活动精彩纷呈。仅在南京一城：1991年，荷兰举办了凡高画展；1995年，世界冠军奥斯陆拉丁舞蹈团和朝鲜王在山轻音乐团举行了演出；1996年，德国乌尔姆芭蕾舞团举行了演出；1997年，俄罗斯歌唱家叶莲娜独唱音乐会，美国明星芭蕾舞团举行了演出。这些，都给江南人民留下了深刻的印象，引发了一浪高过一浪的文化热潮。

做大规模创新模式打造品牌

进入新世纪，江南各地对国外文化产品和文化服务的引进，注重于做大规模、创新模式与对文化品牌的打造。

做大规模，即重视文化产品和文化服务引进的集约效应。近些年来，无论是上海、南京、杭州人民，还是江南其他地区的人民，或者是中外游客，都能从上海、南京、杭州或是江南其他城市的舞台感受到这些变化。世界级名团名家经常光临献艺，此起彼伏的芭蕾、歌剧、音乐会、话剧、舞蹈，让观众的欣赏选择性大大提高。一年一度的中国上海国际艺术节、上海之春国际音乐节、上海国际电影节、电视节以及旅游节、服装节等，已形成传统；各种国际性文化交流活动也每年更新，国际性大型活动更是让城市散发着浓郁的艺术气息，在国内外产生了广泛影响。

2006年，在文化部的直接关心领导下，江苏南京承办了首届"阿拉伯艺术节南京分会场"活动。它与北京的主会场南北呼应，主要活动包括4场艺术表演、1个阿拉伯艺术展览场南京投资环境推介会等。阿盟官员及近20个阿拉伯国家的文化大臣、皇族成员、记者团、艺术表演团291人参加了活动。

　　阿拉伯艺术节南京分会场活动的成功举办，既让江苏人民亲眼目睹了阿拉伯文化艺术的风采，也让来访的阿拉伯客人直观领略了江苏以及江南的风姿，增进了江苏人民、江南人民与阿拉伯国家人民的友谊，为拓展江苏南京与阿拉伯国家的经济、文化艺术交流，为文化产业的发展奠定了良好的基础。

　　在浙江，经浙江省政府批准并作为出资人成立的浙江省国有独资大型文化企业——浙江新远文化产业集团有限公司，2007年在杭州挂牌成立。该文化产业集团涵盖了电影院线、剧院管理经营、音像出版、舞美演艺、文化交流与合作等多个领域。由省文化厅直属的浙江文化大厦有限公司、浙江省电影有限公司、浙江文艺音像出版社、浙江省演出公司、胜利剧院、杭州剧院、杭州电影拍摄基地、浙江省文化实业发展中心等14家企事业单位的国有资产，和杭州西湖文化广场中由省文化厅管理的经营性国有资产归并整合组建。它是一个剧院联盟，主要负责共同承接演出项目。该文化产业集团一成立，立即在引进世界文化产品方面落下大手笔。他们耗资数百万与杭州剧院联手，引进了美国迪斯尼的《米奇明星魔幻秀》，开始进军演出市场。

创新模式，即改变过去对文化产品和文化服务单纯引进的模式，而创造出新的模式。近些年来，上海引进文化产品和文化服务已经形成与国外艺术家合作创排文化产品的模式。一个突出的例子，是2005年由上海文广影视集团演艺中心、上海歌舞团、上海城市舞蹈有限公司与悉尼舞蹈团共同打造的大型舞剧《花木兰》。

迷倒观众的《妈妈咪呀》

我国北朝民歌《木兰辞》可谓家喻户晓，它说的是一位凝聚了忠、孝、智、勇等中华民族优秀传统美德的女子代父从军的故事。大型舞剧《花木兰》将这个故事搬上了舞台。更具戏剧性的是，如此脍炙人口的中国民间故事却由一位来自澳大利亚艺术家——被誉为澳大利亚国宝级艺术家、世界著名编舞大师的悉尼舞蹈团艺术总监格雷厄姆·墨菲（Graeme Murphy）创作、构想和编织。

墨菲以其独到的眼光和杰出的编舞成就，一直是令国际舞坛瞩目的焦点。以《莎乐美》等一批著名舞蹈作品闻名于世的墨菲，为澳大利亚芭蕾舞团编导的新版《天鹅湖》在伦敦上演引起轰动和好评，为国际舞蹈界、评论界和演艺界所称赞。

作为把建设国际文化交流大都市列为自己奋斗目标的上海，一直在寻求着与这样一位天才大师的合作机会。于是，在2005年元旦，应上海城市舞蹈有限公司之邀，墨菲一行来到上海，与上海文广影视集团演艺中心、上海歌舞团和上海城市舞蹈有限公司商谈合作事宜。对于中国传统文化和中国舞蹈向往已久的墨菲欣然接受了担任舞剧《花木兰》编导及艺术总监的邀请。舞剧《花木兰》是世界著名编导与中国舞蹈团体的第一次原创剧目合作，是中国舞蹈团体与国外著名舞团的第一次全面合作，是中国舞蹈界的一次历史性的国际合作。通过这样的合作，上海的文化界拓宽了眼界，以全球视野建立人才资源库和内容资源的利用渠道，大大拓展了上海乃至江南文化产品和文化服务的市场范围。

江南各地在做大引进国外优秀节目规模的进程中，不但注重选择观众喜闻乐见的品牌，自身也在打造专业品牌。其中，上海大剧院连续引进多部音乐剧，从2002年的《悲惨世界》，到2003年的《猫》，2004年的《音乐之声》，2005年的《剧院魅影》，2006年的《狮子王》，2007年的《妈妈咪呀》，2008年的《发胶星梦》，2009年的《I Love You》、《歌舞青春》等，在填补中国表演品种空白的同时，积累丰富经验，尝试解决音乐剧在上海、在江南、在中国发展过程中的观众认同、市场品牌、运营团队、商业模式和产业平台问题，在国内初步形成了音乐剧运营品牌。

2001年，上海大剧院与麦金托什有限公司正式签署了《悲惨世界》的引进合同，该剧于2002年7月在上海大剧院首演，连演21场。

首演结束，上海大剧院出现了少有的全场起立鼓掌的景象。第二天，媒体纷纷出现对《悲惨世界》的赞美之声。观众和媒体的肯定成为最有力的宣传。之后，票房行情开始飞涨，在短短一个多星期内，21场戏票就被抢购一空。最后一场，500元一张的戏票在"黄牛"手中居然被炒卖到了2000元。

2002年，上海大剧院与英国真正好公司签署了一揽子协议，先是2003年引进《猫》，连演了53场；然后是在2004年引进了《剧院魅影》，计划连演97场，实际成功演出了100场。在《猫》与《剧院

《悲惨世界》演绎着人间悲欢

《狮子王》：吸引着每一个心怀梦想与爱的观众

魅影》的空档期间，上海大剧院还与美国亚洲百老汇公司合作，在2004年推出了家喻户晓的百老汇音乐剧《音乐之声》，连演35场，票房接近100％。

《剧院魅影》是上海大剧院开幕以来承接的最大型演出——5000万的成本，23个集装箱的道具设备，连续三个月的100场演出。为此，《剧院魅影》成了当年在江南、在中国公演时间最长、场次最多的外国经典音乐剧，创下了中国当代演艺史上的多项"第一"。

上海大剧院的成功运作产生了积极的影响。除了一直与上海大剧院保持密切合作的卡麦隆·麦金托什公司和真正好集团公司之外，许多欧美音乐剧制作公司主动找上门来，希望寻求合作。

经过上海大剧院的多方考察，迪士尼公司1997年推出的音乐剧《狮子王》成为又一部引进对象。经过艰苦的谈判，上海大剧院将迪士尼开出的总价码从近1亿元人民币"砍"到6000万元左右，大大降低了演出成本。同时，通过谈判还"篡改"了以对知识产权苛刻著称的迪士尼公司一贯使用的演出合同文本样式，废除了大量的"霸王条款"和"不平等条约"。

在强大的宣传攻势下，《狮子王》的票务销售情况异常火爆，首演前出票量就超过了4.8万张，出票金额超过2000万元。到101场演出全部结束时，票房总收入达到了7200万元。

这样一来，银行贷款和社会赞助总共5000万元，加上票房收入，上海大剧院在先行支付了迪士尼6000万元后，有了盈余。同时，以零成本撬动6000万，成功推出《狮子王》，这样的资本运作在上海、在江南、在中国的演出市场上也是"前无古人"的。

二、"走出去"创造和谐环境提振民族信心

江南各地在引进世界优秀文化产品和文化服务的同时，高度重视江南文化产品和文化服务的出口，制定了文化"走出去"战略，在不断推进文化贸易服务业发展，扩大江南文化、中华文化世界影响力过程中，为改革开放和现代化建设创造良好国际环境，增强民众自信心和社会凝聚力。

民族特色产品成功担当文化特使

杂技、民族戏剧、民族舞、民乐等具有民族特色的文化艺术产品，以其绚丽多姿而古朴大方的东方艺术特色，在世界艺坛上独树一帜。江南文化产品和文化服务"走出去"，是从杂技开始的。并且，代表中国走出国门的第一、第二个杂技团，分别来自上海和江苏。

1980年，上海杂技团应美国哥伦比亚艺术家管理公司的邀请赴美作商业性演出。这可是一件新鲜事。在计划经济年代里，文化对外交流也同经济一样，被纳入严格的计划之中，仅限于政府间的礼尚往来。现在，上海杂技团作为新中国第一个商业性演出团赴美公演，揭开了民间、商业性对外演出的帷幕。

第一次走上美国土地演出的上海杂技团，以精湛的技艺很快征服了美国的观众。他们在华盛顿、纽约、费城、洛杉矶等7个大城市演出了54场，不仅把中国的文化产品和文化服务播撒到美国，而且取得了当时让人吃惊的经济效益，挣回了20多万美元。

杂技，文化使者

在华盛顿肯尼迪表演艺术中心，时任美国总统的卡特携全家观看了中国杂技表演；演出结束时，到后台看望了全体演员，称赞精彩的杂技表演，使他"这些天来的烦恼一扫而光了"。

半年后，上海杂技团赴日本商业性演出，在日本也掀起了"中国杂技热"。上海杂技团又挣回了80万美元。

20世纪80年代后期，上海杂技团多次赴日本、美国、新加坡、意大利、加拿大、德意志联邦共和国、澳大利亚等国演出，成为上海各艺术

团体出国演出最多的一个。仅是1988年，就有9批173人次到新加坡、美国和日本演出。

1980年，江苏省南京市杂技团应邀赴澳大利亚进行商业性演出，这是新中国第二个"走出去"的民间、商业性演出团体。南京市杂技团在澳大利亚6个城市57天中演出了47场，观众达7万多人，20多个国家的驻澳大使和夫人观看了首场演出，创汇8.56万澳元。自此，南京市杂技团出国商演逐渐增多，足迹遍及东亚、西亚、欧洲、大洋洲和美洲。1986年和1989年，南京市杂技团的《手技》和《顶碗》分别荣获第九届和第十一届"世界明日杂技马戏大赛"最高奖"法兰西总统奖"。

民族戏剧、民族舞、民乐等文化产品也是从这个时期被推向世界的。1986年，上海京剧院首开上海戏剧艺术团赴海外商业演出的先河，之后上海各主要戏剧院团，包括昆剧团、越剧团等，纷纷组成由各路名角加盟的豪华团队，集中复排传统名剧，包括昆剧《血手记》、《百花赠剑》、《问巫》、《下山》、《活捉》、《白骨夫人》、《挡马》，越剧《梁山伯与祝英台》、《红楼梦》、《追鱼》、《碧玉簪》、《西园记》等，远赴欧美演出。

继上海京剧院之后，上海歌剧院舞剧团1986年赴法国演出《凤鸣岐山》，引起了法国民众的极大兴趣，当地媒体称赞此剧的表演艺术是"力量与美结合的东方维纳斯的化身"，"使人几乎不知自己是在天上还是在人间"。

1987年，上海民乐乐团赴德意志联邦共和国、奥地利、荷兰、比利时和新加坡演出，观众和听众如痴如醉，每场演出均欲罢不能。

在江苏，1986年，南京市京剧团赴澳大利亚在14个城市进行了巡回演出。1989年，南京市歌舞团民乐队（南京民族

红楼剧团1989年走红泰国

浙江歌舞剧院

乐团的前身）受文化部的委派赴罗马尼亚、保加利亚、捷克斯洛伐克、瑞典和苏联等5国25个城市访问演出了33场，观众达3万人次。

在浙江，积极整合各种文化资源，精心安排了一批传统戏曲、器乐表演、民间杂技、中国武术、舞龙舞狮等民俗表演项目，雕刻、泥塑、陶瓷、剪纸、灯彩等民间工艺项目"走出去"，使民俗文化成为对外文化交流的主打力量。据统计，民俗表演项目和民间工艺项目占浙江文化"走出去"项目的90％以上。一批体现浙江特色的交流项目，如小百花越剧的精品越剧、浙江歌舞剧院的"江南丝竹"、景宁畲族的"畲家歌舞"以及长兴百叶龙、永康九狮图、舟山渔民画、嘉兴农民画等文化交流精品项目逐渐树立了品牌。

"造船出海"与"借船出海"

20世纪90年代以后，江南各地一方面推出了一批文化产品和文化服务"造船出海"，另一方面充分利用与国际资本及演出机构合作的战略平台"借船出海"，使之体现出中国神韵、中国风采和中国气派。

中法文化年巴黎上海周开幕，"玫瑰婚典"唱主角

上海在文化产品和文化服务出口新载体的探索和运用方面是颇有特色的。开始是举办"为中国喝彩"大型音乐歌舞系列晚会。这是上海东

方电视台和中央电视台联手打造，由一流艺术家同台献艺的大型音乐歌舞系列晚会。由于节目汇聚了歌舞、杂技、器乐等各个艺术门类的精品之作，因此自1997年到2002年，从美国好莱坞碗形剧场，到俄罗斯克里姆林宫、英国伦敦千僖宫、希腊雅典哈罗德古剧场和南非约翰内斯堡曼德拉国家剧院，晚会所到之处，均掀起了中国热。

在这基础上，上海创造性地运用了现代高新技术，在世界各地举办卫星双向传送的大型文艺演出。其中2000年2月，由上海大剧院、上海卫视、上海电视台、中央电视台国际频道合作主办的"上海—悉尼，2000年的跨越"大型文艺晚会，在上海大剧院、悉尼歌剧院经典上演。通过通讯卫星传送，两地大剧院的屏幕实现同步转播。两地的现场观众，可以同时看到两地的演出，演奏员、歌手和指挥则通过屏幕，实现了协同演出，创造了全新的演出形式，在上海和悉尼引起了巨大的轰动。

之后，上海还通过各类"文化周"活动，将单一的举办大型音乐歌舞系列晚会，转向集演出、展示、交流等活动为一体的综合文化交流，先后成功举办了2004年中国文化年巴黎"上海周"，2005年阿拉木图"上海文化周"和爱知世博会中国馆"上海周"，2007年圣彼得堡"中国年—上海周"，向世界展示了中国文化底蕴、江南文化和上海文化的魅力。

浙江在文化产品和文化服务出口新载体的探索和运用方面是多层次的。浙江重视在国外和港澳台地区举办"文化周"活动，先后举办了"感受浙江—法国·中国浙江文化周"、"美国·中国浙江文化周"、"德国·中国浙江文化周"、"俄罗斯·中国浙江周"、"澳大利亚·中国浙江文化周"、"台湾·浙江文化节"、"香港·浙江文化周"等活动，向欧美国家以及港澳台地区展示了一个真实、开放、进步的中国浙江。

浙江充分运用国际文化艺术节、大型文化赛事等文化平台，实施了一批具有国际影响力的大型文化交流项目，组织输出了一批具有中国传统和浙江特色的文化产品，使这些文化平台成为其对外文化交流的基础性平台。

从2002年起，浙江先后组织了绍兴小百花越剧团、金华婺剧团、浙江歌舞剧院、浙江省博物馆等文化团体参加了"新西兰奥克兰灯会"、"法国孔福朗世界音乐舞蹈节"、"法国波黑沃国际乐队艺术节"、"法国第四届国际马戏节"、"韩国江陵国际观光民俗节"、"以色列国际艺术和工艺博览会"等国际性文化艺术节，展示了浙江、江南乃至中国的良好形象；浙江曲艺杂技总团参加了"瑞典斯德哥尔摩第23届世界魔术大会"、"意大利罗马第21届金色马戏节"、"法国巴黎第26届明日之星国际杂技节"等魔术杂技国际赛事，在世界顶级大赛中屡屡获奖，为浙江、为中国赢得了荣誉。

江苏在文化产品和文化服务出口新载体的探索和运用方面同样是富有特色的。他们精心打造了一批具有中国风格、民族精神、江苏气派的对外文化交流剧（节）目，培养了一批具有国际市场竞争力的外向型艺术骨干团队。

2001年，南京市杂技团参加了第25届摩纳哥蒙特卡罗国际马戏节比赛和瑞典"公主杯"国际杂技比赛。杂技《群钗嬉春－抖空竹》分别荣获第25届摩纳哥蒙特卡罗国际马戏节比赛"金小丑"特别奖和瑞典"公主杯"国际杂技比赛银奖。

2006年，以南京市歌舞团、杂技团、民族乐团为班底的江苏文化代表团赴朝鲜参加了"四月之春"艺术节演出，荣获了13个金奖、2个银奖。

2007年，南京小红花艺术团和市属艺术院团组成的南京艺术团，先后作为文化部"春节品牌活动"赴南非等非洲三国和荷兰等欧洲三国进行演出。南京艺术团作为"中非合作论坛北京峰会"后首个出访南部非洲国家的中国艺术团，受到了当地政府和当地华人的热烈欢迎，当地主流媒体对"小红花"的演出进行了全方位的宣传报道，演出场次比原计划大幅增加。

南京市杂技团携大型杂技主题晚会《梦之旅》赴南美9个国家商业演出，杂技《小马倌－绳技》随上海市文化广播局赴俄罗斯参加"上海

绍兴小百花越剧团《狸猫换太子》

荷兰女王亲自到场观看首演

周"系列演出，该团仅2007年国外商业性演出收入就达175万元。

南京市话剧团的《我的第一次》2007年在日本东京的爱丽斯剧院上演，这是市话剧团第一次出国演出。日本中央大学文学部教授饭冢容先生这样评价：你们的演出让我们进一步了解了当代中国青年的情感与生活追求，也让我们进一步了解了南京。

江苏在"造船出海"的同时，实施"借船出海"，充分利用与国际资本及演出机构合作的战略平台，借助他们的渠道把中华文化和文化产品推广到世界各国，开拓海外市场。

江苏省演艺集团有限公司与荷兰国家巡演歌剧院合作的歌剧《紫禁城的故事》，2008年11月在新落成的荷兰国家歌剧院首演。荷兰女王贝娅特丽克丝亲临现场，各界政要、贵宾盛装出席盛大的开幕演出，场内座无虚席，荷兰电视台全程直播。

演出呈现出极高的艺术水准，所有媒体报道都给予中国演员高度评价。首演结束后，荷兰女王亲自接见了中方演职人员，就集团公司演员的出色表演、两国剧院间的通力合作给予了极高的评价。这部由中国人组成主演班底并参与制作的歌剧在欧洲成功上演，在中国歌剧发展史乃至世界歌剧发展史上均属罕见，为中国歌剧国际化之路谱写了全新的篇章。

以精品优品打进国际市场

江南各地在实施文化"走出去"战略中，高度重视以高质量的文化产品和文化服务打进国际文化市场。其中，上海通过实施精品、优品、新品"三品"工程，取得良好效应。

奥地利维也纳的金色大厅，是各国音乐家向往的演出舞台，是世界最高艺术殿堂。1998年新春，上海交响乐团音乐总监，首席指挥陈燮阳和中央民族乐团合作的"虎年春节中国新春音乐会"首次登上金色大厅舞台。三年后的2001年，上海民族乐团也登上了金色大厅舞台，并在一年后再度登台。

这些音乐会在音乐之都形成了中国文化的轰动。欢快活跃的《喜悦》，情绵意长的《阳关三叠》，表现合奏技巧的《闹花灯》，充满地域风情的《姑苏行》，均得到了欧洲观众、听众的强烈认同。著名指挥家彼德·古特在观看"蛇年春节——中国民族音乐会"后对记者说："这台音乐会非常棒，乐团非常优秀，它真正体现了中国音乐"。

2007年10月，上海交响乐团首次进入金色大厅，在"2007维也纳中国交响音乐会"上，源自西方的交响乐与中国古典京剧珠联璧合，完美献演。京剧表演艺术家关栋天扮演的中国"皇帝"和史依弘扮演的"贵妃"，艳惊金色大厅。

登上金色大厅演出舞台的不仅有上海的艺术院团，还有江苏南京的艺术院团。

2004年1月，以南京民族乐团为班底，荟萃江苏民乐演奏界精英的文艺团队，在维也纳金色大厅成功举办了《金陵寻梦—猴年春节中国民族音乐会》，成为江苏首次进入世界最高艺术殿堂举办新年音乐会的艺术团体，并创下了金色大厅演出的多个"第一"纪录：

第一个代表中国进入金色大厅演奏新年音乐会的地方城市；第一次售完1700张大厅和包厢票、300张站票，而且80%都是外国人；第一次演奏完四首备用曲目；第一次被卢永华大使夫妇、张炎大使夫妇"双大使"联合隆重宴请的艺术院团。为江苏民乐走向世界、提升南京城市文化形象增添了绚丽的一笔。

维也纳市市长兼维也纳州州长豪伊普尔说，中国艺术家的精彩演出为富有悠远博大音乐文化传统的奥中两国之间构建了一座异常美妙的音乐桥梁。

江苏高度重视打造文化产品精品，取得了显著的成效。在2009年3月举行的第46届法国戛纳电视

精彩纷呈的"2007维也纳中国交响音乐会"

节上，由紫光软件集团（无锡）有限公司等单位制作的首部52集国产高端动画片《西游记》受到了追捧，最后以单集10万美元的购价，刷新了亚洲动画片海外发行价格的纪录。

浙江全方位地推进高质量的文化产品和文化服务出口。在文化产品出口方面，浙江影视制作机构和动漫企业积极开拓海外市场，积极参与上海电视节、四川电视节国际电视节目交流会、北京国际电视节目周、香港国际影视展等国际性影视节目会展活动，以及在法国、意大利、日本、香港等地举行的主流动漫节展活动，向海外影视机构和观众推介了一大批优秀的影视、动漫产品。通过音像版权、播放权出让和合作拍片等形式，《绍兴师爷》、《新九品芝麻官》、《中

《笑傲江湖》笑傲世界

国母亲》、《侠影仙踪》、《侠骨丹心》、《天亮以后不分手》、《苹果的滋味》、《决不放过你》和《天若有情》等1400多部集电视剧，《天眼小神童》、《济公》、《嘟嘟宝》、《白蛇》和《树》等676集、6070分钟的动画产品被海外市场收购，在全国居于领先水平。

在文化服务出口方面，浙江广电集团海外中心与中国国际广播电台、美国洛城双语电台、加拿大华侨之声电台、日本栃木放送电台、澳大利亚国家电台等境内外新闻媒体建立了良好的合作关系，每月固定向海外播出广播自办节目550分钟，内容涉及浙江新闻实事、民俗风情、经贸旅游等。

浙江电视台国际频道开设了《今日播报》、《浙江制造》、《浙江

告诉你》、《故乡》、《逍遥游》、《太湖神韵》等栏目，通过"长城平台"每天固定向海外首播8小时，每月播出时间共计1640分钟。目前该频道实现了在法国的有效落地，并将覆盖英国、德国、意大利、美国等国家以及东南亚和港澳台地区。

在文艺商业性展演方面，浙江民族乐团主动与市场接轨，与北京吴氏文化策划公司合作策划了"中国新春民族音乐会"商业演出活动，先后赴瑞士、德国、荷兰、奥地利、埃及、丹麦、瑞典、芬兰和俄罗斯等9国巡回演出23场，引起了所到国家主流社会和媒体的高度重视；浙江曲艺杂技总团组织了《扛人蹬伞》、《杭州故事》、《喜缀》、《天堂风情》等节目，先后赴瑞士、美国、俄罗斯、瑞典、英国、白俄罗斯等国演出400余场，观众约70余万人次，获得了很高的社会评价和较好的商业收益。

民营经济"走出去"崭露头角

2009年7月，从英吉利海峡传来了这样一条消息：浙江温州商人叶茂西旗下的西京集团有限公司全资收购了英国本土的一家名为PROPELLER（译为螺旋桨）的卫星电视台。这家位于英国约克郡的电视台，不仅是欧洲第一个百分百播放全新原创节目的卫星数字电视频道，还荣膺了2008年"全欧洲最佳卫视电影频道"奖。

文化，搭起了一座座
《鹊桥》

2009年年初，温家宝总理访英，叶茂西随中国经贸代表团出访英国。访问期间，叶茂西了解到金融危机使英国PROPELLER电视台无法继续获得政府资助，急需引进战略投资人，叶茂西立即与这家电视台达成初步收购意向。随后几个月，他数次赴英国考察，并组织多次专家论证会和调研，分析收购风险与日后运营模式等多项问题，最终下了收购的决心。

其实，对于在投资领域善于长袖善舞的温州商人而言，这样的收购并非孤例。

早在2006年，温州商人王伟胜便已成功买下了阿联酋一家国有电视台，将其更名为亚洲商务卫视后，于2006年8月通过尼罗河卫星向中东、北非和南欧地区播送节目。这是中国人在海外收购的第一家卫星电视台，而专门为在中东地区的贸易商们制作商务卫视节目，同样是一个全新的创举。

此外，由林精平、唐晓华、蔡新土等旅法温州籍华人共同筹办的欧洲华语广播电台，已经获得了法国最高视听委员会的开办批准，计划于2010年春节前正式开播。

西京集团已经对英国PROPELLER电视台的发展前景达成共识，将对其发展规划作大幅度调整，电视台将有专门介绍中国和温州的栏目，一些栏目将用中文播放，以让当地人对中国有更多的了解，让在欧洲的中国人第一时间了解祖国的情况。为此，叶茂西和他的西京集团正在物色具有海外留学背景和电视媒体经验的优秀人才。

让世界了解中国，这已经成为中国人收购海外电视台之后的共同选择。王伟胜收购的亚洲商务卫视，主要由富含中国元素的文化、艺术、影视节目，与中国投资环境、商品、旅游目的地的推介片组成，两者比重各占一半。

收购海外电视台，这是中国文化产业"走出去"的一个重要途径。通过民营资本和企业运作的方式，带动中国文化"走出去"，不仅扩大了文化产品的出口贸易，同时还会带动相关产业产品和服务的出口与发展，搭建国际化的营销网络和平台，实现经济效益和社会效益的双丰收。

三、讲合作江南联动服务全国

江南，以其独特的地理区位优势，文化产业的区域发展优势，不仅是世界关注的地方，也是全国瞩目的地方。所以，江南各地在"引进来"、"走出去"，进军世界文化市场的同时，重视打好"江南牌"和"中华牌"，不仅注重本地区之间合作交流，而且注重与国内各地的合作交流，以拓展文化贸易服务业发展领域，振兴中国文化产业。

江南的产业协作

进入新世纪以来，苏浙沪等江南三地密切在文化产业方面的合作，取得了初步成果。

　　顺应长三角经济一体化态势，把江南文化产业纳入长三角经济一体化格局，建立统一开放的区域文化市场体系，无疑是三地合作成果的重要方面。2004年8月，苏浙沪等江南三地文化厅局长首次联席会议在上海召开。这次会议，签署了《关于加强长三角文化合作的协议》。这是继2003年10月首届"长三角文化合作与发展论坛"成功举办后，长三角地区的又一次重要会议，标志着三地间的文化合作迈出了实质性步伐。在此期间，江苏、浙江和上海在杭州共同签署了《江浙沪文化市场合作与发展意向书》、《长三角区域演出市场合作与发展实施意见》，分别在加强文化市场协调领导的联席会议制度的建立、市场的网络化管理、审批稽查的信息共享和演出市场的一体化经营、政策互惠等方面达成共识。

　　上海除了积极支持总部设在杭州的全国音像制品连锁经营企业——浙江华人传媒发展有限公司和浙江杭州的永生音像制品有限公司赴沪从事音像制品经营，进一步优化上海音像市场结构外，还积极组织演出经营单位参加苏浙沪毗邻地区演出洽谈会。

　　2004年4月，浙江省曲艺杂技总团、江苏省演艺集团和上海马戏有

舞剧《杨贵妃》：传承与创新

限公司签订了《长三角演出合作协议》，在演出的引进、演出资源共享、演出连锁方面整合三家资源。发挥《协议》之优势，同年5月，浙江省曲艺杂技总团引进的美国拉斯维加斯白老虎魔术团在浙江、江苏、上海进行了巡演，同年6月，浙江曲艺杂技总团还赴上海马戏城演出128场。

江南文化市场合作给苏浙沪三地人民群众带来了实惠，享受到了高质量的文化产品和文化服务。2004年1月，苏浙沪三地联合邀请爱尔兰踢踏舞团《舞之魂》演出，由于分摊了演出成本，相对于单独邀请，三地每一方都节省了70%的费用，演出票价也随之降低。

苏浙沪等江南三地的文化合作，使三地群众文化活动交流红红火火。2003年上海市徐汇区文化局和苏浙沪两省一市群众艺术馆联合主办的"共同的家园——长三角地区城市民歌手邀请赛"，2004年上海浦东新区文广局举办的"魅力浦东——2004长三角部分城市优秀文艺节目展演晚会"，吸引了苏浙沪三地众多选手和优秀群众节目同台演出，受到了观众的热烈欢迎。2004年4月，杭州市文化部门观摩了南京市举办的"2004中国南京世界历史文化名城博览会"，与南京市文化局交流了办节经验。

苏浙沪等江南三地的文化理论研讨和交流不断加强。2004年7月，"长三角越剧生存与发展学术研讨会"，"广场文化与城市文明——长江三角洲城市及部分友好城区文化理论研讨会"分别在浙江和上海举行；2005年10月，"苏浙沪毗邻地区城市文化产业发展与市场管理研讨会"在上海举行。来自江苏、浙江、上海的文化部门负责人、企业家和学者，交流了苏州、无锡、嘉兴、南通、湖州、常州以及上海黄浦区等文化产业的现状和发展规划，介绍各城市文化招商引资的政策和途径，沟通了文化市场监管等措施，提出了在文化产业和文化市场方面加快沟通、合作共赢的思路。这些理论研讨和交流活动已经常态化，有力地推动了江南文化产业理论与实践的发展。

苏浙沪等江南三地的电影发行放映合作迈出了实质性步伐。浙江已有10多家影院加盟上海联合电影院线有限公司，浙江宁波电影院线有限责任公司和上海联合电影院线有限公司共同出资，组建了宁波联合有限责任公司，全权代理上海联合在浙江的电影发行放映业务。

苏浙沪等江南三地开始了"握手"改革。2005年，国有浙江桐乡大剧院和民营文化企业上海创星文化艺术经纪有限公司在桐乡宣布，由"创星"接管桐乡大剧院8年的经营权，每年在桐乡大剧院引进演出不少于50场次。这次两家文化单位成功"握手"的第一件事是促成了由《千手观音》编导张继钢历经3年精心打造的大型原创舞剧《一把酸枣》的上演。像《一把酸枣》这样的剧目演两场的运营成本高达近60万元，邻近城市的大剧院都不敢轻易"接戏"，而这次通过合作，桐乡市民在家门口就能欣赏到高雅艺术，不仅产生了良好的社会效益，也对当地的文化产业和文化体制改革产生了冲击。

苏浙沪等江南三地的创意产业开始了联动发展。2009年1月，江苏常州创意产业基地与上海徐汇区软件基地举行合作共建服务中心签约仪式，这是江苏与上海在文化创意领域开展的一次资源整合、优势互补的强力合作，也是常州创意产业主动接受上海辐射，合力打造最具竞争力的全国创意产业品牌的重要举措。

上海徐汇软件基地是全国创意产业起步最早的基地之一，先后培育了巨人网络集团、携程旅游网等148家自主知识产权的知名企业和4家上市公司，汇聚了全国顶尖的创意人才，形成了一套科学有效的管理和培育体系。随着区域经济一体化的脚步，上海开始实施长三角发展战略。跨区域合作共建园区，成为实现文化产业转移的双赢合作模式。

打造文化贸易服务集散地

进入新世纪的上海，随着文化基础设施的进一步完善，城市文化氛围的不断提升，尤其是在中共上海市委确定了把上海建成全国文化交流中心后，上海与内地的文化贸易服务业发展更趋活跃与繁荣。上海的一个主要抓手，是重视为兄弟省市和地区推介文化产业，先后举办了云南文化产业上海推介周、"华夏文明看山西"经济文化艺术周、"情系浦江·感知江南——中原文化上海行"、湖南"沪洽周"等。

不同肤色、不同国度的
演员们齐聚申城

2004云南文化产业上海推介周，创造了多项"第一"。对上海来说，把一个省的文化产业拿到上海通过推介周来推介，这是第一次；对云南来说，成为全国30多个省市自治区中第一个在上海举办文化产业推介会的省。

云南在上海推介文化产业的目的，是向全国展示云南文化产业发展和文艺创作繁荣的初步成果以及独特的民族文化资源，推介云南的文化产业发展项目及文化产品，力争用具有良好市场前景和投资效益的文化产业项目面向上海、浙江、江苏、广东等经济发达省市招商引资，吸纳东部的资金、人才、运作机制和管理模式，共同发展云南文化产业，使它走向全国、打入世界，成为云南新的经济增长点。

云南文化产业上海推介周取得圆满成功，签约项目达13个，融资金额高达62.5亿元。江南企业对云南文化产业兴趣浓厚，投资踊跃。浙江横店集团投资20亿元进军云南文化产业，成为云南文化产业在上海首批签约的最大项目。他们将在云南丽江、迪庆、大理、石林等地开发旅游、文化、影视拍摄项目。

浙江另一大文化企业——杭州宋城集团也投资组建"云南文化产业集团"，以影视传媒和新闻出版为两翼，建设昆明、丽江两个旅游文化基地，投资融资金额达10亿元。

来自江苏南京的合纵投资有限公司在昆明投资建设"云南民族大剧院"，计划投资3.5亿元。

滇沪携手的项目包括上海南江集团投资2亿元开发云南陆良历史文化遗产；上海房地产企业投资开发"宁蒗县泸沽湖省级旅游区"；上海音乐家协会与云南合办中国昆明聂耳国际音乐节等。

云南文化产业上海推介周还吸引了国外投资者的目光。大型投资集团——西班牙ＭＩＮ集团投资20亿元，与云南民族电影制片厂、玉溪市人民政府合作组建澄江影视基地。贝塔斯曼亚洲出版公司则与云南人民出版社上海滇版图书有限公司达成了密切合作协议，将其每年与国内其他出版社合作出版的图书委托上海滇版图书公司，面向全国图书市场发行。

2005年5月，"华夏文明看山西"经济文化艺术周在上海举行。这是上海和山西两省为了让发达地区的各界人士了解山西、喜欢山西、热爱山西，形成文化产业互动、东西合作而落实的一项重要举措。在经济文化艺术周期间，中共山西省委宣传部、山西省文化产业促进会与上海中电绿科集团签订了发展文化产业合作协议。

中电绿科集团是一个多元化复合性经济实体，由12家成员企业组成，其麾下的上海海纳百川文化发展有限公司致力于文化交流、传媒经营、教育、体育和社会福利事业，对山西历史文化具有浓厚兴趣。他们将在山西注入资金兴办实体，并充分利用自身的资本运作优势，与国内外著名企业搞资本运作，借

文化，连接着你和我，
连接着舞台与世界

助与国际间的友好交往，为山西文化产业的广泛交流提供服务。

2005年9月，为期4天的"情系浦江·感知江南——中原文化上海行"在申城举行。这是河南继"中原文化福建行"、"中原文化台湾行"、"中原文化广东行"、"中原文化北京行"之后，首次在上海举办的大型文化交流、集中宣传和综合形象展示活动。

河南为"中原文化上海行"带来了100多个文化产业项目，意在向上海乃至整个长三角地区寻求合作伙伴，进一步加强与上海在文化产业方面的合作。通过借鉴上海文化产业在技术、人才、资金、管理等方面的经验和优势，不断推动其文化产业的发展。

4天的"中原文化上海行"，河南在上海共签订文化产业合作合同或协议45个，总投资额达38.5亿元。为此，《河南商报》2005年9月16日发表文章，自豪地称："中原文化风倾倒大上海"。

2008年6月在上海举行的湖南文化创意产业推介会——"沪洽周"上，被称为首次出征大型经贸洽谈活动的"文化湘军"，与上海签订了《文化产业合作发展宣言》，明确沪湘文化产业要抓住历史性机遇，在互通产业信息、建立投资组合、联合开发项目、联手培养人才、共同打造市场等方面进行深度合作，放大和共享双方拥有的优势，成为全球文化市场中乘风破浪的"双体巨轮"。

"沪洽周"上，湖南一举拿下了38个大项目。其中，最大的项目为香港盈信集团与湖南广播影视集团将在武陵源打造的湘西北影视文化产业带，总投资达100亿元。这是一个集影视基地、五星级酒店、地产、休闲中心等多功能的影视文化城，是要借湖南秀美的山水风光与超强的文化创造力，再造一个"东方好莱坞"。

此外，湖南红网新闻传播公司与上海宏奕源软件科技有限公司签约，投资1.2亿元开发多媒体互动读物出版发行项目；北京万达电影院线股份有限公司与湖南省文化厅签约，投资亿元，将在长沙、株洲、岳阳等市新建4家影院，等等。

"沪洽周"，圆了"文化湘军"的文化产业开发梦。

与港澳台的文化贸易服务交流

江南与港澳台地区有着深厚的历史渊源关系。进入新时期之后，其文化贸易服务交流日趋频繁。

上海，作为中国最大的城市，在与港澳台地区的文化贸易服务交流中发挥着重要作用。香港每年举办的各类艺术节，如"现代中国名剧节"、"中国地方戏曲展览演出"、"国际舞蹈学院舞蹈节"、"国际演艺精华"等，总能见到上海艺术院团的身影，既有古典芭蕾，又有经典交响；既有传统戏曲，也有民族音乐。每次演出都受到当地群众的热烈欢迎。

1997年香港回归时，陈燮阳、尚长荣、蔡正仁、李炳淑等上海优秀演职员应邀赴港，参加庆祝香港特区政府成立的"龙的光辉"庆典演出；著名画家钱君匋、程十发、邵洛羊、吴青霞、韩天衡等应邀赴港，参加了"庆祝香港回归中国现代画家画展"；东视摄制组会同中央电视台一起通过卫星向北京和上海传送了在美国洛杉矶举行的"为中国喝彩"——'97中国之夜大型焰火音乐歌舞晚会"，这在将回归庆典活动推向高潮的同时，进一步密切了沪港之间的文化联系。

1998年，上海交响乐团应邀赴港参加第九届"仲夏乐韵"系列音乐会，并担纲全部6场演出。按惯例，担负"仲夏乐韵"系列音乐会演出的都是外国乐团，上海交响乐团成为内地乐团演出的第一家。尽管上海交响乐团以前多次赴港演出，但这次是时间最短而演出场次最多的一次，在港8天共演出6套不同曲目的音乐会。香港各媒体对音乐会纷纷发表报道和评论，对上海交响乐团倍加赞赏。

香港回归后，上海连续组团参加一年一度的香港书展，其图书十分热销，总能在香港引起不小的轰动。1998年书展期间，知名武侠小说作家金庸购买了上海人民出版社和上海辞书出版社出版的价值3000多港元的图书。2001年书展期间，上海展团97％的图书被销售一空。其中《中国通史》和三卷本《敦煌石窟全集》等学术文化典籍全部被售出；上海辞书出版社1999年版《辞海》系列版本、名家彩绘四大名著珍藏本和《历史大辞典》、《哲学大辞典》等品牌书籍悉数售罄；少儿出版社和上海远东出版社的少儿、中医保健、文史类读物，以及上海外文图书公司和海文音像出版社特别准备的数百种图书和音像制品受到读者的普遍欢迎。

上海与澳门的文化贸易服务交流在新时期不断发展。澳门回归前夕，澳门举行了为期5天的"上海文化周"，举办了"沪版图书展"和邮品展，全面展示上海的历史风貌和改革开放以后取得的巨大成就，进一步增强了澳门同胞对祖国和上海的认识与了解，密切了沪港之间的文化联系。

上海交响乐团在上海与澳门的文化贸易服务交流中，发挥了重要作用。从1993年开始，上海交响乐团就成为澳门传统的国际音乐节的常邀演出团体。2000年12月，上海交响乐团应邀赴澳门参加庆祝澳门回归祖国一周年演出活动，成为担任回归庆典演奏的唯一一支大型交响乐团。

上海与台湾的文化贸易服务交流始于20世纪80年代末。1988年台湾画家江明贤在沪举办个人画展，揭开了两地文化贸易服务交流的序幕。

20世纪90年代以来，沪台两地文化贸易服务交流，既有表演艺术，也有各类展览；既有学术交流，也有普及讲座，涵盖戏剧、舞蹈、绘

昆剧《长生殿》剧照

画、摄影、杂技、电影、电视等文化产品、文化服务各领域，形成了形式多样、门类齐全的特点。

1992年，作为上海第一支赴台演出的艺术院团，上海昆剧团组成了由王芝泉、计镇华、张静娴、梁谷音等知名演员组成的大型团队，携带《长生殿》、《烂柯山》两出大戏和11出传统折子戏赴台演出，所到之处，受到台湾观众的热烈欢迎，产生了巨大的影响。台湾各

释江南丛书

大媒体竞相评论，把上昆视为传统戏剧团体的典范，称"上昆"台湾之行虽然行程匆匆，却已经对台湾传统表演艺术造成严重冲击。

相比上海对台湾的文化贸易服务交流的丰富多彩，台湾对上海、对江南的文化贸易服务交流同样具有鲜明特点。20世纪90年代，首先走进上海的是台湾的流行音乐。苏芮、童安格、姜育恒、蔡琴等流行歌手，为上海流行歌坛注入了崭新的内容。之后，台湾的交响乐、台湾的绘画与摄影，台湾的影视作品，纷纷拥入申城。

在浙江，中国国民党荣誉主席连战先生的祖父——连横先生纪念馆2008年12月18日在著名的古佛寺玛瑙寺里揭幕，并成为浙江杭州"连线"台湾，共同弘扬中华优秀文化、扩大交流、增进共识的又一重要场所。

作为《台湾通史》作者，爱国史学家，连横先生曾于1926年至1927年，居住于杭州玛瑙寺研究整理文史资料，与玛瑙寺结下渊源。由其孙连战先生建议，并见证开馆的连横纪念馆，通过七大展厅综合展示了台湾的自然环境、历史文化、原住民生活、著名人物，以及当地的传统工艺和现代工艺。这使浙江杭州人即便不离开明媚的西湖，也一样能够轻松地了解到海峡那边——宝岛台湾的自然、历史，以及相关文化。

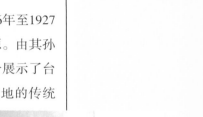

南京·民国总统府旧址

继2006年浙江、上海之后，2009年文化部增设江苏为对台文化交流基地。

江苏与台湾两地有着特殊的历史渊源。南京是孙中山先生奋斗和长眠之地，也曾是"中华民国"的首府，历史建筑、史料等民国遗迹众多。近年来，江苏与台湾的文化交流活动活跃，人员往来频繁。从2002年起，江苏省苏州昆剧院与著名作家白先勇先生携手，联合台湾新象艺术基金会等文教机构，共同打造的昆剧连台本戏青春版《牡丹亭》和《长生殿》，受到海峡两岸观众和媒体的热烈追捧。

在中华文化联谊会指导下，"两岸城市艺术节"2008年落户南京，分别在台北县、南京市举办"文化艺术周"，使两地民众分享了彼此的城市文化发展成果、体验了两岸城市的文化魅力，扩大了民族文化在台的影响力。同时，应台北市文化艺术促进协会提名并邀请，江苏美术代表团一行7人2009年3月赴台参加由台北市文化艺术促进协会、国父纪念馆、江苏省文化联谊会共同举办的"金陵风"江苏名家联展，拉开了"苏台文化之旅"的序幕。

苏浙沪江南三地积极发挥优势，凸显特色，打造品牌，在同港澳台的文化贸易服务交流中取得了显著成效。

四、筑平台创新机制面向两个市场

江南文化贸易服务业能够迅速发展，原因是多方面的，其中的一个重要原因，是在改革过程中逐步构筑起了良好的产业发展平台。多方位、多层次的文化贸易服务平台与贸易机制，助推了江南文化贸易服务业的发展。

艺术节成就国际文化交流中心

中国上海国际艺术节，作为上海目前唯一的国家级国际艺术节，是一个当今在世界上越来越响亮的文化品牌和文化贸易服务交流平台。美国《纽约时报》曾以两个整版的篇幅，介绍了在上海举行的这一艺术盛会。澳大利亚外交部长曾经亲笔写信给艺术节中心，称这是"办得最出色的艺术节"。墨西哥驻华大使曾受总统的委托，前来接洽本国团体的演出，表示能够参加演出是"荣幸和荣耀"。

从20世纪90年代初期开始，在申城这片热土上世界级的文化设施相继破土而出。尤其是1998年8月，上海大剧院崛起在上海市中心的人民广场，使上海的文化设施跃上了新台阶。这些先进的文化设施，宛如一棵茂盛的梧桐，引得许多当年因为上海有限的演出条件而擦肩而过的世界艺术精品，从此纷至沓来。文化基础设施建设的巨大成就，为上海开展广泛的国际文化贸易服务交流，打下了坚实的基础。

1999年11月，第一届中国上海国际艺术节揭开了帷幕，并且一炮打响——其国际性、经典性、民族性和高水平的办节定位与特色，立即获得了中外观众的普遍认可，在国内外产生了广泛的影响，吸引了大批国外艺术团体、各路明星前来献艺。于是，历届艺术节的国外剧节目一直占一半以上，世界级的艺术精品，如世界瞩目的景观歌剧《阿依达》、美国哈莱姆舞剧院的《火鸟》、西班牙霍金·科尔斯特舞台团的《灵魂》、英国皇家爱乐乐团与BBC苏格兰交响乐团的交响乐音乐会、德国科隆的萨克管五重奏音乐会、以色列的幽默现代舞、俄罗斯的冰上马戏、欧洲各国的哑剧精品、亚洲五大男高音音乐会、越南富有特色的水上木偶戏等，在上海的舞台上，尽情展现着世界优秀文化艺术的风采。

中外艺术家、名家、海外嘉宾莅临艺术节的日益增多。西班牙舞坛巨子霍金·科尔特斯、美国小提琴家亚伦·罗桑、俄罗斯钢琴家马祖耶夫、德国钢琴家盖尔哈特·奥匹兹、西班牙舞蹈巨星萨拉·芭拉斯、匈牙利歌唱家玛塔·塞巴斯蒂安、小提琴大师克莱默等，为上海和江南广大观众提供了国际艺术精品的盛宴。

中国上海国际艺术节的另一个特色，是在世界艺术精品展演之际，进行的国际演出交易——举行艺术节的国际演出交易会。此项国际演出

第十一届上海国际艺术节，摩纳哥蒙特卡罗芭蕾舞团现代舞《男人眼里女人舞》

交易会往往是未开先热。首届艺术节期间举办的国内首次国际演出交易会，就吸引了中外96家演出经纪机构、剧场和艺术团体参与，交易之热烈远远超过了预期。

到了第二届，距离艺术节正式开幕还有20天，国际演出交易会的103个展位已经被海内外90家演出机构和团体预订一空。参加这些交流的，有世界10大艺术节的代表，世界著名的跨国演出机构，如美国国际表演艺术协会、IMG演出经纪公司、MTV–维亚康姆公司、迪斯尼公司等。他们都看中了上海这块得天独厚的宝地，看中了上海所蕴含的文化

交流的商机。

到2008年第十届中国上海国际演出交易会，吸引了来自全球五大洲三十多个国家最重要的主流国际演艺经纪公司"巨头"齐聚申城。在交易会开幕的"首日签约"活动中，艺术节组委会率先与篆雅文化传播有限公司签订了"著名男高音歌唱家里契特拉于2009年艺术节期间在上海举行'日月相映'独唱音乐会"的合作意向；又与法国戛纳国际音乐交易会签订了进一步加强交流合作的协议意向。上海交响乐团也分别与捷克布拉格之春国际音乐节及西班牙伊比音乐传播公司签订了2009年赴西班牙国家音乐厅和捷克"布拉格之春"国际音乐节演出的意向。

来自南京的小红花艺术团为交易会演出推介的舞台打了头阵，令在场的国际演艺经纪公司"巨头"惊叹，国外"买家"蜂拥而至，于是小红花艺术团与芬兰卡特纳儿童艺术节签约，于2009年6月赴芬兰拉帕兰塔市演出专场。

第二次来到交易会舞台的德国"捣蛋鬼"哑剧团以一组幽默的奥运节目博得满堂喝彩。他们说："去年来到交易会很有收获，与很多中国的演出商建立了联系，所以今年我们早早地就报名了。"

艺术节的国际演出交易会通过现场推介等各类活动，为国内外演艺机构提供了一个互通信息、洽谈交易的国际舞台，上海逐步形成了国际演艺界的文化贸易服务交流网络。

中国上海国际艺术节的又一个特色，是政府推动、社会支持、市场运作、群众参与、同心协力、联手办节的操作模式。

艺术节中心积极探索市场化运作新路子，全部入选的演出、展览、博览项目均采取公司市场化操作。历届艺术节在启动活动项目同时，

《阿依达》：世界著名剧院必选的开幕大戏，意、法、德、俄世界四大歌剧流派都在申城亮相

总是以全程赞助、合作伙伴、项目资助等多种形式吸引社会各界的支持，以培植与开发艺术节的主体资源，尝试多种合作形式，增强艺术节活力和可持续发展能力。如拓展与海内外文化、娱乐、演出机构的密切联系，联合创办文化艺术经营实体，联手合作演出、展览、博览和文化经营项目，尝试剧（节）目委约制、艺术项目代理制等。由此，这个不要政府一分钱办起来的艺术节，通过市场运作成功实现了收支平衡。

创意独特的艺术节海报

文化产业交易博览会亮相

江南各地纷纷打造面向长三角、面向全国的文化产业交易平台，其中主要有中国义乌（国际）文化产业博览会和中国南京文化产业交易会。

中国义乌（国际）文化产业博览会是2006年开始创办的。它得益于义乌会展产业的快速发展，而成为浙江省首个国际性文化产业展会。依托强大的市场优势和良好的文化产业发展基础，首届义乌文博会一炮打响了全国文化产业展会的新品牌。

展会规模全国一流，成为义乌文博会的特点。2006文博会参展企业700家，展位1500个，展览总面积4.65万平方米。展览面积全国最大，已超过深圳文博会（43140平方米）、昆明西部文博会（39000平方米）及东北文博会（19000平方米）；参展企业数已与深圳文博会持平，

一炮打响的中国义乌（国际）文化产业博览会

并列全国第一；展会商机得天独厚，到会专业观众5万多名。本届文博

会参会外商3112名，分别来自102个国家和地区，并成为展会上主要采购群体。此外，义乌市场上20万流动客商和8000多名常驻外商共同为参展客商带来无限商机。

经贸实效丰盛喜人，成为义乌文博会的卖点。2006文博会总成交额达13.6亿元，展会成交额仅次于深圳文博。外贸成交额7.36亿，占总成交额的54.1％，呈现出了外贸订单超过内贸订单形势。据统计，参展企业订单50万以上企业有100多家，100万元以上的有50多家。来自哈尔滨、沈阳、昆明等10余家企业也不远千里赶赴参展，正是看中了义乌文博会的强大经贸实效性。正如中国文体用品协会常务副理事长胡启昌在

会上称，义乌文博会是目前国内文体行业唯一外贸主导型展会，浙江乃至中国的文化用品可以依托义乌这个全球最大的小商品集散中心和数量庞大的外商采购群体，源源不断地输往国外。

展会影响快速提升，成为义乌文博会的亮点。主流媒体争相报道，其中对2006文博会，央视新闻联播报道了文博会开幕式，《人民日报》头版刊登了文博会开幕盛况，《香港商报》在头版半个版面刊发了文博会专题访谈，《浙江日报》、浙江卫视等省级新闻媒体进行了全方位宣传。网络聚焦在线文博会，开通文博会网站，并与新浪、搜狐等知名网站链接，25天时间文博会网站点击率151934次，在线文博会三天时间点击量在26176人次。2006文博会充分借助义乌强大的国际经贸窗口作用，通过汇聚文化产品，搭建交流平台，促进国际文化产品和服务项目的交流合作，成为推动浙江乃至江南、全国文化产业快速发展的强劲助

推器。

中国南京文化产业交易会也是2006年开始创办的。它旨在整合区域文化资源，打造长三角文化产业展示和交易平台，促进长三角地区文化产业的发展和繁荣。

2007第二届中国南京文化产业交易会融资总额逾200亿元，19个项目集体签约，签约金额逾40亿元人民币，标志着南京的文化产业发展取得重大成果，文化产业发展潜力巨大，显现出新的增长活力，进入快速发展的新阶段。

2008年11月举行的第三届中国南京文化产业交易会，吸引了全国30多个城市、约600家企业和单位参展。这届为期3天的文交会以"百姓欢乐谷、文化嘉年华"为主题，将"会、展、赛、演"结合起来，观众除了可以看到文化产品展示外，还能欣赏到众多精彩的文艺演出。展会期间举行了文化产业重大项目投融资洽谈会暨签约仪式、城市文化特色展、文化产业园区与投融资项目展、动漫、电子竞技及衍生文化用品交易展、第二届创意产业与中国传统文化融合高峰论坛、中国城市文化产业高层论坛、文化艺术演出、艺术品鉴定、拍卖等数十项活动。

2009年9月30日，第四届中国南京文化产业交易会开幕

2009年9月至10月，第四届中国南京文化产业交易会在南京举行。本次文交会有展览展示、会议论坛、文化比赛与消费体验活动、节庆活动四大类近30项活动。

展览展示活动中的台湾创意文化产品展和南京非物质文化遗产展均是首次布展，是这次文交会的两大亮点。其中，台湾创意文化产品展，包括台湾地区文化形象展示宣传推荐、品牌文化企业形象及产品、优秀文化艺术产品与项目、文化内容产品与项目展示与交易；南京非物质文化遗产展区将进行云锦、金箔、扎花灯、刻经等非物质文化遗产展示，民间艺人技艺展示与民间工艺品交易等。

国际文化服务贸易平台启动

2007年9月，上海国际文化服务贸易平台正式启动。其运营实体——上海东方汇文国际文化服务贸易有限公司在外高桥保税区正式揭牌。与此同时，上海国际文化服务贸易平台促进委员会也正式成立并入驻平台。这是上海为加快文化产业发展，鼓励和支持国内文化企业走向世界，借助浦东新区"先试先行"和综合改革配套试点的契机，充分利用外高桥保税区"境内关外"的特殊区域优势，积极开拓文

精彩纷呈的2009中国南京文化交易会

化服务贸易国际市场，加快文化产品及项目的"走出去"步伐，在国家有关部委支持下落实的重要举措。平台的定位是体现五大功能，即文化"走出去"渠道功能、公共服务平台功能、展示交易中心功能、国际贸易基地功能以及国际文化交流载体功能。

平台在发挥文化"走出去"渠道功能中，重点在引进入驻企业方面投入精力。通过引进中外文化企业入驻平台，打造文化贸易产业链，可以为中国的文化产品和品牌走向海外开辟新的推广渠道，使平台成为中华文化的采购中心和服务外包中心。2008年以来，平台积极介入城市舞蹈、时空之旅等演艺节目"走出去"项目，上海城市舞蹈公司2008年的欧洲巡演协议实现了600多万欧元的演出收入，其他更多的演艺"走出

去"项目也正在洽谈中。

平台在实现公共服务平台功能中，为文化企业提供行业信息、政策咨询、投融资担保、设备租赁、商贸咨询和人才培训等一系列的配套服务，通过政府相关职能部门提供延伸审批等服务和综合配套支持。随着"中国文化贸易促进网"（暂名）的正式开通，平台正构筑起一个文化服务贸易链，公共服务平台功能基本形成。

平台的展示交易中心功能，是借助外高桥保税区功能性专业市场长期展示等各种有利手段，通过举办文化行业专业和高端的展览、展示会，以及国际贸易、转口贸易和产品交易等为入驻文化企业提供展示交易的平台，从而实现其功能。东方国际文化贸易中心已于2008年9月落成并投入使用，其中国际会议厅及国际会展厅已具备为中外企业展示文化产品提供综合性服务的功能。

平台的国际贸易基地功能，是利用外高桥保税区成熟的贸易环境、优惠的政策条件、便捷的通关服务和优秀的经营团队，能够为文化企业开展国际贸易提供全方位、高效优质的专业服务。平台入驻企业中，新华传媒等四家企业通过平台实现交易额7181万元人民币，仟合动漫2008年已实现进出口贸易额1480万元人民币，国际贸易基地功能初步显现。

上海国际文化服务贸易平台落成运营

通过营造中外文化企业交流的环境，为展示输出中华文化和引进国外优秀文化提供便捷服务，从而轻松实现了文化服务贸易平台的国际文化交流载体功能。

2008年平台已与20余家企业达成了战略合作意向或签订了合作协议。区域、保税政策、试点改革契机以及准确的定位设置，成就了平台服务功能的巨大优势，吸引着全球文化贸易界的目光。

平台启动一年多时间，"引凤筑巢"工作也取得了极大进展。截止到2008年8月，已签署入驻的企业有10多家，正在洽谈入驻和正在办理入驻手续的企业也有10余家，涉及中资、合资及外资等多种成分。以

上海申报传媒经营有限公司、上海晨刊传媒经营有限公司等为主的传媒类公司占据了多数，此外还包括文化产品、文化设备、动漫、出版、演出、贸易、会展、环保等不同行业的企业。平台内的文化服务贸易市场已正式运行，首批会员企业已经入驻。

文化产权交易所揭牌

文化贸易并非新事物，但文化产权交易平台的构建，用在场交易来打通文化产业链，却是我国文化产业发展的首次尝试。2009年6月，国内首个综合性文化产权交易平台——上海文化产权交易所正式揭牌，备受市场关注，引来文化机构纷纷接洽，连一些海外文化机构也来打探消息，对专业的文化产权交易平台

上海国际文化服务贸易
平台大厦

这一全世界都没见过的事物大感兴趣。

目前，我国文化交易已存在多种方式。但从实际效果来看，这些交易方式或因成本较高，或因风险较大，在很多方面显现出局限性。以版权交易为例，最原始的民间交易，交易价格从协商而来，无法得到充分的理性评估，且买卖双方私下协议，缺乏法律保障，高风险不言而喻。利用互联网作为平台来进行文化交易，近年来也时有所闻。这一方式虽然使信息发布渠道更加通畅，但目前网上交易仅仅起到了信息公告及咨询的功能，往往无法实现整个交易流程操作，还算不上是一种完整的交易形态。

书展、博览会、影视节等场所交易近年来日益增多，但由于交易活

动的"非常态"、空间不连续、时间也有限，也不利于版权等文化权益或产品等通过充分竞争的市场方式找到合理的买主。

在这样的状况下，上海文化产权交易所应运而生，从诸多方面都将进一步有利于文化交易市场规则和模式的升级进步。一方面，交易平台拥有常设性优势，将变"非常态"交易为"常态"交易；同时，公开、公平、公正的交易平台，让地下交易浮出水面，并通过交易机构对交易形成监管，最大程度降低交易风险。另一方面，基于交易平台信息集聚和辐射功能，文化权益或产品可以在更大范围内寻找买主，发现价格，通过大市场真正实现其价值。

上海文化产权交易所的成立，是资本市场与文化产业发展的一次有效结合。发挥资本市场效力，服务文化产业发展，10多年来，上海已经进行了一系列开拓性尝试，培育扶植了全国第一家文化类上市公司——上海东方明珠股份有限公司；建立了全国第一家文化产业专业投资公司——东方惠金文化产业投资有限公司和文化产业担保有限公司；创设了全国第一家文化产业投资基金——华人文化产业投资基金。上海文化产权交易所打造全国首个综合性文化产权交易市场服务平台，将极有可能成为上海发挥资本市场功能，有效培植文化产业优质资源的又一次重大突破。

书展之后，如何寻觅你

08

机遇、挑战与展望

第八章　机遇、挑战与展望

　　21世纪，是文化产业的世纪。要充分重视文化产业在经济社会发展中的重要地位，把文化产业建成江南、长三角乃至中国21世纪的支柱产业之一。这些理念，如今早已成为人们的共识。然而，如何

尚湖，因良渚遗迹而闻名

将理念与共识转化为文化产业又好又快发展的现实，把文化资源大省市真正建设成为文化繁荣强盛的大省市，还需要我们作出艰辛的努力。尤其在当前，江南文化产业既面临着发展的机遇，又面临着诸多的问题与挑战，需要我们认真观察思考并妥善应对。

一、发展的机遇

　　同全国文化产业一样，当代江南文化产业发展的30多年，走过了西方发达国家、发达地区近一个世纪的发展道路，取得了举世公认的成就。这是她在新世纪新的历史起点上继续发展的坚实基础。同时，江南文化产业还具有政策环境良好、产业优势凸显、世博会效应显现等诸多大发展的机遇。

政策环境良好

　　文化产业与现代社会的政治、经济、文化和意识形态等各个方面有着广泛联系，对现代国家的文化安全和经济安全有着重大影响，因此，

七宝古镇江南情

文化产业要有产业政策的规范与引领。在这当中，政府根据文化和国民经济发展的要求，根据一定时期内文化产业发展的趋势，通过文化产业政策的设计、制定和实施，实现国家的文化意志，直接影响文化产业的发展程度与增长水平。而从另一个角度来说，文化产业要获得快速、持续和大规模的发展，需要有较为宽松的产业政策环境。

当前，江南文化产业的发展面临着前所未有的良好且宽松的产业政策环境。自从国家文化体制改革试点结束，2006年9月《国家"十一五"时期文化发展规划纲要》出台，文化产业从突破走向规范，文化产业政策的创新成为中央和各地政府的工作重点之一。党的十七大报告指出要"加快文化产业基地和区域性特色文化产业群建设"，将本轮文化产业政策的创新推向了高峰。

2009年4月，新闻出版总署发布了《关于进一步推进新闻出版体制改革的指导意见》。《指导意见》提出，在三到五年内，要着力培育出六七家资产超过百亿、销售超过百亿的国内一流、国际知名的大型出版传媒企业；要积极实施"走出去"战略，鼓励有条件的出版传媒企业采取独资、合资、合作等形式，到境外兴办报纸、期刊、出版社、印刷厂等实

政府网站传佳音

体。这为我国打造国际化大型文化企业参与全球竞争提供了政策机遇。

2009年7月22日，国务院总理温家宝主持召开国务院常务会议，讨论并原则通过了《文化产业振兴规划》，这意味着文化产业成为第11个产业正式进入国家产业调整与振兴规划序列，这对于中国文化产业发展意义重大。

尤其需要指出的是，党中央、国务院还针对长三角文化产业的发展制定了具体的政策。

2008年9月，国务院颁布了《关于进一步推进长江三角洲地区改革开放和经济社会发展的指导意见》指出，长江三角洲地区要大力发展旅游业，进一步拓展市场、整合资源，建设世界一流水平的旅游目的地体系。要加快发展广播影视、新闻出版、邮政、电信、文化、体育和休闲娱乐等服务业。要积极扶持电子书刊、网络出版、数字图书馆、网络游戏、电影特技制作、数字艺术设计、数字媒体、虚拟展示等新兴数字创意产业发展。

旅游业，是江南文化产业的传统优势之一。丰富的历史文化遗存，以及由此体现出的小桥流水、亭台楼阁等诗性风格，是江南文化的基本特征，也是发展文化旅游业的雄厚资源。独特的区位优势，百年历史的深厚积淀，人才的聚集效应，使得广播影视、新闻出版等成

世界文化遗产——南京明孝陵神道

为江南文化的传统强项。同时，强大的科技实力和人才基础，使得江南各地发展电子书刊、网络出版、数字图书馆、网络游戏、电影特技制作、数字艺术设计、数字媒体、虚拟展示等新兴数字创意产业，具备了巨大的潜力。如何将潜力转化为现实的能力，要求我们更深入、系统、全面地思考江南乃至整个长三角文化产业发展的优势与特色之所在，从而把握政策优势，推动文化产业又好又快地发展。

产业优势独特

文化产业具有涉及领域广、资源消耗少、环境污染小、智力密集度高、吸纳就业人数多、拉动消费能力强、经济效益好等显著特点，是一个朝阳产业。这已被江南文化产业的发展历程所证实。尤其是进入新世纪后，江南文化产业保持持续快速增长势头，对GDP增长量的贡献率逐年上升，在全国文化产业中所占比重逐年提高。

在江苏，文化产业连续多年保持30%以上增长速度。文化产业增加值在2004年258.55亿元、2005年331.98亿元、2006年437亿元，2007年570亿元的基础上，2008年达到800亿元。2008年比2004年翻了两番多；同时，2008年又比上年增长了40.35%，实现了高于全省GDP增长速度、高于服务业增长速度的目标。

在浙江，文化产业总产出2000年为861.99亿元，实现增加值271亿元；2004年总产出为1371亿元，增加值377.61亿元；2007年总产出为2123.44亿元，增加值595.93亿元，分别比上年增长18.5%和18.8%，增幅又比上年上升6.2和5.4个百分点。2007年与2000年比翻了一番多。

在上海，2004年文化产业总产出为1563.87亿元，实现增加值445.73亿元，比2003年增长15.3%，占上海市生产总值6%，经济贡献率达到7.9%。2008年实现总产出3304.8亿元，比2004年翻了一番多，比2007年的2718.95亿元增长14.1%；实现增加值780.11亿元，按可比口径计算，增长11%，增幅高出同期地区生产总值1.3个百分点。2008年上海文化服务业实现增加值478.03亿元，比上年增长10.1%，占全市文化产业的61.3%。文化相关产业实现增加值302.08亿元，比上年增长12.5%，占全市文化产业的38.7%。

与国民经济其他部门相比，国际金融危机发生后，在国内进出口贸易大幅"缩水"的背景下，江南文化产业的表现是引人关注的，其文化产品和文化服务的国际生意有来有往、逆势上扬，整个产业仍然呈现出平稳、快速发展态势，显示出勃勃生机和活力。以上海为例，2008年上海核心文化产品和文化服务实现进出口总额20.07亿美元，同比增长20.25%。其中，进口5.81亿美元，出口14.25亿美元，同比分别增长45.98%和12.12%，实现贸易顺差8.44亿美元。

浦江夜游　申城景美

文化产品、文化服务的特性，还决定了文化产业能够在经济困难的时候，发挥出特殊的作用。因为，越是在经济不景气的时候，越是在困难的时候，人们就越希望在一些文化活动、文化消费中释放内心的压力。文化产品和文化服务的高互动性、渗透性和流行性，可以起到凝聚人心、舒缓压力、提振信心的作用，有助于和谐社会的构建。

省际旅游客车整装待发

因此，党和国家领导人在特殊背景下对文化产业给予了高度重视。2009年2、3月间，温家宝总理在天津和湖北两地动漫游戏企业的考察中，充分肯定了文化产业在当前金融危机背景下的重要作用，赋予了文化产业展示中国软实力的重任，强调了文化产业国际化发展的必要性，并明确"要让中国的文化走向世界，要向世界展示中国的软实力"。

对江南来说，这不啻是个好消息。一方面，江南文化产业已经有了初步的发展，其产业基础较好、产业门类较齐全；其文化设施较为先进、消费市场较活跃；其文化贸易服务业发展较迅速，产业内部结构日趋合理；其大众化、商务型文化产业门类发展较快等，已经显现出了作为朝阳产业的基本特征与功能。另一方面，在转变经济发展方式过程中，发展文化产业无疑是最佳选择之一。当面临金融危机，传统经济领域发展前景黯淡的时候，文化产业领域可以率先进行技术和商业模式创新，走出危机的阴影，成为新经济范式的试验者和示范者。总之，从文化产业的角度来看，面临的金融危机是其新的发展周期的开始。

世博效应显现

笑立街头的世博会吉祥物海宝

如今，当驾车或乘车经过沪宁、沪杭高速公路，时不时地会看到这样的标语："世博在上海，旅游到苏州"、"世博在上海，旅游到杭州"等。随着接轨世博会工作进入冲刺阶段，杭州已设立上海世博会设立旅游接待中心，苏州也由副市长亲自带队到上海推介旅游线路和项目。同时，在南京火车站，"想亲历世博吗？快来交通银行购票吧！请拨打电话……"的广告赫然在目。在上海火车站，"世博时钟"矗立在南广场上，时时提醒着人们，离世博会召开还有多少时间。

世博钟楼时时提醒着八方来客

世博会的集聚效应正在显现，并日益强化。世博会将为江南文化产业提供广阔的发展空间。

世博会的重要功能之一，是在于它能够把一个时代的文明高度地集中起来，把那些零星的、分散的、还不完善的事物，通过主题思想将其集中起来，并加以完善化、系统化和艺术化；把人们共同关心的难题连同相关的解决难题的各种方法途径集中起来，再生动地加以展现，给人们以深刻的启示。所以，回眸世博会历史，从1851年英国伦敦举办第一届世博会开始，世博会就成为新思想、新理念、新内容、新文化、新产品的聚会，成为文化产业的创新基地，包括今天遍布世界的主题公园、大型会展、度假村、国际旅行社、大型展览馆等文化项目就是在世博会上孕育的。

就上海世博会，专家们曾这样论述其意义：如果把经济全球化带来的西方发达国家文化在发展中国家的传播，看作全球化的第一阶段，即全球本土化的传播阶段，那么随着发展中国家的不断崛起，尤其是中国文化走向世界，则意味着进入了全球化的第二阶段，即本土全球化阶段。2008年的北京奥运会是中国文化走向世界的奠基礼，而2010年的上海世博会则是中国现代文明、江南文化和品牌城市形象走向世界的最佳舞台。

世博会展经济，是整体经济发展的"助推器"。世博会对拉动相

魅力待放的江苏千灯古镇

关行业发展具有特殊功能。据统计分析，国际上会展业的产业带动系数大约为1∶9，即展览场馆的收入如果是1，相关的社会收入为9。上海世博会的举办，将带动举办城市和周边地区相关产业的发展，如会展服务业（摄影、摄像、印刷、复印和会场设施）、房地产业、交通业、宾馆业、旅游业、物流业、餐饮业、信息服务业等。一般来说，成熟发达的会展经济是高效益、高附加值的行业，其利润率大约在20％至25％以上。

据预测：2010年的上海和周边的南京、苏州、杭州、宁波等长三角城市群，将在世博会带领下成为亚洲最大的会展城市群，并以会展业为核心，带动娱乐、传媒、印刷、广告、设计、网络等相关产业群，聚拢历史上空前的人流、信息流、商品流和资金流。据抽样调查显示，世博会游客中七成左右有意愿到上海周边的城市和景区游览，杭州等成为首选地。因此，对江南文化产业而言，世博会正所谓机不可失，时不再来。

二、问题与挑战

江南文化产业在拥有诸多大发展机遇的同时，还面临着一系列的问题与挑战，它包括产业管理的体制机制问题，产业发展的地区协调问题，产业总体实力问题和文化品牌问题等。

管理体制不顺

目前，江南各地的文化产业均有诸多部门同时在履行管理职能，主要包括宣传部、发改委、文化厅（局）、出版局、广电局、旅游局等。这样就形成了多头管理的格局。一个动漫业，宣传、文化、广电、出版等多个部门同时在管；一处文物景点，宗教局管寺庙，文化部门管文物，园林局管绿化，旅游局管旅游。诸如此类，跨行业和跨所有制整合文化资源加以总体开发困难重重。其所反映出的问题是，江南文化产业的宏观推进机制尚未理顺，党委、政府以及职能部门协调推进文化产业的格局亟待形成。

跨地区发展难

这些年来，江南各地为了加强在文化产业领域的跨地区合作已经落实了诸多的举措，但从总体上来看，目前部门分割、行业垄断，尤其是地域封锁的情况依然存在，跨地区整合文化资源的难度很大。在省市内，文化产业发展的规划性很强，各省市都利用各自独特优势发展文化产业，但是就整个江南文化产业而言，缺乏规划与协调，同质化竞争问题突出，产业园区"一哄而上"，导致对人才、资金、市场的激烈争夺，有限的资金和资源因重复投资、建设而造成了浪费。

太极运手，为的是疏通经络、活血化瘀

总体实力不强

江南文化产业30多年来尽管得到了比较快的发展，但我们的文化产业仍处于初级阶段，在资金实力、科技水平、市场运作能力、创新能力等方面与世界上发达国家和地区相比还存在明显的差距。

这里，我们来观察文化产业对国民经济的贡献率。文化产业增加值占GDP的比重，上海在2008年为5.7%，在江南独占鳌头，在全国也处于"第一集团"行列；江苏由2004年的1.72%提升至2008年的2.6%，在江南和全国发展迅速；浙江预计到2012年在2.95%到4.65%之间，也大有"追赶潮头"之势。尽管如此，与世界文化产业大国美国和文化产业发达国家一比较，差距就出来了。

美国文化产业年经营总额在2005年就已高达近万亿美元了，文化产业增加值占GDP达百分之二十多，在国民经济中比重居第四位，从业人员1700多万人。美国400家最富有的公司有72家是文化企业；美国的音像业仅次于航天工业，居于出口贸易的第二位，占据了40%的国际市场份额；美国的图书市场为世界之最，每年出书4万种，年收入超过50亿美元。美国影视业是全美居于前列的创汇产业，可与其航空航天业和现代电子业并驾齐驱。美国凭借其经济优势和科技优势已成为全球文化产业的龙头。

再看亚洲，我们的东邻日本，其文化产业的发展也极为迅速，娱乐业的年产值早在1993年就超过了汽车工业的年产值。日本的漫画不仅在国内畅销，而且对欧洲、美国及亚洲国家的出口更是呈现出显著增长的势头。1996年，漫画的销售额就占了日本所有书籍和杂志销售额的22％，其销售数量占38.5％。除了漫画，日本人的动画片也风靡全球。在今天的日本，动画片的票房收入占到日本电影业票房收入的三分之一；而在日本的出口影片中，动画片的数量也大大超过一般影片的数量。善于制造流行的日本人，不仅创造发明了卡拉OK和"电子宠物"，日本的电子游戏也已经发展壮大到了超过电影业的规模，一跃成为日本娱乐业中最赚钱的项目，每年游戏硬件和软件总值可达170亿美元左右。

发展江南文化产业并追赶发达国家，我们还有很长的路要走。

文化品牌缺乏

品牌是产品内在质量和外在特征的综合反映，是在消费者心目中树立起来的产品形象，是企业竞争力的核心，是一个国家和地区经济文化实力的体现。在大量商品同质化的今天，品牌已成为竞争之利器。30多年来，江南文化产业在发展中已形成了一批自己的文化品牌，但从总体上看，与文化产业发达国家相比，我们的差距是明显的。

江南某城市在对其文化产业现状的调研中发现，从当地文化产业增加值来看，生产企业大多集中在加工复制环节，普遍存在上游原创不足、中游生产集约化程度不高、下游市场营销能力不强等问题，因而处于价值链末端，导致对国民经济的贡献率偏低，由此缺乏竞争力。

新华社记者针对这种普遍的现象发表述评说：制造打火机，可有的打火机不如国外的火柴值钱；制造纽扣，可纽扣却被钉在国外品牌服装上……这是实体经济中不少"中国制造"的特点：为国外做贴牌加工，出口的是类似纽扣这样的小零件，高附加值却被国外挣取。实际上在文

华西村打出"天下第一
村"牌子，你敢吗？

化产业领域也存在缺乏自主品牌、只出口"零件"、"为别人做嫁衣"
的情况，这被称作文化产业的"纽扣现象"。

文化产业领域的"纽扣现象"亟待改变。

人才结构性紧缺

伴随着江南文化产业的发展，文化人才工作取得了长足进步。但从
总体上看，江南文化产业人才结构上存在不合理之处，江南文化产业从
业人员中行政类、专业艺术类人员所占比重比较大，而经营管理类人员
所占比重过低、数量偏少。尤其是文化创意产业经营管理人才缺口相当
大。具体来说，一是专业化程度不高，从业人员缺乏经济和管理常识，
具有项目策划、文化经纪、资本运作能力的人才比较少；二是熟悉国
际惯例和规则、擅长媒介市场运作、具有战略思维的外向型经营人才短
缺；三是文化经营管理后备人才不足。这在一定程度上，已经成为制约
江南文化产业发展的"瓶颈"。

三、展望与思考

面临着机遇，同时又面临着问题与挑战，江南文化产业正处于发展

的关键时刻，需要我们从战略层面来思考与谋划江南文化产业的发展走向。

构建长三角文化生产力新布局

长三角地区文化产业的联动发展，是党中央、国务院的战略构想。国务院《关于进一步推进长江三角洲地区改革开放和经济社会发展的指导意见》明确指出：长三角要建立区域文化联动发展协作机制，制定区

江苏溧阳·南山竹海

域文化发展规划。要加快建设区域服务业联动机制，开展多方面的交流与协作。

国务院的《指导意见》体现的是一种高瞻远瞩与深谋远虑。实现长三角地区文化产业联动发展，需要制定区域文化产业发展规划。需要与苏浙沪文化发展的总体目标、历史地位、区域条件、文化资源、基础设施、辐射能力等相适应。需要坚持多元互补、经济社会与文化协调、行政推动与市场导向相结合、经济效益与社会效益相统一等原则，以构建新的文化生产力布局。

在所构建的这个新的文化生产力布局中，长三角各地的定位与职能是不同的。这源于长三角地区文化的递进性，它既有大都市文化，

又有一般意义上的城市文化，还有县域文化和乡村文化。所以，南京大学社会学系教授、博士生导师张鸿雁著文提出，要把上海建设成为长三角地区发展的"要素配置中心、产业扩散中心、技术创新中心和信息流转中心"，成为国际文化交流中心。江苏以南京为代表，要成为承接和延伸上海辐射的"超导区"，辐射长江以北及至长江中游，成为长三角地区向中部省份辐射的一个"中转加油站"。浙江以杭州为代表，要成为"长三角文化副中心城市"，形成"游、住、学、创"的特色。休闲文化产业应该成为杭州城市发展的核心产业之一。

长三角地区文化产业的联动发展，需要我们科学地思考与谋划。要构建新的协调机制，突破行政区划

江南文化产业,放飞你的梦想

界限，打造政策平台、市场平台、人才交流平台和信息平台等全新的发展平台。

打造政策创新体系

文化产业作为人类改善和提高生活质量的重要途径之一，同时作为人类社会创造财富的基本途径之一，对经济社会的发展正产生着越来越大的影响，已引起了人们的广泛关注，而成为世界上发达国家和地区竞相争夺的战略高地。占据这个战略高地，不断提升江南的综合竞争力，是党中央、国务院对长三角地区提出的战略要求，也是长三角地区发展的基本目标。江南要提升综合竞争力，要占领文化产业这个战略高地，解决文化产业在发展中管理体制不顺、跨地区发展难、总体实力不强、

文化品牌缺乏、人才结构性短缺等问题，必须进一步完善文化产业的推进计划，打造文化产业政策创新体系。

从世界文化产业发达国家的经验来看，无论是美国，还是其他国家，都是通过政府计划，打造文化产业政策创新体系而大力推动文化产业发展的。在这个过程当中，文化产业如今已经成为美国的支柱产业，其各个领域都具有全球领先地位。我们的东邻日本，在1995年确立了面向21世纪的"文化立国"方略，把发展文化经济作为国家战略，并通过一系列立法来保障和推进这一战略的实施。2001年日本国会通过了《振兴文化艺术基本法》；同年10月又对1970年颁布的《著作权法》进行修订，改名为《著作权管理法》；2004年颁布了《文化产品创造、保护及活用促进基本法》，该法规认为文化创意产业不仅可以改善生活质量、促进经济发展，而且还可以让世界认识日本文化，因此各级政府和部门有义务积极扶持，在财税、融资方面给予优惠待遇。这些政策对其文化产业的发展产生了重大影响。

借鉴世界文化产业强国、大国的经验，打造文化产业政策创新体系，关键是要解决资本运作、建立规范、扩大开放和培育人才等问题。

一是资本运作。文化产业的发展不能没有资金。江南文化产业目前的资金投入不是多了，而是远远不够，并且资本运作的体制机制也还不适应。而从世界文化产业的发展趋势看，在经历了产品运作、品牌运作阶段之后，已经进入了资本运作阶段。适应这种发展趋势，我们要推进投融资政策的创新，加强和改善投资的宏观调控，确立企业投资主体地位；加快各种类型的公募股权型投资基金的发展，扩大基金规模、拓展投资领域、完善运营机制，建成扶持江南文化产业创新发展的投融资平

世纪出版，努力成为一代又一代中国人的文化脊梁

台，为江南文化产业插上腾飞的翅膀。

二是建立规范。长江三角洲地区文化产业的发展应有区域性的规范，以促使其健康有序可持续地发展。包括建立和完善支持骨干文化企业对国际营销渠道和传媒等战略性资源的收购或投资的规范；建立和完善支持利用工业厂房、仓储用房、传统商业街等存量房产、土地资源，兴办文化信息和文化创意产业的规范；建立和完善跨部门、跨领域、跨地区融合发展的规范等，以适度地分担进入新领域、新门类、新业态的企业风险。

三是扩大开放。对江南文化产业进一步发展来说，要进一步调动全社会参与文化产业的积极性，正确引导非公有资本进入文化产业，逐步形成以公有制为主体、多种所有制经济共同发展文化产业的格局。因此，要研究制定鼓励和支持民营资本进入文化产业的专项政策，以更突出、更清晰地表明政府对社会力量进入文化产业的态度和专有政策支持。

四是培育人才。江南要加紧引进和培养优秀文化经营管理人才，加快文化优秀人才集聚，形成文化人才优势，这样才能又好又快地推动文化产业的发展。

把握产业重点发展领域

如今的长三角地区，以特大型中心城市上海为"龙头"，以南京、苏州、无锡和杭州、宁波等大城市和较大城市为骨干，以南通、嘉兴等中等城市为主体，以昆山、常熟、海门、平湖等60多个县市（集中了近半数的全国经济发达县）为补充，形成了令全球瞩目的"世界第六城市带"。贯彻落实国务院《关于进一步推进长江三角洲地区改革开放和经济社会发展的指导意见》，在文化产业方面，我们必须抓住机遇，把握重点发展领域，以实现又好又快地发展，不断增强长三角地区的综合实力。

一是要把握文化产业发展的新趋势和新领域，把网络文化产业放在发展的前沿。要发挥江南的优势，通过加快建设国家数字出版基地等产业集聚区的方式，努力保持江南网络游戏产业在全国的领先地位，鼓

励开发各种新型网络信息服务，积极发展网络原创内容，促进网络传媒、网络视听服务、网络阅读范围、网络财经服务、网络休闲旅游服务、网络远

新浪读书，读书新趋势

程教育服务的开发和产业化发展。

二是要大力发展创意文化产业。要鼓励和扶持以文化创意为核心的高端原创和创新，包括文化内容研发，文化品牌培育，文化策划，版权交易等。要发挥文化创意对传统文化休闲娱乐业、文化艺术表演业、影视业、广告会展业以及民间民族民俗文化资源利用等领域的提升能力，实现以文化创意产业带动江南文化产业的跨越式发展。

三是加快发展文化休闲娱乐业。我们要创新休闲娱乐业态，培育大众娱乐消费市场，鼓励发展大型休闲娱乐企业，吸引国外著名娱乐品牌和项目落户江南，着力打造适应各个层面、大众需求的文化休闲娱乐业态，积极

田子坊的绣娘

江南文化产业的明天，在于服务全国、走向世界

引导和培育与大众文化、体育、健康消费相结合的文化娱乐业。

四是深化发展各类文化服务业。新闻出版、广播电影电视等江南文化产业的传统强项，要继续发挥其良好效益和社会影响力。在这当中，新闻出版业要不断推进其同高科技的结合，以催生和不断发展新的业态，拓展手机电视、移动电视、楼宇电视、车载电视、网络电视等新媒体的发展。电影电视制作业，要着力构建覆盖影视创意策划、影视拍摄、影视后期制作、影视放映院线服务、影视体验娱乐等环节的影视服务产业链，依托江南的科技和区位优势，打造面向全球的综合影视服务基地；依托华语影视的巨大市场，扩大与港台地区和东南亚大华语地区的影视生产与合作；依托中华文化的全球影响，积极参与全球中华题材影视作品的生产与合作。

江南文化产业发展正当其时。

服务全国、走向世界的江南文化产业必将迎来辉煌灿烂的明天！

09 主要参考文献

主要参考文献

胡惠林：《文化产业发展与中国新文化变革（1998—2008）》，上海人民出版社2009年版。

汪宇明：《旅游合作与区域创新》，科学出版社2009年版。

张京成主编：《中国创意产业发展报告2009》，中国经济出版社2009年版。

厉无畏、王慧敏：《创意产业新论》，东方出版中心2009年版。

李翔著：《共和国记忆60年·成长地标》，中信出版社2009年版。

叶辛、蒯大申主编：《上海文化发展报告（2009）：文化大都市建设的理论与实践》，社会科学文献出版社2009年版。

张晓明等主编：《2009年中国文化产业发展报告》，社会科学文献出版社2009年版。

崔保国主编：《2009年中国传媒产业发展报告》，社会科学文献出版社2009年版。

上海市旅游局、上海市信息中心编：《上海旅游产业报告2008—2009》。

2001年—2009年《上海经济年鉴》，上海经济年鉴社出版。

1994年—2008年《上海年鉴》，上海人民出版社出版。

1986年—2009年《上海文化年鉴》，中国大百科全书出版社、上海人民出版社出版。

浙江省发展和改革委员会、浙江省服务业工作部门联席会议办公室编：《2008浙江省服务业发展报告》，社会科学文献出版社

2009年版。

陈立旭：《文化的力量——浙江社会发展的引擎》，浙江大学出版社2008年版。

袁国华、朱宗尧、上海市信息化委员会：《上海市信息服务业产业地图2007—2008》，社会科学文献出版社2008年版。

徐从才主编：《江苏产业发展报告2008——江苏经济改革开放30年》，中国经济出版社2008年版。

廖灿：《创意中国》，中国经济出版社2008年版。

孙琴安：《上海旅游文化史》，上海人民出版社2008年版。

张京成主编：《中国创意产业发展报告2008》，中国经济出版社2008年版。

浙江省政府编：《浙江年鉴2008》，浙江年鉴杂志社2008年版。

卞显红著：《长江三角洲城市旅游空间结构形成机制》，格致出版社、上海人民出版社2008年版。

谢黎萍、黄坚、孙宝席著：《上海文化建设三十年》，上海人民出版社2008年版。

龚维刚、杨顺勇：《上海会展业发展报告（2008）》，上海人民出版社2008年版。

郭牧：《会展与区域经济的发展——以中国义乌国际小商品博览会为例》，中央编译出版社2008年版。

陈野：《2008年浙江发展报告·文化卷》，杭州出版社2008年版。

牟国义主编：《江苏年鉴2008》，江苏年鉴杂志社2008年版。

宋培义主编：《文化产业经营管理成功案例解读》，中国广播电视出版社2008年版。

《2008中国广告年鉴》，新华出版社2008年版。

中国电影家协会产业研究中心编：《2008电影产业研究之影院发展卷》，中国电影出版社2008年版。

任仲伦主编：《电影三十年》，上海辞书出版社2008年12月版。

中共江苏省委宣传部、江苏省社会科学院：《2007—2008：江苏文化蓝皮书》，江苏人民出版社2008年版。

蔡武主编：《改革　发展　繁荣——改革开放30年中国文化发展报告》，文化艺术出版社2008年版。

韩永进编著：《新的文化自觉》，文化艺术出版社2008年版。

叶辛、蒯大申主编：《上海文化发展报告（2008）》，社会科学文献出版社2008年版。

中国电影家协会产业研究中心编：《电影产业研究之国有影视企业卷》，中国电影出版社2008年版。

欧阳友权、柏定国主编：《2008：中国文化品牌报告》，中国市场出版社2008年版。

徐从才主编：《江苏产业发展报告2007——江苏现代服务业研究》，中国经济出版社2008年版。

中国电影家协会产业研究中心编：《2008电影产业研究报告》，中国电影出版社2008年版。

孙福庆等著：《上海产业发展——基于长三角、珠三角、环渤海三大经济圈比较的视角》，格致出版社、上海人民出版社2008年版。

曾毓琳著：《横店传奇——横店影视城发展的探索》，北京大学出版社2008年版。

当代上海研究所：《当代上海城市发展研究》，上海人民出版社2008年版。

上海证大研究所编著：《文化大都市：上海发展的战略选择》，上海人民出版社2008年版。

浙江省出版志编纂委员会编：《浙江省出版志》，浙江人民出版社

2007年版。

张京成主编：《中国创意产业发展报告（2007）》，中国经济出版社2007年版。

何增强、花建：《创意都市》，百家出版社2007年版。

王弦：《创意中国》，五洲传播出版社2007年版。

龚维刚、曾亚强：《上海会展业发展报告（2007）》，上海人民出版社2007年版。

缪学为：《苏州文化产业研究》，苏州大学出版社2007年版。

谢大京、一丁：《演艺业管理与运作》，上海音乐出版社2007年版。

上海师范大学中国新广告研究中心、上海市广告协会：《上海市广告业"十一五"发展战略研究》，学林出版社2007年版。

尹鸿编著：《跨越百年全球化背景下的中国电影》，清华大学出版社2007年版。

王怡然等编著：《上海都市旅游规划精选》，上海社会科学院出版社2007年版。

全国红色旅游工作协调小组办公室主编：《中国红色旅游发展报告2006》，中国旅游出版社2007年版。

浙江省文化厅编：《浙江文化产业发展典型案例选编》，浙江人民出版社2007年版。

叶辛、蒯大申主编：《2006—2007年：上海文化发展报告——构建公共文化服务体系》，社会科学文献出版社2007年版。

刘习良主编：《中国电视史》，中国广播电视出版社2007年版。

中共上海市委党史研究室编：《新世纪 新步伐（2002—2007）》，上海人民出版社2007年版。

张晓明、胡惠林、章建刚：《2006年：中国文化产业发展报告》，社会科学文献出版社2006年版。

陆祖鹤：《文化产业发展方略》，社会科学文献出版社2006年版。

张会军：《2005—2006—中国电影产业年报》，中国电影出版社2006年版。

《中国动画产业年报》编委会编著：《2006中国动画产业年报》，海洋出版社2006年12月版。

李新科：《中国游戏产业突围》，朝华出版社2006年版。

张京成主编：《中国创意产业发展报告（2006）》，中国经济出版社2006年版。

叶辛、蒯大申主编：《创意上海——上海文化发展蓝皮书·2006》，社会科学文献出版社2006年版。

王荣华、上海创意产业中心：《上海创意产业发展报告2006》，上海科学技术文献出版社2006年版。

胡惠林：《文化产业学》，高等教育出版社2006年版。

李向民著：《中国文化产业史》，湖南文艺出版社2006年版。

上海通志编纂委员会编：《上海通志》第4册，上海人民出版社、上海社会科学院出版社2005年版。

上海通志编纂委员会编：《上海通志》第9册，上海人民出版社、上海社会科学院出版社2005年版。

陈国富主编：《百年电影与江苏》，中国电影出版社2005年版。

安宇、沈山主编：《和谐社会的区域文化战略：江苏建设文化大省与发展文化产业研究》，中国社会科学出版社2005年版。

沈芸著：《中国电影产业史》，中国电影出版社2005年版。

许婧、汪炀：《读动画——中国动画黄金80年》，朝华出版社2005年版。

中国电影家协会编：《影视产业与中国文化发展战略》第十二届中国金鸡百花电影节学术研讨会论文集，中国电影出版社

2004年版。

《上海人民政府志》编纂委员会编：《上海人民政府志》，上海社会科学院出版社2004年版。

许德明、冯小敏主编：《上海文化改革与发展》，上海人民出版社2004年版。

尹继佐主编：《文化发展与国际大都市建设》，上海社会科学院出版社2002年版。

陈少舟主编：《二十世纪中国文艺图文志·电影卷》，沈阳出版社2002年版。

戴伯勋等主编：《现代产业经济学》，经济管理出版社2001年版。

简新华主编：《现代产业经济学》，武汉大学出版社2001年版。

贾树枚主编：《上海新闻志》，上海社会科学院出版社2000年版。

上海出版志编纂委员会编：《上海出版志》，上海社会科学院出版社2000年版。

成思危主编：《中国事业单位改革——模式选择与分类指导》，民主与建设出版社2000年版。

陈威、石仲泉、李君如主编：《走进改革开放新阶段》，学习出版社1999年版。

吴贻弓主编：《上海电影志》，上海社会科学出版社1999年版。

《上海广播电视志》编辑委员会编：《上海广播电视志》，上海社会科学出版社1999年版。

熊月之主编：《上海通史第14卷（当代文化）》，上海人民出版社1999年版。

贾树枚主编：《上海改革开放二十年系列丛书（文化卷）》，上海人民出版社1998年版。

马光仁主编：《上海新闻史（1850—1945）》，复旦大学出版社

1996年版。

　　江苏省地方志编纂委员会编著：《江苏省志·出版志》，江苏人民出版社1996年版。

　　江苏省地方与编纂委员会编著：《江苏省志·旅游志》江苏古籍出版社1996年版。

　　浙江省电影志编纂委员会编：《浙江省电影志》，中国书籍出版社1996年版。

　　陈沂主编：《当代中国的上海（上）》，当代中国出版社1993年版。

10 后记

后 记

本书为上海市现代管理研究中心现代文化艺术研究所迎世博系列丛书"释江南丛书"中的一本。

从1978年中共十一届三中全会开始的社会主义现代化建设新时期，是江南历史上经济社会发展最快、城市面貌变化最大、人民生活改善最多的时期。文化产业的迅速、健康和持续发展是其中的一个重要方面。所以，记录、研究、总结这一历史进程，是一件很有意义的事情。本书按照丛书的总体要求，力求能够客观地通俗易懂地把30多年来江南文化产业探索、起步和发展的历程与故事写出来，希望对忠实读者有所启迪。

本书的调研、写作过程持续了9个多月。其间，得到了社会各界的大力支持和帮助。首先，是对课题调研的支持。为了把这个很有意义的课题完成好，课题组用了比较多的时间和精力，在上海、到江苏、赴浙江，冒着盛夏高温酷暑，进行了艰苦的调研工作。在调研中，先后得到中共上海市委宣传部事业产业处处长孙一兵、上海市新闻出版局报刊处处长陈丽、上海市文广局党政办副主任李强民、上海市文广局电影电视处、上海大剧院、张江高科技园区、国家出版集团东方出版中心总经理祝君波、江苏《党的生活》杂志副主编齐雪梅、江苏省委宣传部改革和发展办公室主任王明珠、浙江省委党校党史党建教研部主任郭亚丁、浙江省文化厅科技与文化产业处副处长何蔚萍等的支持。他们提供了诸多的文化产业发展的第一手资料。

其次，是为本书提供照片资料。本书所使用的照片，除了由课题组同志拍摄外，浙江文化产业的相关照片由浙江省委党史研究室宣传教育处处长朱健提供，江苏文化产业的相关照片由江苏省委党史工作委员会编撰出版处处长邹嘉楠和《世纪风采》杂志编辑冯郁提供。中共上海市委宣传部事业产业处处长孙一兵提供了上海艺术节、产业园区的有关照片；上海大剧院综合办公室行政专员邵文佳提供了大剧院的有关照片；张江高科技园区综合党委的赵敏提供了其园区的有关照片。

本书是集体智慧的结晶，集体劳动的成果。本书课题组成员由上海市现代上海研究中心袁志平、吴海勇、黄坚，上海市当代上海研究所杨森耀等同志组成。本书撰写具体分工如下：袁志平撰写第一章、第七章、第八章和后记；杨森耀撰写第二章；黄坚撰写第三章、第四章；吴海勇撰写引言和第五、第六章。全书由袁志平统稿。

本书的撰写得到丛书编委会的大力支持。在写作和定稿过程中，丛书编委多次进行研讨，上海市现代管理研究中心现代文化艺术研究所主任俞惠煜审读了全书，提出了许多重要和有益的建议；上海文艺出版总社总编辑何承伟也提出了许多有益的建议；上海人民出版社编辑室主任苏贻鸣编审为本书的编辑出版付出了辛勤的劳动；上海人民出版社美术编辑杨德鸿承担了本书的美术编辑工作；本书撰写者在写作过程中参考了前期研究上海社会发展的许多成果，得到了许多启迪。在此，我们对关心和支持本书的各界人士和朋友们一并表示衷心的感谢。

江南文化产业既是一个历史课题，又是一个处在不断变化和发展中的新课题。因此，尽管我们力求全面、系统和生动地阐述和反映，但由于受主客观条件的制约，本书依然存在着许多不足，恳请专家学者、实际工作者以及忠实的读者们不吝批评指教。

2010年2月

图书在版编目（CIP）数据

繁枝有待：江南文化产业发展/袁志平等著.
上海：上海人民出版社,2010
（释江南丛书）
ISBN 978 - 7 - 208 - 09195 - 5

Ⅰ．①繁… Ⅱ．①袁… Ⅲ．①文化－产业－发展－研
究－华东地区 Ⅳ．①G127.5

中国版本图书馆 CIP 数据核字（2010）第 042192 号

责任编辑　苏贻鸣
美术编辑　杨德鸿
装帧设计　杨紫莘　　蔡传生　　应文玺　　蔡新华
　　　　　吕逸伦　　白浩哲　　徐秀庆　　奚　静
　　　　　毛宇龙　　徐耀民　　周泉虎　　杨新远
技术编辑　姜华生

· 释江南丛书 ·
繁 枝 有 待
——江南文化产业发展
袁志平　杨森耀　吴海勇　黄　坚 著
世 纪 出 版 集 团
上海人民出版社出版
（200001　上海福建中路 193 号　www.ewen.cc）
世纪出版集团发行中心发行
上海锦佳装潢印刷发展公司印刷
开本 787×1092　1/16　印张 18.5　插页 2　字数 258,000
2010 年 7 月第 1 版　2010 年 7 月第 1 次印刷
ISBN 978 - 7 - 208 - 09195 - 5/G · 1349
定价 46.00 元